# 硬頸姑娘

1

文創風 723

鹿鳴 著

# 目錄

# 序文

鹿鳴

從踏入寫文到如今，算算也有近十年的時光了。只是少年時，不知愁滋味，所以只當成一個興趣；踏入工作之後，更是無暇分心，便歇了寫文的念想。

一晃幾年，早已成家立業，雖每每閒暇時，腦中湧入各種念想，只是一旦擱下，再要繼續只覺困難異常。待育子之後，每日圍著幼子打轉，這點情懷早已遺忘在記憶深處，不敢拾遺。

只是某一日，也算是心血來潮，開了許久未曾看過的電視，當時電視播的是一個綜藝節目，裡面正好是一個扮著花旦模樣的歌手，唱著京劇版的《煙花易冷》。

那扮相、那詞曲，一下子撥動了我久藏於記憶中的那根心弦，也讓我自此有了重新寫文的念想。思忖良久，翻出塵封已久的筆記本，寫了又刪，刪了又寫，在小試牛刀寫了一本短文之後，總算是找回了一些熟悉的筆感。

自寫文之初，我便獨愛古文，雖生疏已久，但古言終究是我最鍾情的，所以文思之處，亦是水到渠成，並無所阻。

只是膝下二女皆幼，正是淘氣之時，每日應付，早已是疲乏累極；只能於早起和深夜，幼子熟睡之際，努力趕文，不負讀者所喜。

連載半年時光，落下最後一筆，雖覺有些倉促，但總算是不負讀者所望，圓滿結局。於我，亦是心滿意足。

本以為此文就此了結，再無掛念，卻不想，蒙出版社青睞，有了出版的機會。初聞此喜，自是猶如天降餡餅一般，喜不自禁，當是一口允下。不為財、名，只當是圓了青春年少時一個執著追求的夢想。

因文中所寫並非輕鬆、甜寵風向，恐其不能帶給讀者輕鬆快樂的閱讀體驗而心生愧疚；但又想，文學這塊包羅萬象，能夠帶給大家不一樣的閱讀體驗，也是樂事一樁。

只恨自己才學粗庸，不能寫出盡善完美的作品，希望臺灣的讀者們在見到此書時，能有所包容，也希望此文能合乎臺灣讀者的胃口。

本人不善言辭，雖思緒良多，可待提筆時，又覺無從寫起，到最後更是筆拙詞窮，當真是羞愧不已！就此停筆，還望大家海涵。

# 第一章 爭一塊肉

江淮魚米之鄉，萬頃良田，一到秋收之際，便是遍地金黃，稻米碩碩。而地處江淮西南安鄉轄區的石頭嶺，顧名思義，山上除了嶙峋怪石以外，可謂寸土寸金，除了隨處可見的歪脖子樹木，難見恆產。這大河村位處石頭嶺下，村裡幾十戶人家，依山傍水，祖祖輩輩就守著山窩窩裡老祖宗留下的幾塊田地過活。

如今正是農忙季節，晌午時分，正是炊煙裊裊時，只聽得「吱──」一聲，崔家小院二進的房門打開，周氏披著外衣，一臉睡眼朦朧地打著哈欠走了出來。她眯著一雙倒三角眼，徑直摸進了灶房，抄起鍋蓋，正待要看看晌食吃啥，卻看到那鍋子比她的臉還要乾淨，再一摸灶膛，冰冷得沒一絲火息，頓時再無睡意。板著一張老臉兒，出了灶房，直奔院裡，插著腰，倒豎著一雙掃帚眉，特意提高了八度音，意有所指地開了腔兒──

「不就是懷個孕嗎？呸！還真當自己是什麼金貴玩意兒？一天到晚窩在房裡，還能生個金蛋兒出來呀？沒見著孝順我老婆子，倒指著老婆子我把吃食送嘴邊去，就不怕吃了遭報應！老婆子我真是個苦命的呀！一把屎、一把尿地送走了婆婆，沒享一天清福，現在又指著我個老婆子來伺候這麼個祖宗！苦啊，我的命怎麼這麼苦……」周氏說到後面，簡直就是嗷著嗓子一陣捶胸頓足，皺巴著一張老臉，就跟貼在門上張牙舞爪的門神一樣。

五進房內，李氏因著肚子不舒服，一直未曾起，迷迷糊糊間聽到院子裡周氏指桑罵槐，終睡不下去了。扶著床沿，捧著六個月的肚子，也顧不得整理凌亂的髮髻，蹭出房門，強笑著細聲細氣地說道：「娘，您別說了，都是媳婦的錯，媳婦這就去給您做飯！」

「呸！妳以為我就念著妳那頓吃食？男人們在外面辛苦一天了，要指著妳，怕是連口熱飯都吃不上！想當初我懷孕的時候，哪天沒幹活？也就我家那傻兒子把妳當個寶，我看還指不定生出個什麼東西來呢！」周氏見著李氏那張蠟黃的小臉，再看看她那瘦得只剩下肚子的身形，就更是氣不打一處來。要是當初二子娶了她娘家姪女，只怕現在都抱上三大胖小子了，哪像李氏，都成親十幾年了，還生不出個帶把的！是有個賠錢貨，可還不知道那是誰家的呢?!

李氏被婆婆這麼一說，更是不敢抬頭了，眼淚在眼眶中直打轉兒，卻也不敢出聲反駁。她好不容易才懷上這胎，還來不及享受懷孕的喜悅，便昏天暗地地吐了三個月，及至好點了，能下地了，這幾日農忙，她也不想閒著，被婆婆嫌棄，便攬下了做飯的活計。哪曾想不過兩日，肚子便開始隱隱作痛，這才又不敢下床，免得動了胎氣。

「傻愣著幹什麼？難道還要我這個老婆子把妳請到廚房？那要不要我順便把飯做了，送妳嘴裡去？」見李氏站在原地，久不動彈，周氏只覺得火氣噌噌地往上直漲，看李氏沒一處兒順眼的，幾步走到李氏面前，說著邊去攙李氏的胳膊，倒真有將她請到灶房的架勢。

「媳婦不敢，媳婦這就去！」李氏見周氏這般舉動，自是猛的一驚，後退兩步，避開周氏的手，一手扶牆，一手捧著肚子，垂著頭便往灶房小步蹭去。

「哼，想要我老婆子伺候妳？就怕妳福薄，受不起！」周氏絲毫不介意拉大仇恨，見李氏蹭到灶房，完全沒有前去幫忙的念頭，倒是隨口啐了一句，轉身便回了正屋。

灶房內，李氏挺著個大肚子淘好了糙米，放大鍋內，又切了幾片臘肉上去燜上，就著早上摘的青菜，弄了點素食，而後撿了個碗，打算從罈子裡掏點鹹菜。只是還未蹲下，忽感小腹墜脹，腿腳虛軟無力，兩眼發黑，只覺一陣天旋地轉，身子便要往地上倒去！她想要向周氏求助，可張了張嘴，卻已經發不出聲音，一時間絕望湧上心頭。

崔景蕙剛好從田裡回來，聞著香味往灶房一看，便看到這般模樣，頓時嚇得大驚失色，三步併作兩步衝進灶房，箭步托住李氏下墜的身體，將她慢慢放置到凳子上坐下，一隻手支撐著李氏的身體，一隻手死死摁住李氏人中的位置，同時大喊道：「阿嬤，快來，我娘暈倒了！」

聽到崔景蕙的叫喊，周氏猛一拉正屋的側門，探出頭來，看到李氏那一副虛軟的模樣，臉上一青，嘟囔了一句。「真是個沒用的東西！」

崔景蕙只當沒聽見周氏的抱怨，扶著已經緩過些勁兒的李氏便往外走，待出了灶屋，這才回頭丟了一句。「阿嬤，您看著點兒火，別讓飯糊了！阿爺說，今日得把田裡的活兒都幹完，不然今兒個大夥兒晚上都睡田裡。」

「一個個倒真能了，竟指使起老婆子來，我呸！」周氏嘴上這般說著，雖一臉的不情願，卻還是往灶膛處挪了幾步，拾起幾根柴火塞進火漸熄滅的灶膛，順手掀起鍋蓋，看著實打實的糙米香味迎面撲來，頓時只覺肚子咕嚕咕嚕直叫喚，忍不住嚥了口口水，可是面上的顏色卻沈了幾分。「一天的口糧，一頓就給煮了，真是個敗家娘們！」可話雖如此，周氏終究還是沒捨得掏一半出來留著晚上吃。

崔景蕙一路將李氏攙進了五進屋內，扶到床上，蓋好薄被，一臉擔憂地看著李氏蠟黃消瘦的臉。李氏因前些年滑過胎，身子一直很虛，如今這胎懷得也是極不穩定。這幾日操勞了些，已經有漏血的跡象，要是再這麼折騰下去，這孩子怕就真的保不住了。

「大妮，妳怎麼回來了？」李氏一臉虛弱地躺在床上，看著崔景蕙，倒是有些心虛起來，畢竟一大早時，崔景蕙可是一再囑咐過自己不要起身的。

「該是我回來！要是我不回來，指不定弟弟會出什麼事呢！不是說了不讓您起身，您怎麼就不聽呢？這要真出了什麼意外，您讓爹可怎麼活啊！爹念了一輩子，終於要如願了，您這倒是……倒是真不想給爹留個後了！」崔景蕙一副恨鐵不成鋼地望著李氏，再加上一副老氣橫秋的口吻，活脫脫就是一個小大人模樣。她也是被李氏這般麵團子的性子給氣到了，本來這胎就懷得不穩，還盡會自個兒折騰，虧得她回來了，不然到時候喊破皇天都沒用了！

「大妮別怕，娘這不沒什麼事嗎？就是一時緩不過氣來而已，現在緩過來也就沒事了。剛才的事可別和妳爹說，免得妳爹為難，知道嗎？」李氏已是習慣了崔景蕙的大包大攬，被女兒這麼訓斥著，倒也沒有半點不悅，反而是一臉的不安。

崔景蕙一臉無語，她都活三輩子了，啥大風大浪沒見過？這還不是心疼李氏被當個包子一樣揉來捏去？要換成別人，她也就只願做個看戲的。

「娘，您也無須在這裡哄著我，這事我定會向爹說的。您也知道自己的身子骨兒，能懷上這胎已經是萬幸了，平日裡我隨您折騰也就算了，現在您可是兩個人，心裡就沒有個數嗎？」

「我也知道自己這身子不爭氣，可是妳也知道妳阿嬤說話……不中聽，娘這聽了心裡難受得緊，她畢竟是咱娘，咱怎能裝作沒聽見呢？再者，娘也一大把年紀的人了，我們作為晚輩的，總該順著她不是……」李氏一臉無奈地瞥了崔景蕙一眼。她這妮子啥都好，就是太操心了！也怪自己不爭氣，到頭來，倒是要讓個小孩子操碎了心。想到這兒，李氏不免更加愧疚了，伸手摸了摸崔景蕙的頭。「好孩子，娘讓妳受累了。」

「只要娘和弟弟平平安安的，讓我做什麼都不覺得累。娘，您別說了，好生歇著。」崔景蕙瞇著眼睛，享受這一刻的溫情，腦中卻飛速地運轉，想著該如何讓李氏補補身子。

「嗯，娘聽大妮的。」李氏柔柔一笑，看著崔景蕙的模樣，另一隻手摸了摸肚子，一時間，屋內溫情暖暖。

「大妮，磨蹭著啥呢？還不快點把飯給阿爺送去！李氏這麼大個人了，難道還指著妳個小屁孩兒伺候！」門外，周氏等飯熟了，裝好了飯，久不見崔景蕙出來，終沒耐住性子，跑到院子裡吆喝了起來。

「阿嬤，我這就去！」崔景蕙朝門外應了一聲，隨即轉頭一臉不放心地看著李氏。

「娘，要不等我送完飯就回來陪您？」

「這不好吧？大家夥兒都在忙，我躲懶在家裡已經心中不安了，要是再搭上個妳，指不定娘又不高興了……」李氏惴惴不安地望了一眼窗外，心中雖有些意動，可面上卻還是有些猶豫不安。

「娘，您現在的任務就是好好地躺著，保護好肚子裡的弟弟，其他的管他做甚？我現在也就是拾個穗兒，沒多大事兒。」崔景蕙一臉無奈地看著李氏。她這個娘，心地是極好的，可就是性子太弱，總想著別人，到頭來被忽視的卻是自個兒。

「妳要是不去，這……大嫂會不會不高興？」李氏顰著眉，還是一臉的不安。

崔景蕙苦笑不已。「伯母自個兒都把一雙兒女送娘家躲懶去了，我這又不是沒幹活兒，娘您就放心吧，我待會兒就回。」她替李氏捏了捏被子，倒是不耐再聽李氏的各種擔憂了。她關上了門，將李氏留在屋內，回頭便看見周氏端著個菜碗，摞得緊實的，都堆出了碗邊，上面鋪著四、五片臘肉，正坐在小院裡扒著米飯，見崔景蕙出來，頭都沒抬一下。

崔景蕙倒是沒理會這些，進了灶房，看見周氏準備好的盛著飯菜的籃子，飯用大缽子盛著，上面鋪著六、七片薄得透亮的臘肉，拌好的青菜也去了一半，鹹菜倒是一點兒都未動。再掀開鍋蓋，果不其然，裡面只剩下刮邊能得的一撮撮糙米，臘肉更是連豆丁大個點兒的都沒有。

崔景蕙眼中閃過一絲無奈，拿了碗從大缽子裡盛了碗飯出來，又挾了兩片臘肉、一筷子青菜放上面，然後把大鍋裡的糙米刮乾淨，放進缽子裡，又去罈子裡挖了小半碗甜醬，這才作罷。

端了飯，穿過簷下，周氏的一大菜碗飯已經入肚了大半，上面哪還有半絲臘肉的影子？見著崔景蕙端著碗走過，周氏頓時伸長脖子，待看到碗裡的兩片臘肉時，眼睛瞬間一亮，起身端著碗，伸起筷子就要去挾，同時嘴裡說道：「臘肉油葷重，孕婦可吃不得，讓阿嬤來幫妳娘吃了得了！」

崔景蕙可是一直防著這茬，眼見著周氏的筷子伸過來，手中的碗瞬間往旁挪了幾寸，堆著一臉笑，看著周氏。「阿嬤，昨兒個我碰見江大夫了，順便跟江大夫提了一嘴，江大夫說我娘身子太虛了，得補補，臘肉正好，今兒個就不勞阿嬤幫忙了！」

「這樣啊……」周氏一臉尷尬地笑了一笑。「看來是阿嬤老糊塗，一時記岔了！不過大妮，妳娘怕是吃不得那麼多，要不給阿嬤一塊吧？阿嬤剛吃得太快了，都沒嚐著味兒就進肚子了，妳看這……」周氏涎著笑，眼睛死死地盯著碗裡的臘肉，大有不吃到便誓不甘休的勁兒。

「大妮，娘沒啥胃口，要不妳就——」李氏在屋內聽得外面的響動，想著不讓大妮頂撞了婆婆，正要開口退讓時，本就有氣無力的聲音被門外崔景蕙驀地拔高的聲音掩蓋了。

「娘，您剛不是說一人切了兩塊肉嗎？是不是算錯了？咋碗裡只剩四塊了啊！」崔景蕙一聽到李氏的聲音，就知道壞事了，再看周氏一臉的得意勁兒，立即拔高了聲音，說出的話瞬間讓周氏的臉一黑。

周氏故作若無其事的樣子，將筷子朝崔景蕙揮了揮，滿臉褶子堆出不耐煩的表情。「飯都快涼了，妳阿爺還指著妳送飯吃呢，還不快點！」

「阿嬤等著，我給娘送了飯，就隨您一道兒去田裡！」崔景蕙當下端了飯送到李氏床邊。「娘，飯還熱著，您快點吃，別餓著弟弟。」

「妳啊！別頂撞妳阿嬤，不就是塊肉嗎，娘少吃一口沒關係的。」李氏看著蓋在飯上兩片油光發亮的臘肉，不自覺地嚥了下口水，可是面上一臉無奈地看著笑嘻嘻的崔景蕙，忍不住埋怨一二。

「娘，您別管，我曉得分寸。爹還在地頭上等著呢，我這就去了。」崔景蕙當然不會在意李氏的聖母之心，和她招呼了下，再度出了房門。

待提了菜籃出了灶門，院子裡除了一個扒得乾乾淨淨的菜碗外，哪裡還有周氏的身影？崔景蕙早就料到會如此，倒也不意外，她促狹一笑，故意提高了聲音，朝著主屋喊了句。「阿嬤，您不去田裡了嗎？」

崔景蕙支著耳朵，不一會兒就傳來主間臥房內周氏有氣無力的聲音——

「哎喲……我腰痛，哎喲，頭痛死我了！哎喲，我的腿……可疼死我了……」

這樣的場景，每年秋收時便會上演。崔景蕙知道周氏愛躲懶、不願下地，也不在乎，她吱這麼一聲，也不過是想讓周氏不要去打擾她娘罷了。她朝著主間內又喚一句，不等周氏搭話，已經提著籃子，往下坡走去。「阿嬤，既然您身體不舒服，那我就先走了啊！」

「快去、快去！告訴妳阿爺，我躺著歇會兒就好了！」周氏的聲音再度恢復回中氣十足，可卻已無人再搭理。

# 第二章　就不開竅

崔景蕙走在齊腿深的稻田之中，看著眼前一片片黃燦燦的稻米，陽光雖刺眼灼人，但不時吹來的一絲涼風，滑過被汗水浸濕的後背，帶出絲絲涼意，倒是別有一番滋味。

「大妮！」

「啪！」

突如其來的鴨公嗓音，和重重擊在崔景蕙後背的土塊，破壞了這寧靜祥和的一幕。

崔景蕙只覺背上一痛，循著聲音便見不遠處已經收割完的田地裡，一個曬成古銅色的十來歲少年手中拋著一土塊，得意洋洋地望著她。少年見她的視線望了過來，頓時挑釁地朝她揚了揚下巴，然後手抬起，又一個土塊朝崔景蕙狠狠地砸了過去。

崔景蕙根本就沒來得及回嘴，下意識躬身將菜籃子護在了胸前，生怕土塊飛來，將籃子裡的水和吃食弄髒。

極速砸來的土塊擦著崔景蕙的鬢角掉落地上，卻讓崔景蕙心中的火氣莫名高漲，她瞪著一雙杏眼兒望著少年。

「柱子，皮癢了，還是欠抽了？發什麼神經呢！」

柱子嬉皮笑臉地看著崔景蕙，絲毫不被她的怒火所影響，反而發出一連串鴨公般的笑聲，揚著臉一臉得瑟。

「我這不就是皮癢了嗎？要不妳來抽抽，哈哈哈……」

「有病！」崔景蕙一臉無語地望著得意洋洋的柱子，對於他的舉動只覺莫名其妙，當下也不想再去理會，轉身大步向自家田地的方向走去。

柱子好不容易瞅了個機會溜出來找崔景蕙，怎麼會讓崔景蕙這麼輕易的離開？見著崔景蕙要走，忙快跑上田埂，飛快地跟上，一把拉住崔景蕙的袖子。

崔景蕙頓時一個踉蹌，險些將手中的菜籃子摔落地，手忙腳亂地穩住身子，才看向禍首柱子，越加沒好氣了。「有什麼事兒？快說，別阻著道兒！」

柱子站在崔景蕙面前，倒是沒敢那麼能了，咧著嘴憨笑了兩下，用手抓了抓後腦勺，垂了頭，不敢去看崔景蕙的視線，穿著草鞋的腳踢著田埂上的草，顯得有些難為情。「那個……我娘尋了媒婆，要給我訂親了。」

崔景蕙看到柱子如此模樣，更是感覺莫名其妙。雖說他們從小玩到大，可是關係也沒好到這一茬吧？不過既然柱子開了口，崔景蕙倒也不好什麼都不表示了，雖然她真的沒這興趣。「那就恭喜你了，不知是誰家那朵花兒插你這牛糞上了？」

「妳……妳怎麼就這麼不開竅呢?!」柱子看著崔景蕙完全就是一副無所謂的樣子，頓時氣得臉紅脖子粗，恨恨地瞪了崔景蕙一眼，一扭頭就這麼走了。

這一來一回，倒是弄得崔景蕙更加迷糊了。不過崔景蕙腦中只想著如何讓李氏好生養胎的事，這種小事於是飛快地被她拋之腦後了。看看日頭，明顯已經不早了，崔景蕙當下也不敢再耽擱，提著籃子飛快地往自家田地趕去。

地頭裡，崔順安一早已是餓得前胸貼後背了，望著回家的那條小道，再看看其他田地裡的人三三兩兩聚集在一起吃著各種晌食，口鼻間似有陣陣飯香直往腦袋裡鑽，想嘸口口水，喉嚨裡卻早已乾得冒煙了。他坐在田埂之上，耷拉著腦袋壓在手腕上，兩眼放空，愣愣地出神，不知道在想著什麼。

「好餓、好餓……這是要餓死我了嗎？」崔濟安頭躺在田埂之上，身體橫在田地裡，身下鋪著外衫，嘴裡叼著一根麥穗稈子，眼睛直溜溜地望著小道，有氣無力地嘀咕著。

「就你話多，還真能餓死了你啊！」張氏站在田裡，沒好氣地踢了一下夫婿崔濟安的腿肚子，然後轉頭望向垂著頭抽著旱煙的崔老漢，說道：「爹，要不我回去看看？」

崔老漢瞇著渾濁的眼睛，吐了一口煙霧，抬頭看了張氏一眼，順手將煙槍在田埂邊上磕了磕，這才開口說道：「回吧！怕是妳娘又生什麼么蛾子了。」

既然崔老漢點了頭，當下張氏便褪了裹在頭上的舊衣裳，捲成一團放在鞋子上，上了田埂就要往回走。

卻見原本躺在地上有氣無力的崔濟安一骨碌便爬了起來，往田埂小道上跑去，同時嘴裡還不忘嚷嚷著。「別去了！大妮來了，有飯吃了！」

崔濟安一聲吆喝，大夥兒扭頭便看到了崔景蕙提著菜籃子出現在田埂彎角處，頓時精神一振。

崔濟安更是一路小跑著接過崔景蕙手中的籃子，然後三步作兩步，又一路小跑著跑了回來，將籃子往田埂上一放，手就往籃子裡伸去。待看到缽子裡四片薄薄的臘肉時，先是眼睛一亮，隨後又是一陣哀嚎。「怎麼就這麼點兒肉呀？還不夠塞牙縫呢！」

話是這樣說著，可是手上的動作卻是一點兒不慢，也不需張氏動手，麻溜地就盛好四碗飯，將缽子裡的糙米刮得一粒不剩方才甘休。先是端了一碗遞給崔老漢，自己方才拿了一碗看起來最大的，挾了點青菜、甜醬，蹲在田埂上便是一陣狼吞虎嚥。

張氏見崔老漢放了煙槍，端著飯卻是不動筷子，她倒也不急著端碗，而是倒了一碗水先遞到崔老漢的面前。「爹，您先喝水。」

「嗯，妳也吃吧！」崔老漢接過水碗一飲而盡，乾得冒煙的喉嚨頓時只覺一片清涼滑過，當真是暢快至極。他將碗遞給張氏，這才用筷子敲了一下飯碗，扒拉起飯菜來，速度絲毫不比崔濟安慢，顯然也是餓狠了。

「嗝……媳……嗝……媳婦……水！」

張氏才剛端上碗，便聽見崔濟安打嗝的聲音，扭頭就見崔濟安單手捶著胸，哽得直翻白眼，顯然是吃得太急，一下子噎住了，她忙倒了水送到崔濟安嘴邊。

崔濟安咕嚕一口將水飲下，方才緩了過來，揉了揉自己的前胸，咧著嘴朝張氏笑了一下，又忙不迭地埋進了碗裡。

張氏看得一陣無奈，將碗裡的臘肉挾放到崔濟安碗裡，不忘招呼著。「慢點吃、慢點吃，沒人和你搶。」

另一邊的田埂上，崔順安先是灌了碗水，倒也不急著吃飯。餓過頭了，反而就不覺得餓了。他伸手將崔景蕙拉到一旁，這才小聲問道：「妳娘怎麼樣了？肚子還疼嗎？可是好些了？」

「爹，晌食是娘做的，我回的時候，娘在灶房裡暈了，我想等會兒吃了飯就回去看著娘。您要不和阿爺說一下，讓江大夫去給娘看看，我看著娘的臉色可是不好。」雖然李氏的叮囑她都記著，可是聽不聽那便是她自個兒的事了。且若是崔景蕙不說，李氏鐵定會全憋回肚子，到時真要出了什麼事，叫破天也是沒用的。

「阿嬤可是又拿臉色給妳娘看了？」說到這兒，崔順安只覺頭痛萬分。就因著李氏是他自己選的媳婦，他沒娶他娘看中的那個娘家姪女，他娘看李氏就沒順眼過。再加上早年李氏滑了胎，落下了病根，大夫說子嗣艱難，而那個姪女卻是五年抱了三男娃以後，他娘看李氏更是哪兒都不順眼。本想著如今李氏懷孕了，婆媳關係會好些，沒想到他娘倒是變本加厲了起來，絲毫不顧及李氏肚子裡懷著娃，真是愁死個人。

崔景蕙攤了攤手，表示自己也很無奈。「我已經和娘說了，讓她別理會阿嬤，可是您也知道娘的性子，只怕是沒多大用。」

崔順安自然也是知道自家媳婦的性子，兩父女相顧，同時露出一絲苦笑，嘆了口氣。

看著崔景蕙如此大人模樣，崔順安是又心疼又自責，伸手捏了捏崔景蕙透紅的臉頰，拍了拍她的肩膀。「餓了吧？吃了飯妳就回去守著妳娘，田裡的活兒妳就別操心了。」

「我也是這麼跟娘說的。爹，您也快去吃，飯冷了就沒香味了。」閒話少訴，田裡的活計還不少，一夥人飛快地吃完了飯。

崔濟安更是意猶未盡地將碗底舔了個乾淨，就著碗裡的些許油星灌了三大碗水，這才滿意地拍了拍肚子，打了個飽嗝。「肚子裡有貨，心就是不慌！」

崔順安幫著崔景蕙將碗筷收拾進籃子裡，瞅著一旁磕著煙槍的崔老漢，遲疑了下，還是悶著頭走了過去。「爹，我想讓大妮回去陪著鈴子。」

崔老漢吧嗒了一口旱煙，煙霧繚繞中看了崔順安一眼，然後朝一旁的崔景蕙招了招手。「大妮，今兒中午的飯食是妳娘做的吧？妳娘沒事吧？阿嬷怎麼沒來田地？」

崔景蕙看著崔老漢那張溝壑叢生的老臉，並沒有啥畏懼之情，聽到崔老漢的問話，臉上恰到好處地浮現出一絲無奈，這才放小了聲音回答。「娘暈了，現正在屋裡躺著呢！阿……嬷，阿嬷說一身痛，得歇著，今兒下午就不來田裡了。」

「這個懶婦！」崔老漢眉毛一皺，感覺整個五官都黏成了一團，摺成了一個野菜粑粑。

「今兒個的晌食是妳娘做的，怎的肉食比往常少了？」

「這……娘暈了，我讓阿嬷看了會兒火，所以……」崔景蕙一臉為難地看著崔老漢，吞吞吐吐，就是不將話說明白，可即便如此，意思也是夠了。

這已是周氏好吃躲懶的常態，崔老漢自然是心知肚明。「妳回去好生看著妳娘，田裡的活計不管了，院子裡的活計也不能撂下。」

「知道了，阿爺！」崔景蕙聽到崔老漢答應，頓時面上一喜，扭頭朝著崔順安擠了鬼臉，隨即提著籃子上了田埂，腳步輕快，不多時便已消失在眾人視線範圍之內。

張氏這才剛把衣服繫在頭上，見此臉色一黑，走到崔濟安的面前，用手拐了下崔濟安的胳膊，示意他朝崔景蕙離開的方向望去。

「不就是個丫頭片子嗎，能頂多大的勞力？妳還不知道咱娘的性子啊，每年不都得鬧這麼一齣？田裡的活兒她懶得幹，家裡的活計她更懶得幹！難不成妳想幹完田裡的，再回家裡幹上一番？妳不嫌累，我看著都嫌累。好了，快點幹活吧，要不然爹該生氣了。」崔濟安剔著牙，眯著眼瞅著崔景蕙離去的方向，一臉無所謂的表情，絲毫沒有因為自家多出了一個勞動力而感覺吃了虧。

被崔濟安這麼一說，張氏頓覺心裡痛快了些。在田裡幹了一天，早就是腰痠背痛的，要是回家還得洗衣、做飯、餵豬，想想這個，張氏便覺得渾身不得勁兒，因此倒也沒覺得吃了多大虧了。見著崔老漢已經開始割田，張氏也不敢再躲懶，忙拿著鐮刀忙活了起來。這還剩兩畝多地呢，三個人一下午幹完，那也要累得夠嗆。

村裡的房子大多都是黃土堆砌，倚山而建，所以村裡的住戶三三兩兩，並不群居一塊兒。

崔景蕙家位於山腰處，順著村落蜿蜒的小道，再經過一處蜿蜒的上坡，便能看見坡地邊緣處一叢叢荊棘橫生，將小院圍住。

穿過一道簡易的木門，便是一大片空地，空地上挖著一個約莫兩公尺長寬的小水窪，水窪裡游著兩隻白毛鴨子，正時不時地啄食著水上蜉蝣。再裡面一點兒，一架葡萄藤，葡萄順著打好的木樁糾纏蔓延於半空之中，一串串成熟的葡萄懸掛其下，格外誘人。葡萄藤遮擋處是一塊蔭涼的地兒，幾把竹椅隨意擺放在那兒，幾隻母雞正領著小雞在旁「咕咕咕」地叫喚著。再往裡便是兩摞石塊堆砌鋪就的青石板，上面正曬著一些醃製好的野菜；挨著青石板的是一個大大的水缸，裡面盛滿了水。再過去便是幾根木樁搭建的簡易棚房，一邊堆砌著拾撿回來的柴火，一邊則是豬圈，一隻半大的豬正窩在豬圈裡，時不時掃弄著尾巴，驅趕著蚊蟲。

院子不大，卻拾掇得乾淨整潔，一看便是會過日子的人家。

崔家的房子正好橫排五進，前頭兩進是灶台、主間，後兩進是兄弟兩個的住所，中間便是堂屋。

崔景蕙回了院子，便見阿嬤房門落了鎖，想是出去尋人嘮嗑了。見阿嬤沒招惹娘，崔景蕙倒是鬆了口氣。

回到自家臥房，看飯碗見了底，李氏雖攢著眉卻是睡過去了，她遂輕手輕腳地走了過去，伸手撫平李氏額間的愁苦，這才轉身往外走去。

出了房門，看著堆在牆角一大盆沒洗的衣衫，還有餓了一天嗷嗷叫喚的家畜，崔景蕙挽起袖子，開始忙活起來。

她得趕在阿嬤回來前把活計都幹完了，免得到時候阿嬤有理由又想著支使娘親。

# 第三章　懷男懷女

曬穀場入口處旁，乃是一棵百年榆錢樹，蓬蓋般的枝椏垂下，在密密麻麻的榆錢遮掩下，留出一大片蔭涼空地。如今農忙已過，曬穀場上曬著滿滿當當的金黃穀粒，格外好看。

崔景蕙端著針線簍子，坐在榆錢樹暴露在地面上胳膊肘粗的樹根上，身旁放著一把穀耙子，正一邊拆著舊衣上的線兒，一邊看顧著穀子。

「大妮，妳知道前幾日柱子娘尋了媒婆給柱子說媒的事不？」一旁的春蓮放下了手中的錐子，看著正在低頭拆線的崔景蕙，促狹地笑了笑，索性將手中的針線筐擱到地上，屁股往她的方向挪了挪，蹭了蹭她的胳膊。

崔景蕙抬頭看了一眼前面的曬穀場，見沒有牲畜前來糟蹋糧食，這才扭頭看了一眼滿臉寫著「快問我、快問我」表情的春蓮，點了點頭，一臉見怪不驚地丟了句話。「前日正好碰見柱子，他和我提了句說媒的事。」

「他竟然和妳說了?!我的天呀！那妳知不知道，下河村的趙香美看中他了，這才惹得媒人上門？我說那柱子簡直就是走了狗屎運了，那可是下河村的村花呀！多少小夥子排著隊兒上趕著想要娶她呢，偏生她看中了咱們村的柱子，我看那趙香美簡直就是瞎了眼了！」春蓮一臉忿忿不平地朝崔景蕙數落著柱子，可是臉上的自豪勁兒卻是擋都擋不住。

不過也是，大河村說起來都是窮鄉僻壤，村裡便是連個地主都沒有。要說能天天吃上肉的，只怕也就村長一家了，青磚白瓦的十來進屋子，其他人也只有羨慕的分兒，誰讓人家生了個好兒子爭氣呢！那可是考上秀才的讀書人，據說還在縣衙裡當著差，可威風了，哪能和他們這些泥腿子出生、大字不識半個的老百姓相比較？

羨慕歸羨慕，別的心思倒是不敢有的，畢竟大河村的田地都依著情分掛在人家名下了，這省下的稅糧可不得撐上個把來月？這可是下河村羨慕都羨慕不來的。

且說這眼前的曬穀場，那可是村裡祖上從山上揹了石塊，花大錢讓人打磨成方方正正的一塊一塊，把地嵌實了，再把石塊一板一板鑲進去，用米糊合了縫，這才有了如今這敞亮的場面。要知道，臨旁的村子曬穀子可還得用葦席呢！當然，這也是大河村幾代人累積下來的資本，更是大河村炫耀的資本。

「大妮，妳聽我說話了沒？」春蓮正說得興起，卻見崔景蕙望著前面的曬穀場出了神，不免有些委屈地蹭了蹭崔景蕙的手臂，頓將崔景蕙從沈思中驚起。

她有些抱歉地看了看春蓮，順口接道：「咱們村的柱子也不差！莫要忘了，他可是秀才老爺的堂弟、村長的姪子，配趙香美自是配的，也沒妳說的那麼差吧？」崔景蕙一出口，便見春蓮一臉興奮地湊了上來，心中頓覺不妙，自己這隨口一誇怕是誇出了岔子！正待要開口將話收回，卻見春蓮一臉興奮，手舞足蹈的開口了。

「大妮，妳這話要是說給柱子聽，只怕他會高興得昏頭的！妳不知道，柱子因為妳和村裡其他男娃不知道打了多少架了，不然妳以為跟在妳後面的人會比趙香美少呀？在我看來，咱們大妮可比下河村那個趙香美要漂亮一百倍！」

春蓮一臉得意模樣地攬著崔景蕙的肩膀，那種從骨子裡綻放出來的自豪感，倒是將崔景蕙弄得有些哭笑不得。

「妳瞎說什麼呀？咱們村的男孩哪個見了我不是跟撞見瘟神一樣，跑得比兔子還快？而且，妳可不能亂說，柱子如今要說親了，要是亂傳，對他名聲不好，知道不？」崔景蕙伸手捏了捏春蓮的鼻子，笑著警告道。這小妮子八卦之心太重了，得從苗頭給她掐住，免得到時候以訛傳訛，還不知道要生出什麼岔子。

春蓮看崔景蕙一臉不在意的模樣，不禁驚得瞪大了眼睛，她還以為崔景蕙是看不上柱子呢，原來人家根本就不知道這回事！

「大妮，妳真的不知道呀？我還以為妳是假裝的呢！咱村裡大半小子沒幾個不喜歡妳的，但是都被柱子警告了，靠近妳一次就打一次，所以現在才沒有人上前跟妳湊近乎。」再看崔景蕙一臉不信的模樣，春蓮不由得對柱子生出了幾分憐憫之情，更是急得想要辯駁一二。

「妳別不信，只要柱子一訂親，到時候就——」只是說到這兒，想起那日柱子當著媒婆的面，死也不要和那趙香美訂親的倔強模樣，她忽然覺得，只怕是沒有到時候了。

一時間，春蓮不免有些吶吶的，倒是不知道該如何讓崔景蕙相信了。

崔景蕙根本不在意，搖了搖頭，接著忙活手上的活計。她手上是一件洗得泛白的舊衣裳，上面還打著小塊補丁，這還是張氏拾揀出的崔元生已經穿不了的舊衣裳。她昨兒個洗了洗，打算都改小了，給李氏肚子裡的孩子穿，畢竟孩子生在冬天，比起夏天的娃確實是費衣裳些，這天寒地凍的，大人倒是可以忍忍，小孩子卻是扛不得。至於新的，家裡的銀錢都揣在周氏手裡了，要想摳出一個子兒，那簡直就是要了周氏的命，且依著她娘的性子，怕是還沒開這口就被慫回來了。

見崔景蕙如此模樣，春蓮倒不好再繼續剛才的話題。伸手自崔景蕙的筐子裡提起一件破衣裳，再看看她手上那件早看不出原色的破布，有些不敢置信地望著她。「大妮，妳這不會是給妳弟準備的吧？妳阿嬤也太吝嗇了！」

「我阿嬤是出了名的死摳，要錢不要命，妳說呢？」崔景蕙笑了笑，一把扯過春蓮手中的破衣裳塞筐裡，然後將拆下來的線和補丁分別團成團，塞進筐裡一個巴掌大的小口袋裡，這還得留著用來縫衣衫的，可不能浪費。

「妳娘真可憐！」春蓮想起周氏的性子，望著崔景蕙的目光不免帶上了一絲憐憫。攤上這樣的婆婆，只怕連口肉都難吃到嘴吧？還是她阿嬤好。

「我娘自己不覺得可憐，妳說了沒用。」崔景蕙其實對李氏那軟包子性子也是恨鐵不成鋼，但卻是見不得別人說道，不免反駁了句。雖嘴上這麼說，可是手上的動作卻是不自覺的慢了下來，娘這幾天都不曾下地，看來她是要進山溜幾圈了。

春蓮知道崔景蕙不喜別人提她娘懦弱，自覺失了言，再看崔景蕙攢著雙眉，不免生出一絲後悔，咬了咬嘴唇，決定告訴崔景蕙一個秘密作為補償。

幸好此時臨近晌午，曬穀場並無他人，春蓮一臉神秘地湊到崔景蕙耳邊，問道：「大妮，妳知道妳娘懷的是男孩還是女孩嗎？」

「是男孩。怎麼了？」崔景蕙說得一臉篤定，這胎要不是個男孩，她娘這輩子在阿嬤面前可就真抬不起頭了。

「是男孩就好！」春蓮一臉慶幸地鬆了一口氣，再看到崔景蕙更加茫然不解的表情，儘管知道周圍無人，卻還是小聲地說道：「妳阿嬤年輕的時候，有過兩個女兒，都是剛出生就被妳阿嬤溺糞桶裡了，對外只說是養不活送人了。妳阿嬤本來就對妳娘不滿意，這要是生個女兒，我怕妳阿嬤會……」春蓮遲疑了一下，並沒有將最後的話說出口，而是做了個歪頭斜眼吐舌頭的吊死鬼模樣。

崔景蕙瞬間便明白了春蓮的意思，臉上的表情不由得一暗。看來她得多小心一些了，對自己的親生閨女都能下得了手的人，還有何底線可言？

想到此的同時，崔景蕙一臉正色地看著春蓮，認真地叮囑道：「春兒，此事妳切勿往外傳！妳還未出嫁，以免被人壞了名聲。」

「妳說什麼呢！妳堂姊來了，不跟妳說了，我家去了！」一說到親事，春蓮頓時臉一紅，眼角瞥了崔景蕙一眼，正要找藉口離開，不經意間卻見崔景蘭掛著一小籃子款款往這邊走來，眼睛驀地一亮，隨口丟了一句，拿起地上的針線筐，瞬間落荒而逃。

崔景蕙一陣愕然，絲毫不知自己哪句話引得春蓮如此反應。不過春蓮的話倒是提醒了崔景蕙，她起身往小徑上一看，果不其然看到崔景蘭的身影。如今田裡的活已經忙完了，想來是大伯將他們姊弟自外婆家接回了。

一想到歸家的那個混世小魔王，還有那寵孫無度的周氏，崔景蕙就覺得頭疼，看來是一刻都不能放鬆警戒了。不過是一出神的工夫，崔景蘭已經走到了身旁。

「大妮，這些日子讓妳受累了，我娘她……」她看著崔景蕙那張顯然被曬黑了幾分的臉，再看看自己絲毫未受夏日陽光摧殘的白皙膚色，不免忐忑了幾分，揣著小籃子的手亦是有些不安地扣著竹籃的縫隙。

「蘭姊，不要這麼說。妳馬上就要及笄了，想來說親也是快了，不要曬黑了才好。」崔景蕙此刻的心思早已飛回了崔家小院，一時間口無擇言，隨口話來，待看到崔景蘭低著頭瞬間羞紅了的脖頸，這才恍然大悟，自己又說錯話了。同時也想起，春蓮和崔景蘭一般大，想來也是被家裡人提了說親的事，這才會被自己隨口提的一嘴弄得羞澀地逃跑了。「我就這樣隨口一說而已，蘭姊不要放在心上。」

崔景蘭搖了搖頭，抬起頭，露出一張秀氣、粉紅未退的臉看了崔景蕙一眼，將手中的小籃子遞到崔景蕙面前。

「大妮，怕是餓了吧？快點吃。」

崔景蕙早已隔著籃子聞到飯菜的香味了，她雖已經腹內咕咕抗議，可是見著飯菜，卻又難以下嚥。她遲疑了一下，還是接過了小籃子，卻挨著針線笸一起放在地上，並未有開吃的打算。

「大妮，怎麼了？是不是中暑了？」崔景蘭見狀倒是一急，忙伸出手去試探崔景蕙的額頭，卻被崔景蕙避開。

崔景蕙躊躇了下，這才向崔景蘭請求道：「蘭姊，我想回去看看我娘，妳幫我在這邊看會兒成嗎？別讓牲畜糟蹋糧食就行了。」

「那這飯？」崔景蘭倒是沒有拒絕，只是一臉為難地看著小籃子。這飯還熱著呢，要是再不吃就冷了。

「沒事，等我回來吃。蘭姊，謝謝妳！」崔景蕙見崔景蘭應下，頓時一喜，片刻也不願耽擱，提起裙襬，顧不得穿鞋便往小徑上跑去，跑得遠了，還聽得崔景蘭在背後呼喊著的聲音。

「大妮，慢點、慢點！妳的鞋還沒穿呢……」

崔景蕙氣喘吁吁地跑回了崔家院子，正要去看看李氏，卻聽到灶屋傳來周氏的聲音。

「我的乖孫孫，這可是阿嬤特意留給你的雞蛋，好吃嗎？」

「好吃！阿嬤，等嬸嬸肚子裡的小娃娃出來了，您也會給小娃娃吃雞蛋嗎？」

童稚的聲音因為嘴裡塞滿了食物而顯得有些含糊不清，但還是讓崔景蕙聽明白了他話裡的意思，腳下的步子一頓，呼吸也漸漸放緩。

「怎麼可能？元元可是阿嬤的心肝兒，阿嬤存著的雞蛋，除了元元誰也不給吃！」依著崔景蕙的視線範圍，只看見周氏想都沒想，一把將堂弟崔元生抱入懷中，臉上笑開了花，一臉的慈祥。

「那要是小娃娃是個弟弟呢？」崔元生已經六歲了，鬼精鬼精的，得到了周氏的保證，便迫不及待地追問了起來。

「要是個弟弟呀……」周氏聽到崔元生的話，拍著他後背的手一頓，嘆了口氣。她早就探過雲婆子的信了，雲婆子含糊不清的，只怕這李氏懷的又是個賠錢貨。

「阿嬤，您還沒回答我的問題呢！」崔元生見周氏愣神，頓時不滿地拉了拉她的衣袖子。

「要真是個弟弟，自然是得分一半給弟弟呀！就怕……」

「咳咳！咳……」

周氏還待再說，卻聽得灶房外一陣咳嗽聲，然後便見崔景蕙走了過去。生怕崔景蕙發現她在給崔元生加食，自是哄著崔元生出了灶房，放他去玩了。

崔元生站在院子門口，望著崔景蕙進屋的背影，眼睛滴溜溜的直轉，忽然，他露出一個大大純真的笑容，撓了撓後腦勺，一蹦一跳的往山腰上去了。

崔景蕙沒見著崔元生這著，進了屋內，看見李氏靠坐在被褥之上，手裡拿著崔順安的一件衣衫，正打著補丁，倒是沒看見崔順安的身影。

李氏見到崔景蕙這個時候回來，一愣，忙要起身。

崔景蕙快步上前阻止，順手提過床頭的茶壺給自己倒了一杯涼開水。

李氏看著咕嚕咕嚕灌著水的崔景蕙，放下了手上的活計，遞給崔景蕙一條手帕，一臉疑惑地問道：「大妮，咋這個時候回來了？蘭子沒給妳送飯去嗎？」

「送了。我這不是擔心您嗎？穀子讓蘭姊給我看會兒，就回來看看。爹呢，怎麼沒在家陪您？」崔景蕙接過手帕，將嘴邊的水漬擦去，環顧左右，沒有見到崔順安的身影，不由得詫異地挑了挑眉，問了問。

「我在這躺著，有啥好擔心的？妳爹哪是閒得住的人，這不，山下袁大嬸家蓋房子，一天四個銅板，所以妳爹就去幫忙了。」

李氏聽了崔景蕙的話，倒是鬆了口氣，將手中的縫衣針放髮絲上擦了擦，蠟黃的臉上笑得一臉無奈，卻又極其滿足。

「娘，今兒個爹沒回來，您就別出門了。元元調皮莽撞，要是不小心磕著、碰著了娘您，可划不來。」

「元元還小，娘遠著他點，不礙事的，妳也別瞎擔心了。該是餓了吧？快去吃飯。」一個才六歲的小人兒能有多大壞心？李氏看著崔景蕙草木皆兵的模樣，又是好笑又是心痛。

崔景蕙見李氏這模樣，便知道她根本就沒有將自己的話放在心上，不由得板著一張小臉，杵看著李氏，就是不動。

李氏也知道崔景蕙執拗的性子，見她這般，只得軟下來，一口應道：「好好好，娘都聽妳的！妳爹回來之前，絕不出這門，行了吧？」

「拉鉤！」崔景蕙知道自己的動作幼稚無比，但按著以往的經驗來說，這對李氏確實是最管用的方法，畢竟作為自居的成年人，崔景蕙甚少和李氏這般撒嬌的。

果不其然，李氏看著崔景蕙一臉認真的模樣，不由得淺笑著搖了搖頭，然後伸出小拇指勾上崔景蕙的小拇指。

「拉鉤上吊，一百年不許變，誰變誰是大黃狗！」

「好了，這下大妮可放心了吧？」

李氏望著崔景蕙的眼神寵溺無比，看得崔景蕙忍不住鼻子一酸。李氏太溫柔了，崔景蕙貪念李氏的溫柔，可有時卻還是忍不住想要改變李氏那刻印在骨子裡的性格，即便不管她怎麼用力，都是徒勞無功。

畢竟，這年代，太溫柔的人，總是太容易讓人生出折辱的心思。

崔景蕙心中的彎彎繞繞，自然不欲與李氏多說，既然李氏已經答應，崔景蕙那顆懸著的心也算是落到了原地。

她出了側門，去到茅房裡將恭桶的尿液倒了，用水沖了沖，又提著放到屋內，靠側門放著，以免氣味熏著了李氏，這才出了房門。

院子裡早已不見周氏的身影，怕是不知道去哪家串門了。崔景蕙也不在意，赤腳走在泥石子路上也不嫌硌腳，提著裙襬飛快地朝曬穀場跑去。

秋日的陽光散落在其身上，映射出一圈一圈的光暈。

# 第四章　調戲景蘭

此時的曬穀場內，卻是另一番情景。

「賴子強，這是我家的穀子，你快放下，再這樣我就叫人了！」崔景蘭雙手拿著穀耙子，滿臉驚恐又強自鎮定地看著蹲在地上用簸箕撮著自家穀子的賴子強，雙腿顫顫，嚇得直嚥口水，伸出的穀耙子不停的晃動，顯然是害怕到了極點。

「妳喊呀！用力地喊，最好是對著我的耳朵來喊，多喊幾聲強哥哥，若是能把我的心喊酥了，我就上妳老崔家提親去！」賴子強抬頭，看著崔景蘭那張秀氣惶然的臉，不由得覺得心癢癢，一把將簸箕扔籮筐上，涎著一臉下作的笑，隔著穀耙子伸手就要往崔景蘭臉上摸。

崔景蘭嚇得肝膽俱裂，低頭緊閉眼睛，握著穀耙子的手用力的就往外伸，將穀耙子蹭到了賴子強的胸前。

賴子強低頭看了看那簡直是撓癢癢般的力道，伸手握住穀耙子的杆子，用力往外一扯。

崔景蘭頓時被扯了個踉蹌，雙手一鬆，身體後仰，退了幾步，這才穩住身形。

賴子強隨手把穀耙子扔到一邊，往手心吐了口唾沫，然後搓了搓，一臉猥瑣地朝崔景蘭招了招手。「好妹妹，來，陪哥哥好好玩玩！」

「你、你不要過來……求求你走開！」一瞬間，崔景蘭心中又怕又絕望，她顫抖著聲音，一邊後退，眼睛一邊四顧，想要尋求別人的幫助。

「好呀！叫我一聲好哥哥，給我抱抱，我這就走。」賴子強一臉得意，他本來不過是想來弄點糧食而已，倒是不承想女大十八變，這老崔家的大閨女是越長越漂亮了，若是能摸摸那白嫩嫩的小手……一想到這個，賴子強只覺得全身躁動了起來，腳下的步子也快了幾分，對著崔景蘭柔美嬌弱的身姿就要抱了過去。

「啊——」崔景蘭嚇得一聲尖叫，緊閉雙目，抱著頭猛的蹲了下來。

「砰！」賴子強正要得手之際，只見遠遠的飛來一顆石子，精準地砸在了他的後腦勺上。他猝不及防之下，只覺後腦勺痛得厲害，忍不住回頭，破口大罵了起來。「哪個缺德鬼，敢砸我賴子強？不想活了吧！」

崔景蕙遠遠就看到了賴子強，心裡頓時閃過一絲不好的念頭，果不其然，狗改不了吃屎，沒一會兒就動手動腳的了。這情景頓時讓崔景蕙火冒三丈高，一邊邁開步子狂奔，一邊抄起一顆石子就往賴子強身上扔去。

這會兒也顧不得心疼糧食了，崔景蕙踩著穀子就奔了過去，還不忘順手將橫在穀子上的穀耙子拿起來，想也沒想，就往賴子強身上砸去。

「就是砸你這個大頭鬼！敢動我崔家的人，是活膩了吧？」崔景蕙根本就不給賴子強喘息的機會，穀耙子一頓亂敲，下下皆落到實處，直砸得賴子強像猴子一樣，上躥下跳，哪還有剛才的得意勁兒？

「好妹妹，別打了！哎喲！哥哥不敢了，哎喲！」

「誰是你妹妹？你那倒了八輩子楣的妹妹早被你賣窯子裡去了！妹妹、妹妹，我這就送你去見你妹妹！」被這種畜生叫妹妹，崔景蕙更是氣不打一處來。村裡誰不知道賴子強把自個兒的親妹妹賣了，給別人糟踐了。看到這種人，崔景蕙恨不得將他劈成八塊，哪還有半點好顏色。

「大妮，別打了！是我不好，我保證，再也不敢了！」賴子強一邊後退，一張鞋拔子臉皺在一起，一臉哀求之色。要是崔景蘭，他還敢嘴上、手上沾點兒便宜，可是對崔景蕙，他卻是不敢的。村裡誰不知道，哪個未婚的漢子只要沾了崔景蕙，第二天肯定會被柱子那渾小子找上門來一頓胖揍！這渾的怕狠的，他雖常年做著偷雞摸狗的事，可打架什麼的，那也只有吶喊助威的分兒，真碰到柱子這種下手不要命的人，哪能不慫呀？

而且這要是讓柱子知道他還了手，那還不被那狠小子扒層皮！所以當下，賴子強哪還顧得臉面不臉面的，少打幾下就少受幾下罪不是？

只可惜，崔景蕙根本就不吃他那一套，她早就想揍賴子強一頓了，只是一直沒瞅著機會，這如今撞上了，哪有放過的道理？

「哼，你賴子強的話要是能信，母豬怕是都能上樹了！」崔景蕙一臉蔑視地瞪了賴子強一眼，心中是越想越氣，手下的力道更是重了幾分。

賴子強看這架勢，也知道是惹了這姑奶奶了，心裡一橫，也顧不得躲閃了，扭頭轉身就跑，跑到之前裝米的籮筐前，還不忘端起那半筐米。

「大妮，快攔住他，那是咱家的糧食！」才定下心神的崔景蘭見此，忙上前推了一把站在原地喘著粗氣的崔景蕙，一臉焦急。這可不得十來斤穀子啊，要是讓阿爺知道了，那可不是一頓打能了的事！

崔景蘭畢竟是被賴子強嚇著了，哪還敢上前去擋，只得推著崔景蕙去。

崔景蕙一聽，更是氣得牙癢癢的，丟了穀耙子就去追。

那賴子強好吃懶做，又不事農活，這會兒端了十幾斤穀子，可不夠嗆？還沒走出曬穀場的小徑呢，便已經被崔景蕙一把從後面扯住了腰帶，順帶在其屁股上恨恨地踹了一腳，頓時踹得賴子強一個踉蹌，往前一撲，籮筐跌落地上，裡面的穀子瞬間往籮筐上拋起，隨即又落了回去。

崔景蕙的心也隨著穀子一起一落，好不容易落到原地，再看賴子強，更是沒了好氣性，伸手一拳就砸在賴子強脾臟的位置上，然後伸腿狠狠往賴子強的雙膝間一頂，用足了勁兒。

「啊——」賴子強瞬間夾緊了大腿，雙手搗胯，五官扭曲，蜷縮在地上，額間冷汗直冒，硬是再也叫喚不出來了。

「呸！這糧食金貴著呢，咱自己都捨不得吃，怎麼會捨得給你這個畜生吃？簡直就是白日作夢！下次不要讓我再看到，不然我揍得你後悔生在這世上！」崔景蕙耀武揚威地朝蜷在地上的賴子強揮了揮小拳頭，絲毫沒有畏懼兩人因為身高、年齡帶來的實力差距。

崔景蘭小心翼翼地蹭了過來，望著賴子強半晌沒吭聲的模樣，紅著臉，竟然有些不忍地抓住崔景蕙的胳膊問道：「大妮，這會不會太狠了？」

「蘭姊，妳可別心軟，這種人活該他斷子絕孫！」崔景蕙沒有半點憐憫地堵了回去。這種不贍養父母、逼死老婆、賣了妹妹的人，活著都是多餘的，有什麼好同情的？也就這些個養在深閨、不諳人事的小姑娘見一齣是一齣，她都懶得搭理。

崔景蕙倒是沒忘記自己現在也不過就是個十來歲的小屁孩，心裡吐槽幾句，面上卻是一臉關心地對著崔景蘭說道：「蘭姊，妳先回去，這裡沒啥大事了，就交給我吧！」

「那……那大妮妳小心點，我先回了！」聽到崔景蕙的話，崔景蘭下意識裡鬆了口氣，她是一刻都不想待在這裡了。只是話一出口，想到大妮比自己還小一歲多呢，而自己竟然還要大妮保護，一時間更是臊得慌，小心翼翼地避開賴子強的身子，竟是提了裙子，一路小跑而去了。

崔景蕙目送崔景蘭的身影消失後，方才將視線落在蜷成嬰兒狀的賴子強上，一腳踢在他腰背上，丟了一句。「別裝了！還不快滾？簡直丟人現眼！」說完，拎了籮筐，頭也不回地往曬穀場走去。

被踹了一腳的賴子強翻身坐了起來，倒三角眼恨恨地剜了崔景蕙的背影一眼，然後爬了起來，嘴裡低聲咒罵著，夾著雙腿一瘸一拐的離開了。

崔景蕙將籮筐裡的穀子倒回原處，然後用穀耙子將穀子全部翻了一遍，方才回到榆錢樹下，捧著已經冷掉的飯菜，大口大口的吃了起來。

夏風拂過，榆錢樹柳依依，崔景蕙坐在樹下，倒是如畫一般，愜意安然。

傍晚時分，日落西沈，初月薄光，北斗相隨，雖天色還未見黑沈，可曬穀場整個已經陰了下來。

小徑上三三兩兩扛著鋤頭的漢子一邊聊笑著，一邊往曬穀場走來。大河村不過是個窮鄉僻壤的小地方，也沒啥消遣的事，平日村裡的人幹完地裡的活都喜歡聚集在榆錢樹下，拉拉家常，分享不知從哪兒傳來的謠傳、黃段子。

「大妮，妳家穀子今年收成不錯啊，該有好幾百來斤吧？這穀子怕是再曬個把日頭就可以收了。」一個扛著鋤頭的漢子走到曬穀場上，拾起一顆穀粒，扔進嘴裡嚼了嚼，然後憨著一臉笑，向崔景蕙喊道。

「還不是老天爺顧著咱老百姓，風調雨順的，自然這收成就好了！不過再好哪有剛叔您家過得滋潤，聽說剛叔您前兒個牽了頭驢回來，我還沒見過驢長啥樣呢？等過兩天我去剛叔家瞅瞅，剛叔可不得小氣！」這剛叔就住在曬穀場下面一點，家裡的兩個兒子打小就上縣裡飯館當學徒，年前聽說是出師了，每個月月錢就有好幾百銅錢。這不，前些日子他家剛曬完穀子，就在縣裡牽了頭驢子回來，可不讓村裡的人羨慕得緊。崔景蕙這都活三輩子了，還只在電視裡見過呢，這真的、活的，倒是頭一次。

「那是、那是，隨時歡迎，到時候我讓妳嬸子給妳煎盒子吃！」說起自家的驢子，剛叔滿臉的褶子都笑開了花，嘴角都快咧到後腦勺去了。

「好咧！老早就想嚐嚐橋嬸做的盒子了，每次隔老遠就聞到韭菜花的香味了，就沒好意思，到時我就不跟剛叔客套了！」崔景蕙將一簸箕穀子倒進籮筐，拽著袖子擦了擦汗，一臉燦爛的笑，這說的話兒，聽到剛叔耳裡，也是舒坦不過。

「好咧，我回家就和我那婆娘說道去！妳阿爹、阿爺咋還沒來？要搭把手不？」剛叔說著抬頭瞅了瞅天，剛還亮堂著，這才嘮了幾句，轉眼天便灰濛濛的了。回頭瞅瞅道兒，老崔家的人卻是連個影子都沒。

「謝剛叔，不用了，指不定他們已經在路上了。」崔景蕙一邊麻利地撮著穀子，一邊回道。

剛叔見此，也不好再打擾她了，提著鋤頭，轉身走到榆錢樹下，加入了閒話家常中。

崔景蕙將穀子全撮進籮筐中，又等了好一會兒，天邊只剩下一點兒白時，終於看到崔老漢領著崔順安兄弟，姍姍而來。

「爹，怎麼現在才來呀？娘沒事吧？」雖已近夜色，崔景蕙卻還是看見了三人面上沈沈的臉色，心中不由得一咯噔，忙起身湊到了崔順安面前，拉著他的袖子，聲音也變得有些惴惴不安了起來。

「妳娘沒事，就是妳阿嬤去上茅房的時候摔了一跤，說是屁股痛得厲害，所以請了江大夫過去看看，這才耽擱了下。大妮怕是等急了吧？我們這就回家去。」崔順安安撫地拍了拍崔景蕙的肩膀，抬頭看了一眼正在套扁擔的崔老漢，悄聲對崔景蕙解釋了一番，以免她擔心。

崔景蕙頓鬆了一口氣，幫著崔順安套好了扁擔，將穀耙子、掃帚等存放在村長家的堂屋裡，這才端了針線筐，追著三人挑擔的身影而去。

崔景蕙快走幾步追上崔順安的身影，小聲地問道：「這好端端的，阿嬤怎麼會摔著了？江大夫怎麼說？摔得重嗎？」

崔順安一邊挑著擔子，特意放慢了腳步，輕聲給崔景蕙解釋道：「娘說是踩在石板上時腳下面一滑，給一屁股坐地上，直接摔懵了。大嫂給瞅了下，說是摔青了。江大夫沒給開藥，讓躺上兩天應該就沒啥事了。這次妳阿嬤可真遭罪了。」

崔景蕙也沒再多問，心裡卻暗自尋思著，這最近沒下雨，地上又不滑，怎麼會平白無故的摔著了？看來還是多留點兒心好，不過萬幸總歸不是娘摔了。

崔景蕙暗暗慶幸，雖然這樣的想法不怎麼地道，可人都是自私的，便是一個屋子裡住著的親人，也是有親疏之別的。比起阿嬤，她自是偏向李氏的。

崔景蕙才剛到院子，便聽見屋內阿嬤「哎喲、哎喲」有氣無力的叫喚聲，不由得暗暗嚼舌，看來阿嬤這一跤摔得可真是不輕，不然依著阿嬤的性子，便是痛，也得比別人中氣十足些。

崔老漢領著兩兄弟，將籮筐挑到了堂屋裡放下，聞聲出來的張氏，手腳麻利地用麻布將籮筐的口子蓋住，以免晚上的時候被老鼠糟踐了。

崔景蕙端著針線筐回到臥房裡，李氏還在床上躺著，不過看衣裳，怕是剛才也起身了。這茅房就對著五進的側門，周氏在門外叫喚，李氏怎可能不起身去看看？畢竟那可是她婆婆。

「大妮，回來了啊！桌上有窩窩頭，要是餓了就自己拈了吃，怕是今兒個晚上開不成伙了。」李氏此時還是有些心有餘悸，看到崔景蕙，也只是勉強一笑，並未起身。她被今兒個這一齣嚇到了，她現在六個多月的身子也是日漸重了起來，而且時不時便會感覺尿意，若是今兒個大妮沒將恭桶提屋裡來，那摔的指不定便是她了，那麼她的孩子……一想到這種可能性，李氏的面上多了幾絲惶恐。

「我知道了，娘。」崔景蕙看著李氏的樣子，便知道她是怕了。會怕才是好事，怕才會萬事警醒，所以崔景蕙也不多安撫李氏，順手捏了一個窩窩頭塞嘴裡，三下五除二地吞入腹中，然後提了門口已經半滿的恭桶出了側門。

其實出了側門便是一條水溝，上面架著塊石板，石板過去則是一小片菜地，上面種著各種菜蔬，過了菜地就是茅房了。為著方便，通往茅房的菜地裡用山上的碎石子嵌進泥土裡，成了條道兒，周氏想來就是走在這條道兒的時候摔的。

夜色還沒透黑，道兒也不長，且崔景蕙不知是否上輩子過得太苦，這輩子自重生之後，晚上對她而言，便猶如裝了紅外線一般，黑暗對她來說根本就沒有任何阻礙，自是不多時便在混著石子的泥巴上看到了周氏摔下所蹭出的半個鞋掌印子。她倒不急，先去把恭桶裡的尿液倒了，順便沖了沖，提回房裡，這才再度去到菜地的腳掌印子那兒。

用手挨個兒摸摸被踩得磨去稜角的石子，然後湊近鼻子聞聞，不多時便在一小塊明顯滑溜了不少的石子上聞到了皂角的味道。

這村裡有皂角樹的也就是住在他們上戶的崔獵戶家了，不過他們的皂角寶貴著呢，一個銅板十片，用來洗衣裳、洗頭什麼的確實極好，大河村裡大多數人家都用著。極少數嫌貴的，也就用草木灰湊和著洗洗，而他們家，便是這極少數的人家。因為周氏嫌貴，一個銅板要買人家十八片，和獵戶家的胖嬸大吵了一架，雖然晚輩照常走動著，可是周氏自此便再也沒和胖嬸搭過話了，所以胖嬸是絕對不會進他們老崔家門的。

崔景蕙想了想，順手在旁邊的小白菜裡摸蹭了幾下，果不其然，沒一會兒便摸到了一塊半截的皂角，顯然是被人用了一半，順手扔進小白菜裡的。

崔濟安出了門，正要上茅房，便見崔景蕙蹲著身子趴在道上，先是一愣，隨即開玩笑道：「大妮，妳這在幹什麼呢？不會是也摔了吧？」

崔景蕙正思索著，崔濟安突然的出聲，頓時嚇得她心裡一突，下意識將半截皂角捏進手心裡，然後猛的跳起來，對著崔濟安露齒一笑。「大伯，這不是阿嬤摔了嗎，我想看看是怎麼回事，免得再跌傷了人。」

「那妳看出什麼了？」崔濟安一挑眉，用腳踩了踩道兒，一臉好奇。他之前和順子看了好一會兒了，啥都沒發現，如今這黑燈瞎火的，他就不信，這妮子還能看出個花來。

崔景蕙不由得翻了翻白眼，一臉搪塞道：「這不啥都沒看出，正準備走呢，大伯您就來了，還嚇了我一跳。」自是半句真話也沒。

「大妮，在幹什麼呢？妳爹打了熱水，快回來洗個腳，免得水冷了。」

崔濟安正待再問兩句，便聽到旁屋子裡傳來李氏的聲音。

崔景蕙不由得心下一鬆，邊往回走邊應承道：「娘，我這就來！大伯，我娘喊我了，我回了。」

「妳慢……點！」崔濟安看崔景蕙像隻兔子一跳而起，怕她摔倒，忙招呼了句，可是話還沒說完，便見崔景蕙三步兩跨，直接就蹦到屋子裡去了，不免失笑地搖了搖頭。這脫跳的樣子，哪有半點女孩子模樣？還是自家閨女好。

崔景蕙就著熱水，簡單地洗漱了下，不等李氏提醒，便脫了外衫上了床。剛剛尋到皂角的事，她誰也沒說，可是心中卻早已有了計較。只等明日尋了胖嬸家的，問問清楚，便能知曉，這幹著壞心眼的事兒之人，可如她心中所想的一樣？

# 第五章　撞了李氏

崔景蕙心裡有了主意，第二日一早，便偷偷地堵了崔獵戶家的孫子瓦片兒。瓦片兒是崔獵戶家的大孫子，和堂弟一般大小，小孩子沒心沒肺的，自然是不理會大人家的恩怨，兩人經常湊一起玩。

「瓦片兒，昨兒個元元是不是尋你玩去了？」

「是呀！我們昨兒個還玩捉迷藏，元元找了好久都沒找到我呢！」瓦片兒歪著頭，咧著缺了門牙的嘴望著大妮，一副「快來誇我」的得意模樣。

「瓦片兒真棒！」崔景蕙一臉笑咪咪地伸手揉了揉瓦片兒的總角，誇獎了一句，接著問道：「可以告訴大妮姊，昨兒個瓦片兒是不是送了一片皂角給元元呀？」

得了誇獎的瓦片兒自然是高興極了，可是聽到崔景蕙後面的話，頓時眼睛骨碌骨碌的直轉，盯著崔景蕙直笑，就是不說話。

「那瓦片兒知不知道元元的阿嬤昨日摔了一跤？大妮姊可是發現了你家的皂角，難道說是瓦片兒昨日到大妮姊家玩了，不小心落下的？要是告訴你阿嬤，不知道你阿嬤會不會打瓦片兒呢？聽說瓦片兒家的條子好粗，打起人來可疼了！」崔景蕙一點兒也不急，目光憐憫地望著瓦片兒，好像下一秒，條子就要在瓦片兒身上開花了。

瓦片兒雖然小，然而崔景蕙的話自然都聽得懂，聽崔景蕙這麼一說，腦子裡立刻想起自己不聽話的時候，阿嬤用條子打自己屁股的場面，想起來就痛，下意識裡渾身一縮，頓時一臉怯怯地望著崔景蕙。「大妮姊，可不可以不要告訴我阿嬤？阿嬤打人可疼了，瓦片兒怕！」

雖然瓦片兒眼巴巴的望著，可憐極了，但是事關李氏，崔景蕙自然是不會心軟，頓時尋根究底地追問道：「那你告訴大妮姊，昨兒個是不是元元向你要皂角了？說真話，大妮姊就不告訴你阿嬤。」

瓦片兒一臉糾結地望著崔景蕙，小小的腦袋裡快要打結了。說還是不說呢？元元說，要是說了他們就不是兄弟了；可要是不說，條子就要打屁股了，可疼可疼了！這可怎麼選呀？

瓦片兒想了半晌，這才慢吞吞地開口，一臉不安地問道：「大妮姊，我要是告訴妳，妳可不可以不要告訴元元是我說的？」

「我保證不說，我們拉鉤。」崔景蕙一看有戲，頓伸手尾指和瓦片兒勾了勾。

「昨天元元是跟我要了一片皂角，但是他不讓我告訴別人，說要是告訴別人，我們就不是兄弟了。所以……剛剛不是我不肯告訴妳的，大妮姊姊。」

瓦片兒說完之後，一臉忐忑地望著崔景蕙，小小的、黑黑的臉皺成了包子形狀。

崔景蕙摸了摸瓦片兒的腦袋，笑著說：「大妮姊姊知道了，去玩吧！」

「嗯！」瓦片兒皺成團子的臉瞬間展開，咧嘴一笑，然後就轉身一路小跑著走了。

崔景蕙目送瓦片兒的身影消失之後，從懷裡掏出昨兒個尋到的半片皂角，苦笑一聲。這防了老的，還要防小的，看來在李氏生產的這最後幾個月裡，她還是寸步不離的守著為好。若是掉了這個孩子，只怕李氏心裡也就沒啥活頭了。

只是，天有不測風雲，崔景蕙這邊還未和爹商量，李氏那邊就真出事了。

五進屋內，李氏揉了揉因為長時間做著針線活而有些酸澀的眼睛，將手中的針線笸放到床內側，艱難地拖著身子，慢悠悠地自床上挪了下來，趿著鞋子走到桌子旁，拿起茶壺，想給自己倒杯水，卻發現茶壺裡空空蕩蕩的，一滴水都沒有了。

李氏也沒在意，雙手捧了空空的茶壺，慢慢地出了房門。

院子裡，靜悄悄的，只有崔元生蹲在葡萄架下，用木棍戳著螞蟻。

李氏到了灶房門口，便見張氏在灶前忙活著，李氏自然看見她將一碗蛋羹分成三份，想也知道，這其中並沒有她的分。不過李氏也不在意，抱著茶壺，倚在門口，輕聲喚了張氏。

「大嫂。」

張氏聽到李氏的聲音，手中的勺子頓時一顫，她抬起頭，有些心虛地將勺子放下，下意識回道：「弟妹，妳怎麼來了？」待看清楚李氏手中的茶壺時，張氏訕訕地笑了兩聲，快走幾步，迎到了門口，快手接過李氏手中的茶壺，不好意思地說道：「瞧我這記性，一上午忙得腦袋都懵了，竟然忘了給弟妹補送茶水。妳等著，我這就給妳去裝。」

張氏手腳麻利地就著一旁涼了一會兒的大茶壺裡倒了小半在李氏的茶壺裡，還貼心地將上面的水漬擦了乾淨，這才捧著茶壺遞到李氏手中。看著李氏那張蠟黃的臉，遲疑了一下，還是問了句。「我這兒蒸了點蛋羹給娘，妳要不要吃點？」

李氏捧了茶壺，一臉柔和地搖了搖頭。「不了，給孩子吃吧。」說完也不耽擱，轉身便準備要走。

張氏自是感激一笑，看著李氏行動緩慢的模樣，倒是忍不住開了口。「要不，我送妳回屋吧？」說著，正要接過李氏手中的茶壺，卻聽見正房裡周氏的聲音響起——

「作死呀！良心一個個都被狗吃了，我的命怎麼這麼苦啊！躺在床上連口飯都討不到，生這麼多兒子有什麼用？娶的媳婦心黑的，存心要折磨我這老婆子……」

周氏的嗓子本來就大，一連串話說下來竟不帶喘息的，張氏尷尬地收回了手，不好意思地朝李氏笑了笑。「我這不得空，弟妹仔細些走。」

「我曉得，大嫂妳快去忙吧！」李氏理解地點了點頭，捧著肚子慢慢地往回走。

張氏則轉身回了灶臺，將做好的飯菜端起，準備去周氏房內。

兩人完全沒有注意到，原本正蹲在葡萄架下戳著螞蟻的崔元生，不知何時已站在支撐房梁的石柱後，望著慢慢挪步的李氏，黑白分明的眼珠子滴溜溜的直轉。

忽然，就在李氏走到崔元生所在的柱子旁時，崔元生猛的從柱子後面衝了出來，直接朝著李氏的方向衝去！

距離太近，且突如其來，李氏心中大驚，下意識想要躲開，可時間上根本來不及，她只來得及鬆掉手中的茶壺，抱住肚子，微微側身，一股重力便狠狠地撞到了腰側。

頓時，李氏只覺腹部一痛，雙眼一黑，手腳一軟，倒頭便往地上栽去。

「砰！」

「啊——」

瓦瓷的茶壺砸在地上，瞬間破裂開來，裡面溫熱的茶水緩緩流出，可是沒人注意。小院的門口，柱子拽著一臉不情願的柱子娘，還有一徐娘半老、塗著廉價脂粉的婦人，將此幕盡收眼底，柱子娘一聲尖叫，一臉驚恐。

柱子心中頓叫「不好」，也顧不得自己的娘親，轉身兩步跨下斜坡，哪還顧得上來時的忐忑心情，大步就朝曬穀場的方向飛馳而去。

「我的天呀！來人啊！快來人啊，孕婦被撞了！」還是柱子娘身邊的婦人比較鎮定，稍稍驚了下神，便扯著嗓子大喊了起來。

裡面的張氏才剛剛把飯菜放在床頭，便聽到外面的響動，正疑惑間，就聽到婦人尖著嗓子的呼喊，頓時心裡一咯噔。還來不及瞅一眼周氏，忙衝出了正房外，便看見李氏躺倒在地上，一道鮮血慢慢地浸透薄薄的秋褲，然後滴落在地，夾帶著灰塵，在地上蜿蜒四散。而她的兒子崔元生，呆呆地站在李氏身旁。

「元元！」張氏頓時只覺手腳發冷，腦中一片空白，下意識地喚了一聲。

崔元生抬起頭，怯怯地望了張氏一眼，然後丟下手中的樹枝，猛的撞進她懷裡，還不等張氏發話，便「哇」的一聲大哭了起來。

「作死呀！瞎嚷嚷什麼呢？你家孕婦才被撞了，我兒媳婦好著呢！唉唷喂，我的乖孫孫怎麼哭了？告訴阿嬤，阿嬤幫你撕爛他的嘴！怎麼……天呀！妳個死人，還愣在這裡幹什麼？快去叫江大夫啊！」

周氏本來是想看看，誰這麼大的膽子在咒李氏肚子裡的孩子，結果撐著屁股一瘸一拐地出了門，正好聽到崔元生的哭聲，頓時疼到心肝裡，自然沒看到倒在地上、已然不省人事的李氏。直到要尋那惹哭她家乖孫的罪魁禍首而四下張望時，這才看到了李氏，頓時臉色一變，一巴掌就呼在了張氏臉上，倒是把懵住了的張氏給打醒了，忙將懷中的崔元生推向周氏。

「喔、喔，我這就去、這就去！」張氏此時哪還顧得上臉痛不痛，轉身便是一路狂奔而下，便是被坑絆了個踉蹌也不敢停，一路衝下坡去。

「你們村不是有個穩婆嗎？孕婦這種事，還是穩婆子比較清楚不是？」那婦人也是個心善的，看李氏躺在地上，連個扶的人都沒有，那大夫還不知道啥時候來呢，不由得推了柱子娘一把，提了句嘴兒。

「對對對，我這就去找安大娘來！」柱子娘看著請來的媒婆直對自己使眼色，呆了一下，猛的醒悟過來，自家柱子想定下崔家的大妮，這不就是送到眼前來的機會嗎？虧她一路還想著得向周氏套近乎，這幫了大妮她娘，不就是幫了親家母嘛！「周大娘，您別急，我這就幫您去叫安大娘！」腦子裡這般計較著，腳下的步子也絲毫不慢，拉長了聲音對周氏喊了一嗓子，便轉身提著裙襬，一路小碎步下了坡，倒是半點也沒耽擱。

柱子娘這般識趣，周氏自然是巴不得，只是李氏躺在地上，家裡的男人都出去幹活了，連個搭把手的人都沒有，倒是犯了愁。這李氏出了這事，肚子裡的孩子保不保得住還是一回事呢，要是讓順子知道了，這還不翻了天了？都怪這李氏，自己懷了身子，還沒輕沒重的，連個孩子都護不住，簡直就是廢物！想到這兒，周氏看李氏的目光又多了三分嫌棄，毫無憐憫可言，絲毫沒想到該怪罪於此事的罪魁禍首。

而崔元生此時窩在周氏的懷裡，一邊哭嚎著嗓子，一邊偷偷拿眼瞅地上毫無動靜的李氏，帶著嬰兒肥的小臉上閃過一絲得意，又飛快地將頭埋在了周氏的懷中。

卻不想，這個舉動被剛好注意那邊的媒婆看了個正著，媒婆頓時心中一陣寒顫，不免對躺在地上的李氏掬了一把同情淚。

說來也是湊巧，安大娘在鄰村接生回來，路過袁家大嬸屋門口時，正好被崔順安瞧見了，便說了李氏身下穢血不斷的事，央著安大娘到自家去看看。

這不，柱子娘才剛下了坡，便看見春蓮攙扶著安大娘往這邊走來，頓時心中一喜，忙衝了上去，一把推開春蓮，攙著安大娘的手臂，急匆匆地往上走。

「大娘，快點！順子婆娘摔了，流了好多血，您快點去看看！」

安大娘本來正想叫柱子娘慢點，可聽了柱子娘的話，頓時一驚，猛的偏過頭去，一把拽住柱子娘的手，連聲問道：「這好生生的怎麼摔了？摔得嚴重嗎？叫江大夫了沒？」

「安大娘您就先別問了，快點去看看吧！現在還在地上躺著呢！」柱子娘拽了兩下安大娘，竟然沒有拽動，頓時一急，猛的一跺腳，就差嚎上兩嗓子了。

「春兒，快去叫妳順子叔回來，就說他媳婦出大事了！」

看到柱子娘的模樣，安大娘也知道緩不得了，扭頭對著懵在旁邊的春蓮吼了一嗓子，然後拖著柱子娘的手就往上小跑而去。

「喔，好！」春蓮猛的醒過神來，點了點頭，然後轉身拔腿就往山下跑去。

當安大娘趕到崔家小院時，李氏身下的血已然順著門前階梯落入排水的溝坑之內。

周氏抱著崔元生早已躲進了屋內，原本的哭嚎聲亦是不可聞見。

安大娘看到這，原本因為走太急而脹紅了的臉，瞬間變得鐵青，一把鬆開柱子娘的手，快步走到李氏面前，小心翼翼地將她的上半身抱進懷裡，伸手一把掐住她的人中位置，同時頭也不抬地向柱子娘吩咐道：「還傻愣著做什麼？快去燒水！」

柱子娘只來得及喘了口粗氣，便被一旁守著的媒婆拉進了灶屋內。

「周大娘人呢？怎麼不見了？」待氣息喘勻之後，柱子娘一邊往灶膛裡添著柴火，一邊望著緊閉的正屋門，小聲朝身旁的媒婆詢問。

那媒婆鄙夷地望了正屋一眼，悄聲回答道：「還不是那好孫兒說怕，那老婆子怕孫子沾染了晦氣，躲屋裡去了！我說柱子娘，咱們也這麼多年交情了，我勸妳還是放棄這門親事的好，長者不慈，就算柱子成親了，這日子也過不下去的。」

「妳以為我想結這親事呀？還不是我家那兔崽子，簡直就是戳我心窩子呀！」說到這兒，柱子娘頓翻了下白眼。「別說了，送佛送到西，幫人幫到底。顧著點柴火，我去看看安大娘那裡需要幫忙不？順子媳婦這次可遭大罪了！」柱子娘嘆了口氣，將手中一根劈好的柴火送進灶膛裡，朝媒婆吩咐了句，拍了拍身上沾染的草木灰，跨出了灶膛，隔著老遠便嚷嚷了起來，還特意拔高了聲音，就是想說給周氏聽的。「安大娘，有要我幫忙的不？」

媒婆聽到屋外的聲音，朝緊閉的正門唾了一口痰，嘟囔道：「黑心眼的老婆子，遲早會遭雷劈的！」話是這麼說，手上的活卻不敢停。

門外，被掐了好一會兒人中的李氏，終於恍惚地睜開眼睛，茫然地望著安大娘擔心的表情，突覺得腹中猶如翻山倒海一般，絞痛異常。李氏猛然大駭地睜大眼睛，一手反扣住安大娘的胳膊，一手扶住肚子，聲音悲切。「大娘，救救我的孩子，求求妳救救他！」

「大娘省得，大娘省得！」安大娘一邊安撫，一邊將手從李氏的手中掰出，抬頭望著柱子娘，也不管什麼避諱不避諱的了。

「柱子娘，妳抬住順子媳婦的腿，我抬著她的頭，咱把順子媳婦先送床上去再說。」

「好呢！順子媳婦別怕啊，有安大娘在，你們母子一定都會平平安安的！」柱子娘是個愛乾淨的，將手上的袖子擼到肩膀處，這才小心翼翼地圈住李氏的大腿。「安大娘，咱要用力了，一、二、三，起！」

幸好都是做慣了農活的人，李氏百來斤的身子，二人倒是不帶喘氣的便將李氏抬回了五進臥房之內，這個時候自然是顧不得弄不弄髒被單了。

將李氏安置在床上後，安大娘順勢伸出手。「剪刀給我拿來。」

柱子娘順手便將一旁針線笸裡的剪刀遞給安大娘，安大娘一把接過剪刀，兩三下便將李氏的褲子剪了個稀巴爛。

「去打盆開水來！」

柱子娘看著李氏簡直被血糊住的身體，頓時只覺頭上一陣眩暈，聽到安大娘的吩咐，立即逃一般地退出了五進房內。「嗯，我這就去！」

安大娘此時根本就顧不上柱子娘的失態，順手將剪刀擱在床邊櫃上，然後對著死咬住嘴唇、疼得臉色煞白的李氏說道：「別慌，大娘這就給妳看看。」說著，將疊得整齊的被子散開，搭在李氏的下身處，然後將手伸進了李氏的兩腿之間，摸索了一陣後，面上的表情微微一鬆，將染血的手抽了出來。「謝天謝地，宮口沒有開！我再給妳看看肚子。」說著，便撩開李氏的衣服，伸手在肚子按摸了起來，待看到李氏腰側被撞得青紫的印子，再感受一下腹中胎兒的位置，才徹底鬆了一口氣。她伸手摸了摸李氏的肚子，抬頭對李氏笑了笑。「真是個福大命大的乖孩子，乖乖在娘肚子裡待著，到瓜熟蒂落時，大娘再來接你出來。」

「大娘，我肚子好痛，孩子真的沒事嗎？」李氏蒼白著一張臉，稍稍揚起頭，因疼痛而扭曲的臉上，一臉的惶然不安。

「妳這是動了胎氣，只要等江大夫來，開兩帖保胎的藥，應該就沒什麼大事了。大娘接生了一輩子了，這點經驗還是有的，放心吧！江大夫馬上就要來了。」

安大娘笑咪咪地安撫著李氏，恍若給李氏吃了一劑定心丸一般，讓她那顆在胸腔內跳動不安的心臟終於有了一絲慰藉。

只是，處於徬徨和疼痛中的李氏卻沒有發現，安大娘時不時翻看著被子下面的血流，以及不時瞟向門口的目光。

照李氏現在的出血速度，若是止不住血，只怕這孩子就難保住了！

# 第六章　把血止住

曬穀場內，崔景蕙正拿笤帚驅趕著幾隻想來啄食穀子的母雞，抬頭便見柱子一路狂奔而來，正疑惑間，就聽見柱子的喊聲從大道上傳來——

「大妮，快回去！妳娘摔了！」

「轟！」崔景蕙頓時只覺腦中轟鳴陣陣，手中的笤帚猛的砸在了穀子上，緊接著便衝到柱子的面前，此時哪還顧得了什麼男女之別，一把拉住柱子的胳膊，一臉焦急的模樣。「你說我娘怎麼了？」

「別問了，快回去吧！妳娘流了好多血！」

崔景蕙只覺心弦顫了一顫，腳步虛軟的便衝了回去。

「娘、娘！」崔景蕙一進到屋內，便聞到了一股厚重的血腥味，頓時驚慌失措地叫了起來，根本沒有察覺到自己因為緊張而破了音。

「大妮，娘在呢！」李氏如今雖然虛弱不堪，可聽到崔景蕙慌亂的聲音，忙應了句，即便只是稍稍回了幾個字，卻已經累得她輕喘了起來。

「娘，您要嚇死我了！嗚嗚……」李氏的聲音猶如定海神針一般，瞬間將崔景蕙慌亂不已的情緒穩住，就連腳下都有了力氣。她幾步撲倒在床邊，望著臉色慘白的李氏，從未有過的委屈湧上心頭，竟讓她不管不顧的大哭了起來。

「傻孩子，別哭！妳娘現在虛弱著呢，別讓妳娘費心神。」一直守在旁邊的安大娘見狀，也是嘆了一口氣，伸手將崔景蕙拉入懷中，輕輕地拍了拍她的後背。才不過是荳蔻年華的小姑娘，嚇著了也是正常的事。

崔景蕙深吸了兩口氣，將心中不安的情緒盡數壓下，轉而問道：「我娘還好吧？」

「妳娘肚子裡的孩子現在還沒事。」安大娘回頭看了李氏一眼，遲疑了一下，將崔景蕙扯到了側門外面，這才開口繼續說道：「大妮，妳要有個心理準備，大娘使了好幾個法子，都不能替妳娘止了血。這血要是不止的話，只怕這孩子保不住，大人也可能會有危險。」

崔景蕙只覺腦中轟轟然，好一會兒才定下神來，一把抓住安大娘的手臂問：「只要血止住了，我娘和肚子裡的孩子就會沒事了嗎？」

「嗯，只要血能止住，大娘這點把握還是有的。」安大娘雖不知崔景蕙問這個問題有何用意，但還是點了點頭。

聽到安大娘應承下來，崔景蕙頓時待不住了，轉身回了屋，直接鑽溜進床底下，不多時便抱出一個小木盒子。她胡亂地用袖口抹去盒上厚重的塵土，從脖子上扯下一紅繩繫著的鑰匙，打開小箱子，從裡面拿出一個不過一寸高的琉璃小瓶，咬開上面的木塞子一倒，三顆散發著藥香、不過豆大的雪白丸子就落入崔景蕙手中。

崔景蕙倒回去一顆，將琉璃瓶放回木盒子內，重新鎖上，也顧不得將木盒歸位，揣著藥丸就直奔床頭。她撿起一顆藥丸塞入李氏的嘴裡，然後挪到床尾，想也不想就掀開蓋在李氏身上的被子，頓時一股厚重的血腥味湧入口鼻之中，同時紅到發黑、已將身下被褥浸透的血色印入眼簾之中。

「轟！」那強壓住的記憶深處的血色，猶如得到甘露的種子一般，瞬間破土而出，肆意在崔景蕙的體內叫囂著，似乎在告訴她：妳是逃脫不了的！隨即趕了進來的安大娘一把按下被子，責怪地看著崔景蕙。「胡鬧！這哪是妳一個未及笄的小姑娘能看的事！」

被被子蓋住的血色，一如崔景蕙心中的荊棘一般，再度被強壓而下。崔景蕙感激地望了安大娘一眼，將手中揣得緊緊的藥丸遞到安大娘面前，無力般說道：「大娘，幫我把這藥丸子捏碎了放娘身體裡去，這個能止血。」

安大娘遲疑地接過藥丸子，有些狐疑地看了崔景蕙一眼，一咬牙將藥丸子捏碎，塞進了李氏的體內。

崔景蕙目光緊緊地盯著安大娘的動作，直至安大娘回頭向自己點了點頭，方才鬆了一口氣，扶著床邊，一步一步地蹭回床頭，挨著李氏身旁坐下，目光定定地望著李氏。

「娘，別怕，你們一定都會好好的！」

李氏聽到崔景蕙的聲音，虛弱地張開眼睛，對著崔景蕙勉強一笑，然後輕輕地抬起手摸了摸崔景蕙的鬢角。「有大妮守著娘，娘不怕。」

娘倆相互依偎著靠在一起，屋內也暫時陷入了沈寂之中。也許是藥效上來了，李氏的呼吸變得平穩了起來，就連攢著的細眉也慢慢的鬆開來，想來是睡了。

崔景蕙抬起頭看了一眼安大娘。

安大娘會意地掀起李氏身上的被子，查探了一番，然後一臉驚喜地抬起了頭。

「謝天謝地，佛祖保佑，血止住了！」

「太好了！太好了！」崔景蕙亦同樣鬆了一口氣，眼眶中的淚珠更是不由自主的往下掉。她第一次慶幸，慶幸自己當年逃命時的順手之舉。

「傻孩子，妳娘沒事了，哭什麼哭？該高興了才對呀！」安大娘伸手一把拭去崔景蕙的淚珠，同樣是一臉欣慰高興的樣子。

「娘！娘，鈴子怎麼了？」

這邊正高興著，卻聽到屋外崔順安的聲音隔著老遠便傳了過來，十分的急促。

崔景蕙自是不願意讓人吵了李氏，忙擦了擦臉上未乾的淚珠兒，抱歉地望向安大娘。

「大娘，煩勞您幫我看會兒娘，我這就去和爹爹報平安。」

「去吧，別讓妳爹擔心。」都守著好一會兒了，自然是不在乎多待一下。安大娘點了點頭，順勢坐在了床尾。

崔景蕙感激一笑，隨即匆匆出了屋子，便看見她爹赤著上身，捲著褲腿兒，渾身髒兮兮地抓著剛冒頭出來的周氏，一臉的急切，黝黑的臉盤上，那汗珠就跟流水一樣，都顧不得擦上一擦。

「快放手！我怎麼知道你媳婦是死是活呀？剛還躺那兒呢，這會兒鬼知道去哪裡了！」周氏不過是見屋外沒了聲響，想看看究竟咋回事了？那李氏死了沒？這才剛一冒頭，就被崔順安拽了個正著，向她問媳婦，她還想向他問孫子呢！

傳信的時候，春蓮也只知道李氏撞了，其他的都說不出個所以然來。崔順安接了信，嚇得差點從房梁上摔了下來，幾乎是一路狂奔著跑了回來，這進了院子，眼睛裡便只剩下地上一堆已經黑了的血，頓時嚇得三魂丟了七魄，走路都挪不動道兒了，正好看見周氏探了身子，自然就跟溺水的人拽了根稻草般，自是死都不肯放了。

「不知道哪兒去了？怎麼會不知道哪兒去了?!不是說摔了嗎，怎麼就不見了？娘，是不是妳把鈴子藏起來了？我求求妳，讓我看看鈴子！」周氏不過腦的話，就像是抽掉了崔順安手中最後一根救命稻草般，崔順安雙腿一軟，直接便磕倒在周氏面前，汗水混合淚水，糊了一臉，哪還有半點男子漢模樣？

周氏看在眼裡，簡直就像是在給她哭喪。原本心裡的那點兒愧疚，頓時飛得沒影了，取而代之的是滿肚子的火氣。她也管不得那麼多了，一楞杖就直接碾崔順安的背上了！

「你這個不孝子，跪你個大頭鬼！嚎什麼喪呢？老婆子我還沒死呢，你是不是巴不得老婆子現在就去死呀？你個黑心肝的，活該你沒有兒子送終！」周氏邊打邊罵，什麼髒話、爛話就跟順口溜一樣，絲毫沒有半點顧忌這罵的是自己兒子，絕的是老崔家的門戶。

而崔順安卻跟中了邪一樣，不管周氏怎麼罵、怎麼打，硬是死都不鬆手。

崔景蕙見狀，哪裡還看得下去？忙一路跑了過去，一把拽住周氏揮舞著的楞杖，想也不想就扔門前的小池子了，然後雙手扯著崔順安的手臂往上提。

「爹，娘沒事了，孩子也沒事了！都在咱自己屋裡躺著呢！」

特意拔高的聲音，終於將已經陷入癔症的崔順安喚醒了來。聽到李氏沒事，他猛的站了起來，瞬間鬆開了周氏的手，一把抓住崔景蕙的肩膀。「大妮，妳說的都是真的？妳娘她……她……」

「嗯，娘沒事了，安大娘還在屋裡守著呢！不過娘流了太多的血，現在睡了，爹您過去時別吵著了娘。」崔順安那失控之下的力道，掐得崔景蕙臂膀生疼，可是她眉頭都沒皺一下，篤定地望著崔順安，用言語給了他強而有力的安定劑。

「太好了、太好了！謝天謝地，祖宗保佑，鈴子沒事，沒事就好……」刻意壓低的聲音，充滿了對上蒼的感激，崔順安一邊碎碎唸著，一邊想要用衣袖擦掉糊了一臉的淚水、汗珠與鼻涕，可是臨到臉上，這才發現，自己根本就沒穿上衣！正遲疑間，便見崔景蕙遞來一帕子，忙接過，囫圇地擦拭了一番。

「大妮，辛苦妳了，我先去看妳娘了。」說完，將手帕往崔景蕙手裡一塞，跟風一樣地回了自家房裡了，哪還顧得上因著崔景蕙扔了楞杖而倚在門口哭天喊地、捶胸頓足的周氏。

「冤孽呀！一個一個的都來欺負我這老婆子，我怎麼就這麼命苦啊！順子你個黑心肝的白眼狼，虧得老婆子我一把屎、一把尿把你拉拔大，要早知道是這麼個不孝子，老婆子我就應該在生下你的時候把你溺死在糞桶裡，也省得現在來摧我這老婆子的心肝兒啊！老天爺啊，我這是作了什麼孽呀！」

崔景蕙本不欲理會周氏，可她說的話實在是太難聽了，倒是讓崔景蕙心裡憋不住火了，猛的湊到周氏耳邊，輕聲回道：「當年您不是已經親手將自己剛出生的兩個女兒溺死在糞桶裡了嗎？就算是作了什麼孽，只怕老天爺要懲罰的也是您，您的心肝兒早就黑透了！」

崔景蕙的話，就像是晴天霹靂一般劈在周氏的心口，周氏捶胸頓足的動作猛的一頓，不敢置信地偏過頭望向崔景蕙那張平淡至極的面容。這小蹄子怎麼知道的？那可是她心中溝壑難平的恨！

崔景蕙見周氏識相的閉了嘴，也不想再去看她那副尖酸刻薄的嘴臉，轉身便往回走，這才注意到柱子一家此時正歇在葡萄架下，正饒有興趣地望著這邊，儼然是一副看戲模樣。

崔景蕙遲疑了一下，終究還是迎了過去，勉強露出一抹淡笑。「今日的事，多謝嬸子伸手相助，我娘才能安然無恙。想來嬸子也知道我家如今的狀況不便待客，不管今日嬸子為何事而來，都請恕我無禮，不能招待嬸子一家了，改日我定提禮去嬸子家道謝。」

「也難為妳了，妳娘沒事就好，我就不進去叨擾了。大難之後，必有福氣，妳娘定會生個大胖小子的。」柱子娘雖然遺憾不能再看戲了，但也知道這是人家的家務事，他們這些個外人哪有摻和的分兒？雖然遺憾原先要辦的事辦不成了，但是時機不對，這也是沒法子的事。起身握住崔景蕙的手，安撫地拍了拍崔景蕙的手背，扭頭便朝癱在竹凳上的柱子喚道：

「柱子，還傻愣著幹什麼？咱們回家去！」

「哦，那個……這個……好吧，我們改天再來。」柱子先是一愣，看了看娘，又看了看在旁看戲的媒婆，也知道自己的事今天沒戲了。雖然有些沮喪，可是一想到剛剛和崔景蕙如此親密接觸過，原本退下的紅潮瞬間湧上頭頂，卻是死都不敢抬頭看崔景蕙一眼，垂著頭跟在柱子娘後面就要離去。

「柱子，你慢一步，我有話想問你。」

柱子才剛走了兩步，崔景蕙的聲音便從後面響起，柱子心中頓時一喜，停下步子就要留下來。

走在前面的柱子娘聽到崔景蕙的聲音，不由得臉上一僵，扭頭便看到自己的傻兒子嘴上收不住笑地停了下來，頓時氣不打一處來。這老崔家今兒個發生的事水深著呢，豈是他一個毛頭小子能夠摻和的？

「柱子啊！你大伯今兒個不是說讓你去他家一趟嗎？這會兒時間已經不早了，我們還是快點去吧，免得耽擱了你大伯回鎮上的時間。」

「啊？不耽擱，娘，要不您——啊，您踢我幹什麼？」柱子此時哪裡能夠瞭解他娘的一番苦心，想也沒想便一口應下。

柱子娘氣得一腳踢在柱子的屁股上，再看看他一臉無辜的委屈模樣，只覺得心、肝、肺沒一處暢快了！

崔景蕙哪裡不明白這一番小動作的意思，這不就是在明晃晃地告訴自己，怕沾著她老崔家的這攤事？若是其他，崔景蕙自然會識趣地別過不提，可是此事事關李氏，便是豁出臉面，她也要將事情原委問個清楚透澈。

「既然嬸子家裡有事，那我也不好耽著柱子的時間，不如讓我送你們一程，也好全全我這待客不周的禮數。」

柱子娘見崔景蕙死咬著不放，怕是要打破砂鍋問到底了，不由得心中暗暗叫苦，可是面上卻還得作出一番擔憂的模樣，忙擺手推拖道：「這怎麼好意思呢？妳娘剛出了這麼大的事，得有人守著才是，不過是幾步路而已，就不用麻煩大妮妳了。」

「嬸子過慮了，我娘現在有我爹守著，安全著呢！不過送幾步而已，嬸子無須如此。再不走，只怕真要耽擱柱子哥的事了。」崔景蕙邊說著，邊挽起了柱子娘的手，半拖拉著便往外走。

柱子娘沒得法子，也只能任由崔景蕙圈著往外走。

而身後的柱子，見到他娘和大妮如此親密友好，更是笑得望不見眼了。

唯有旁邊的媒婆看看這個，再打量那個，權衡一番後，心中倒是有了決定。

崔景蕙經過正屋的時候，那門戶早已閉得死死的，更是不見周氏的身影，想來是聽了崔景蕙的話，心虛地回了屋了，這般正合崔景蕙的心思。圈著柱子娘下了小坡，往著下山的路走了幾十公尺。

柱子娘終於忍不住了，將胳膊從崔景蕙手裡抽了出來。「大妮，也不是嬸子心狠，這事嬸子確實看到了，但是嬸子不能對妳說，妳懂嗎？」

崔景蕙倒是沒想到柱子娘這麼直接，正思量著讓柱子娘鬆口的對策時，卻聽到身後柱子的聲音響起——

「大妮，我娘不告訴妳，我告訴妳！」說著，便直接將他們進院子時看到的一幕原原本本地說與了崔景蕙，便是柱子娘在旁直跺腳，也沒能阻止柱子把話說完。「……我看到就是這樣，不過我怕妳擔心，急著來尋妳，後面的事便不清楚了。娘，您就別藏著掖著了，就算您不說，大妮她娘也會說，不過是早晚的問題而已！」

「你個傻小子，別人一百句，都抵不住自家人一句！你在這裡瞎說亂說，人家翻個轉兒便不認了，到時候弄得你裡外不是人，自有你好看的！」柱子娘這話明著是訓柱子，可實際上卻是對崔景蕙說的。

不過她不說，並不代表其他人不說。就在柱子娘訓斥著柱子的時候，那媒婆早已把崔景蕙拉到一旁，聲情並茂地將柱子離開後發生的事給崔景蕙拼湊了個完整。說完之後，媒婆稍稍遲疑了一下，終究還是湊到崔景蕙耳邊道：「那闖事的崽子被阿嬤護住的時候，我看見他偷偷看著你娘笑了。」說完這句之後，媒婆便退後了兩步，一臉若無其事地拍了拍崔景蕙的肩膀。「也許是嬸子多心了，或是眼花了。大妹子妳記著便是，也不一定作得了准。」

崔景蕙心中雖然早已有了揣測，可是這話由旁的人說出，還是讓崔景蕙忍不住腦袋一懵。失魂落魄地道了別，恍恍惚惚地回了院子，腦中更是空白一片，待醒過神來時，她站在自家屋後的簷下，已不知過了多少時辰。

她茫然地伸手，自懷中掏出那半截本欲作為證據的皂角，呆呆地瞪了一會兒，然後手下猛的一扔，將皂角片扔在地上，接著上前便是一頓狂踩，直至那皂角在崔景蕙腳下被踩得支離破碎，崔景蕙方才停腳。她低垂著頭，望著那已嵌入泥土之中的皂角，豆大的眼淚砸入泥土之中，瞬間消失。

「啊——嗚嗚……」崔景蕙忽然仰頭，猶如撕裂一般的張嘴吶喊、困獸一般的嗚嗚長鳴，無一不在昭示著她此刻心有多痛。她摀著臉，像是用盡了全身的力氣一般滑坐在了地上，輕輕地喃語，顯露出她此刻有多麼後悔。「都是我的錯、都是我的錯……」

# 第七章 各有說辭

堂屋內，祖宗神龕之下，崔老漢四平八穩地坐在一長凳上，睜著一雙混黃的眼睛，嘴裡吧嗒吧嗒地抽著旱煙；其右下首，周氏窩在一把竹椅上，圈著手，微合著雙眼，不知道在琢磨著啥；而其左側，張氏雙手攬著崔元生，一臉惶然、魂不守舍的模樣；其身後，崔景蘭垂著頭時不時地瞟向門口，表情亦是局促不已；而崔濟安則蹲在堂屋門口，手指無意識地在地上劃拉著，目光則死死地盯著右側。

忽然，五進的房門打開，崔順安領著後來的江大夫一前一後的出了門，往堂屋走來。崔濟安忙站起身來，順手拍了拍身上的灰塵，搓著手迎了上前。「順子，你媳婦她……還好吧？」

「孩子暫時保住了，鈴子還睡著。爹回來了嗎？」崔順安望了大哥一眼，如實地回答道。剛剛江大夫和他說了，這至少得開上七服安胎藥，鈴子這胎才算是徹底穩當了。可家裡的錢都拘在娘手裡，若是阿爹不開口，這錢只怕從阿娘手裡摳不出來。

「那就好、那就好！爹在呢，大夥兒都在堂屋裡候著呢！」崔濟安一回來，張氏就拉著他說了個大概，他自然知道是自家那兔崽子闖的禍，這下子聽到李氏母子俱安，當下鬆了一口大氣，忙不迭地將人領到堂屋裡。

「順子，你媳婦沒事吧？屋裡還有人候著不？」崔老漢不聾，自然是聽到屋外兩兄弟的對話了，可是待崔順安進了堂屋，他順手磕掉煙槍裡的煙灰，抬頭問了一嘴。

「讓爹擔心了，鈴子她沒事了，孩子也保住了，現在安大娘還在屋裡照看著。只是江大夫說，還得吃上幾服藥，所以，爹，這抓藥的錢……」崔順安垂著眼睛瞟了一眼一旁的周氏，咬了咬牙，這要錢的話才脫了口。

「抓什麼藥？家裡一個銅板都沒有！這孩子不都保住了嗎，在床上躺兩天不就得了，吃啥子藥呀？免得吃出個傻子來！」這說到錢，周氏立刻就精神了，張嘴就嚷嚷，絲毫不留半點情面。

「娘！」

「閉嘴！」

崔順安與崔老漢同時開口，周氏這才一臉不情願地別過頭去。

崔老漢裝了口煙絲，望向一旁的江大夫。「江大夫，您怎麼說？」

「這藥是必須吃的，不吃的話，怕到時候生產又是一個難關，畢竟李氏的底子本來就不好，能懷上這胎已是萬幸。」江大夫自然是把話一口咬死，絲毫不留半點空子給周氏。

「那這藥錢？」

「一劑七個銅板，一共七服，再加上出診費三個銅板。咱也算是鄉里鄉親的，就湊個整數，給五十個銅板吧！」

「這麼貴？你這不就是在誆我家錢嗎？沒有，我一個銅板都沒有，要買藥自己出錢！」五十啊，那是五十個銅板呀！肉才十三個銅板一斤呢，這、這能吃上多少頓肉呀？光是想想就比割了自己身上的肉還疼！所以那江大夫的話還沒落音，周氏就嚷嚷著一口回絕了，這麼多錢，想都不用想！

「娘，昨日您才收了十二個銅板，怎麼可能就沒錢了？鈴子肚子裡懷的可是您的孫子呀！」這周氏直叫沒錢，自然是把崔順安叫得急了，想也不想，一膝「咚」地就跪在了周氏面前，雙手拉住周氏的手，周氏便是想逃也是沒法子的事。

周氏掙扎了兩次，卻怎麼也脫不開手去，只得忿忿地朝著旁邊唾了一口痰。「求我也沒用，沒錢就是沒錢，你有錢自己買去！孫子、孫子，誰知道那肚子裡是不是個賠錢貨！」

「老婆子哪那麼多廢話？去拿錢！」崔老漢一聲暴喝，驚得周氏一顫。

周氏瞬間怒目橫眉地望向崔老漢，可這事關老崔家的子嗣，這崔老漢也是硬了一回來，倒三角眼一橫，倒是讓周氏有些怵了，她不敢對老頭子發火，可是對自家兒子卻是敢的。

「還不放手？也不知道老婆子我前輩子造了什麼孽，一個個都是討命鬼！」

崔順安一臉感激地放了手。

周氏卻是陰沈著張老臉，嘴裡嘟囔著，扶著屁股一拐一拐地拐向屋裡。這錢的事，只要她還有一口氣在，別人可是休想沾半點邊兒。雖說答應出錢了，可是周氏在屋裡還是磨蹭了好一會兒才出來，更是拉長著一張老臉數了四十五個銅板之後，便是雙手一攤。「只這樣多了，江大夫多擔待些，要是嫌不夠，那這藥咱就不開了！」

這江大夫也算是見慣了世面的，哪還不知道周氏的心思？她就是巴不得自己嫌少，這錢不要了最好。不過江大夫怎麼會如周氏的願呢？他笑咪咪地撫了撫山羊鬍子，然後在周氏殺人般的眼光中，將銅板收入懷中，一臉客套的語氣。「都鄉里鄉親的，也不在乎這幾個銅板兒，崔娘子妳說是吧？」

崔順安一直在旁眼巴巴地看著，見江大夫收了銅板，那顆懸著的心才落回了原處，還不等他娘開口，便已經是一臉感激地朝江大夫拱手了，哪還注意得到周氏一副銀牙咬碎的吃人模樣。「多謝，多謝大夫了！」

「這是醫者的責任，不必言謝。既然如此，老朽也不耽擱你們的家務事了，誰與老朽一道兒回去把藥取來？」

「大妮！大妮怎麼不在？」崔順安張口便叫崔景蕙，可叫了才發現，崔景蕙根本就不在這兒，倒是有些疑惑了，這個關頭，崔景蕙能去哪兒呢？

「蘭子，妳跟江大夫去。」崔老漢的話，自是板上釘釘了。

而崔景蘭這會兒也是巴不得離開這兒，當下點了點頭，便隨著江大夫一道去了。

江大夫一走，堂屋內的氣氛瞬間就凝固了，除了崔順安，幾個人都大氣不敢喘地望著崔老漢，看他駝著背，瞇著眼睛，吧嗒著旱煙，任由眼前一片煙霧繚繞。

「咳咳咳，咳咳咳！」小孩子哪受得住這煙味？煙一飄到崔元生面前，他好奇地吸了一口，又辣又嗆，頓時便咳了起來。

不過才咳了兩句，便被張氏一巴掌摀住，饒是他怎麼掙扎，張氏也沒放手。待崔老漢將一管煙吸完之後，這才抬頭看了看眾人，將煙槍在凳腿子上磕了幾下。「說吧，今天是怎麼回事？李氏怎麼就在屋裡摔了？」

「還能有怎麼回事？不就是她自己摔的！要怪就怪她自己，懷著個孕也不安生！」周氏恨恨地剜了崔順安一眼，隨口就抱怨了起來。

「妳閉嘴！妳看到了？沒看到就閉上嘴巴！」崔老漢手中的煙槍朝周氏坐著的椅子一敲，頓時驚得周氏一跳。

看到崔老漢瞪過來的目光，周氏吶吶地歇了嘴。

「媳婦也不知是怎麼回事，我出來的時候，就見弟媳倒在地上了。這事該怨我，要是我送弟妹回屋，就不會出事了。」崔老漢的目光一落在張氏身上，張氏頓時全身一緊，她勉強地笑了一下，將前事盡數掠過，只提自己出門看到的一幕。

「怨您，確實怨您，連個孩子都教得如此歹毒！您在這兒睜著眼說瞎話，是當我們都蠢嗎？還是您以為真的沒人看見是元元撞了我娘的肚子，才讓我娘差點流產？」崔景蕙不知何時冷著一張臉出現在了門口，剛好聽見張氏的話，頓時冷笑一聲，毫不猶豫地出口道。既然要撕破了臉面，那就打開天窗說敞亮話吧！反正她也沒指望這事以後，大夥兒還能像以前一樣，相安無事。

張氏自然是容不得別人對自己兒子說一句重話，當下便紅了臉，拔高了聲音朝崔景蕙嚷嚷了起來。「妳這說的什麼話呢？元元他還是個孩子，怎麼可能會做出這樣歹毒的事！大妮妳可別瞎聽別人亂說話，壞了我家元元的名聲！」

「哼，還名聲？這胚子裡子都黑了、壞了，伯娘您想要的是偷雞摸狗的名聲？還是爛賭生事的名聲？依我看，這兩樣離您家元元只怕都差不離了！」

崔景蕙冷嘲熱諷的話，就像是捅了張氏的馬蜂窩一樣，她這心窩子哪裡受得住這話？當下張牙舞爪，嗷嗷著便直往崔景蕙衝了過去。

「妳個小賤人、騷蹄子！看我不撕爛了妳的嘴！」

「住手！瞎嚷嚷什麼呢？不怕人笑話嗎？」

崔景蕙就這般看著張氏衝過來，然後被旁邊的崔濟安沈著臉一把拉住。

「孩子他爹，你聾了呀？那小賤人說我們兒子啥？偷雞摸狗？爛賭生事？這……這簡直就是掏我心窩子呀！孩子他爹，今天我不撕爛這小賤人的嘴，我就不是元元他娘！」張氏一雙魚泡眼死死地瞪著崔濟安，一口一個小賤人，那咬牙切齒的聲音，恨不得現在就把崔景蕙給生吞活剝了。

啪！「張氏妳夠了！什麼賤人？那可是妳姪女！再說，這事本來就是我們房的錯，就算妳現在囫圇過去，人家弟媳醒來後，一張嘴還不會說嗎？」崔濟安一巴掌拍在張氏臉上，倒是止住了張氏的癲狂模樣。

只見張氏捣著半邊臉，不敢置信地望著崔濟安，一時間竟然沒回過神來。

「二弟，這事是我沒管教好孩子，只是孩子是無心的，幸好弟妹也沒出什麼大問題，我在這裡向你賠罪了。」崔濟安耷拉著腦袋，一臉愧疚地看著崔順安。他也知道李氏這個孩子來得不容易，這孩子若是真的被元元撞掉了，只怕他們兄弟倆的情分也就到頭了。

只是，他這邊道著歉，崔順安還沒回話，張氏便一拳頭捶在了崔濟安的後背上。

張氏邊打邊哭，邊嚎道：「你……你打我！好你個崔濟安，你竟然打我！你自己摸著良心說說，我張翠雲給你生兒育女，陪你吃苦受累，可是說過一句閒話？今兒個，你居然為了這個不把你兒子當人看的小賤人打我！我簡直是瞎了狗眼，才會嫁給你這窩囊廢！」

「別鬧了！鬧成這樣好看嗎？要不是妳將元元寵得這般無法無天，元元今天能幹出這事？這本是說得清的事，妳這樣鬧，把這個家鬧散了，妳就開心了嗎？」崔濟安轉身一把抓住張氏捶打自己的手，臉上一副無奈模樣。

可是張氏現在哪裡顧得上這麼一著？臉窩上的痛，讓她簡直氣紅了眼。「你還怪我？我自己兒子我不疼，難道還指著外人來疼？就你崔家這窮勁兒，我不疼，這還長得出三兩肉來嗎？」

張氏一聲「外人」，倒是捅了周氏的馬蜂窩了。她把元元疼到骨子裡了，如今倒成了不討好的外人，這氣周氏哪能受得住？彎下身脫下鞋子，顫顫巍巍地就往張氏身上招呼開了。

「外人？張氏妳說誰是外人？元元可是我老崔家的孫子，自然是由著我崔家的人來疼，妳個外來的媳婦有什麼資格說這話！」

崔濟安一下子沒注意，又剛好抓著張氏，頓讓周氏瞅了空子，一鞋子就「啪」在張氏臉上了。崔濟安心中頓時一沈，猛的放了手去看張氏。「媳婦，妳沒事吧？」

「好呀！我在你們老崔家累死累活的，原來不過是一個外人？這日子我不過了，我們和離！」張氏哪還能受得了這氣？她不能對婆婆動手，對自家相公總行了吧？邊說著邊朝崔濟安身上一頓撓。

崔濟安自覺理虧，自然是不敢還手，可是他不還手，並不代表周氏不還手。

周氏護孫子，但是更護兒子，看著崔濟安白生生地挨著張氏的打，怎麼受得了？自然是拿著鞋子又衝了上去。

這下好了，崔濟安橫在中間，倒是有些裡外不是人了。他一邊承受著張氏的怒火，一邊要擋住周氏的怒火，可謂是狼狽至極，忍不住朝周氏抱怨了句。「娘，您就別摻和了！還嫌鬧得不夠呀？」

「你這個白眼狼，有了媳婦忘了娘！娘這是為了誰？還不是為了你！」

三人你一言、我一句，手腳並上，鬧得不可開交。

崔老漢看得心中膩煩不已，抄起身旁的椅子便直接甩了過去。

「啪！」竹子做的椅子摔地上，頓時竹片散開攤落，雖沒有砸在人身上，卻還是讓三人一驚，打鬧的動作也停了下來。

「夠了沒？夠了就給我停下！」崔老漢的開口，頓時讓屋內陷入一片安靜中。一旁拉也不是、不拉也不是的崔順安也算是鬆了一口氣。

而崔景蕙卻是冷眼看著，猶如看待一場鬧劇一般。

「元元，你告訴阿爺，你撞到孀娘了嗎？」崔老漢沈默了一會兒後，將頭轉向一旁無聊地蹲在地上捏螞蟻的崔元生。

「爹，他不過是個孩子，知道個啥？您這問了不也是白問？」張氏聽了崔老漢的話，頓時心中一緊，忙乾笑著推諉了起來。

「閉嘴，我沒跟妳說話！」崔老漢開口就直接堵住了張氏的話。

張氏雖心有不甘，但是在崔老漢面前也不敢回嘴，只能焦急地直朝崔濟安使眼色。

崔元生仰起頭，望望這個，瞅瞅那個，就沒一個敢站出來說話的，只得嘴巴一扁，眼睛一瞇，帶著哭腔喊道：「阿爺，元元不是故意的！元元真的沒看到孀娘，我不是故意要撞孀娘的肚子的！娘，元元好怕、好怕！」

元元撕心裂肺的哭喊聲，自然是攪得張氏心都碎了，可是崔老漢沒發話，她卻是不敢上前的。

但她不敢，並不代表周氏不敢。周氏看著元元那哭著的小模樣，哪裡還受得住？快走兩步一把將元元攬在腰下，朝著崔老漢抱怨道：「老頭子，你問就問唄，板著個臉給誰看呢？元元，我的小心肝兒，不哭了！不就是撞了一下嗎，誰家孕婦沒個磕磕碰碰的？怪就怪你孀子自個兒身子弱，不關咱元元的事！」

「娘，您這說的什麼話啊！」崔濟安雖然有些個小聰明，但是在大是大非面前，還是分得清的。他一聽周氏的話，心裡便知道壞了，這不就是甩了人巴掌，還怨人家把臉往手上湊，能是這個理嗎？崔濟安不顧身旁張氏的拉扯，上前兩步，一把將崔元生從周氏懷中提了出來，送到崔順安面前，就往地上按。

「元元，跪下！向你二叔賠禮道歉！」

崔元生長這麼大一直被人捧在手心，含在嘴裡，哪裡受得了這氣？當下梗著脖子，就朝崔濟安叫囂道：「我不！阿嬤都說了，我沒錯，我就不跪！還有妳這個小賤人，叫妳冤枉我！妳給我等著，總有一天我要把妳這小賤人賣窯子裡去！」

這話哪是一個六歲孩子能說的？他自己一邊擰巴著小臉，用力地想從崔濟安的禁錮中掙扎出來，一邊雙腳使勁地往崔景蕙的方向死踹著，絲毫沒有察覺因為他的話，全場一片死寂。

饒是崔順安性子再好，此時也是忍不下去了，他一把抓住崔元生的前襟，將他生生提了起來，強忍著心中高漲的怒火。「這話是誰教你說的？」

「沒人教我的，我自己說的！你放開我，快放開了我，不讓我就讓我阿嬤打你！」崔元生依舊叫囂著，根本就沒有半絲的害怕。

崔景蕙看了崔元生那熊孩子模樣，想也不想，轉身就去了灶屋，拿起切菜的刀往身後一藏，回了堂屋裡。「爹，把元元給我。」

崔順安此時本就生氣著，聽了崔景蕙的話，也沒想太多，便將崔元生提溜著塞到崔景蕙面前。

崔景蕙一手臂將崔元生箍住，然後退後兩步，亮出另一手拿著的菜刀，直接就橫上了崔元生的脖子，一臉冷笑地看著瞬間老實了的崔元生。「罵啊，你再罵一句小賤人試試！」

這一番變故，頓時讓堂屋裡的人全驚呆了。

本不過一家子的事，鬧到這會兒，任誰也沒想到崔景蕙會這樣心狠，便是崔順安也是後悔不已。

# 第八章 終得懲罰

「嗚嗚……啊啊，爹、娘，快來救我！堂姊要殺我！」刀子就橫在自己的脖子上，崔元生這下子是真的知道怕了，逞強的話也不敢說了。雖然哭喊著，卻是動都不敢動，生怕一個不小心，他就和戲文裡的人一樣，被抹了脖子，死翹翹了！

「大妮，妳別衝動，把刀子給爹，咱有話好好說。」

「大妮！伯娘求妳，求妳放開元元！有什麼事衝我來好嗎？」

「大妮，有事咱慢慢說，妳有什麼要求儘管提，只要別傷了我兒子，大伯什麼都答應妳！」

「崔景蕙，妳個養不熟的白眼狼！要是不想被趕出去，就立刻把我孫子給放了，不然——」一色的哀求中，突然出現了周氏不和諧的聲音。只是她話還沒說完，便被崔老漢摀住了嘴巴。

「閉嘴！這個關頭，添什麼亂！」

「大妮，別聽妳阿嬤的，這事是元元不對！我讓元元給妳娘磕頭賠罪，往後我一定把弟媳伺候得舒舒服服的！只要妳別傷害元元，伯娘什麼事情都依著妳！」張氏看著元元要哭不敢動的模樣，心都要碎了，可是她不敢上前啊！她生怕自己一上前，崔景蕙就要了自家兒子的小命！要早知道崔景蕙是這麼個不要命的性子，就是給她一百個膽子，她也不敢罵崔景蕙一句啊！

「都給我閉嘴！」崔景蕙將崔元生拖到了支撐柱旁邊，冷著臉看著崔元生瑟瑟發抖的模樣。「說吧，為什麼推我娘？如果說一句假話，我就割掉你一根手指；說兩句假話，我就砍掉你一隻手掌！」

崔景蕙陰惻惻的語氣，聽到崔元生耳裡，就跟那催命符一樣，頓時亂了分寸。他還小，這要是沒了手掌，以後可怎麼娶媳婦啊！「哇哇哇，別砍我手！是小舅說的，崔家的東西以後都是我的，要是嬸娘生了男孩，以後就沒有人喜歡我了，所有的東西都要分一半給弟弟，阿嬤也說要把我的雞蛋分一半給弟弟！我不要嬸娘生孩子，我不要弟弟來跟我搶！」

雖然沒有邏輯、沒有章程，可是大家卻都聽明白了，斥責的目光不約而同地落在了張氏身上。

張氏此時也知道大事不妙了，身形一晃，險些就栽倒在地上，她一臉勉強地說道：「這都是小舅逗你玩的，你這孩子怎麼就當真了呢！」

崔順安一臉回不過神來地望著崔元生，無法相信自己的媳婦竟然是因為這個原因而睡躺在床上差點流產，這種打擊讓他一時之間如何能接受？

而一旁被點名的周氏，亦是縮了縮頭，迎著崔老漢吃人般的目光，往他身後縮了縮。

崔景蕙雖然想過崔元生可能是因為嫉妒，可是卻完全沒有想到，不過是因為大人無心的幾句話，竟然會將小孩子的惡念擴大到如此地步。她冷目望著縮在崔老漢背後、不敢伸頭的周氏，再度問道：「那茅房前的皂角，也是你給我娘準備的吧？」

「堂姊，妳不要殺我！我只是想讓嬸娘肚子裡的孩子不要生下來，我沒想要害嬸娘的！我也不知道阿嬤怎麼就摔了……爹，您幫幫我，求求堂姊，讓堂姊不要殺我，我不要死！」崔元生早已是哭得眼淚、鼻涕糊了一臉，就連腦袋裡都是懵的了，自然是崔景蕙問什麼，他下意識裡就答什麼，那點小心眼早就拋天邊去了。

周氏一聽到害得她摔跤的罪魁禍首原來是崔元生，頓時就不管不顧了，從崔老漢身後一溜地衝了出來，插著腰就開罵了，哪裡還有半點先前將崔元生當心肝兒疼的模樣。「好你個小兔崽子！虧得阿嬤對你這麼好，你竟──」

「閉嘴！還嫌亂得不夠嗎？」崔老漢如今已經是一個頭兩個大了，哪裡還禁得住周氏在這裡火上澆油？一把將周氏拉了回去，眼睛一橫，更是恨不得把周氏的嘴巴封住才好。

「大妮，大伯知道錯了，都是我們大房對不住妳娘！妳要打要罵，我們都認，但是求求妳放開元元好嗎？我們老崔家現在也就元元這一根獨苗，求求妳看在往日我們並沒有苛待妳的情分上，不要傷害元元，大伯給妳跪下了！」崔濟安雖然知道這事理不在自己，可是哪有當父親的能受得了自己兒子被橫著把菜刀、哭得撕心裂肺的模樣？當下便是不管不顧的就要往崔景蕙面前一跪。

「大伯，您這是要折我壽嗎？還有……都給我閉嘴。」崔景蕙漠然地望著崔濟安就要屈到地上的膝蓋，絲毫沒有被崔濟安的言語撼動半分。她一聲冷嘲，倒是讓崔濟安這下跪也不是，不跪也不是了。

只是場中沒有人在意這個了，因為崔景蕙一聲「閉嘴」，旁的人生怕刺激了崔景蕙，哭的、嚎的，盡數歇了聲。就怕崔景蕙要是一個手下不穩，那出的可是他們老崔家獨苗苗的大事。

「阿爺，您說這事，該怎麼辦？」崔景蕙拿眼望著崔老漢。這事，這個主，終究還得由崔老漢開口。

崔老漢抬起滿是溝壑的臉，渾濁的目光望著崔景蕙。

崔景蕙絲毫不畏地與之對視，並無半點退步的意思。

崔老漢也明白了，此事若不給個章程，怕是難以善了。崔老漢沈默地吐了口煙霧，環顧眾人，在眾人眼巴巴而又焦急萬分的目光中開了口。「這件事確實是大房的不對，所幸沒有造成無法挽回的錯誤。作為對二房的彌補，到李氏做完月子前，家裡所有的活計都由大房承擔。」

「可以、可以！弟妹只要好生躺著養胎就可以了，其他的都交給我就行了！」崔老漢話一說完，張氏就忙不迭地點頭向崔景蕙保證了起來。

「至於元元，張氏，妳以後都不准帶他回妳娘家去，免得被親家小舅子給帶壞了。對元元這次受人唆使幹出的蠢事，念在他年紀還小，尚可改正的分上，就懲罰他十笞子、餵一個月的雞，以示懲戒。大妮，妳覺得這樣處理滿意了嗎？」

雖然崔老漢提出的解決方案並不盡如人意，但是崔景蕙也明白，這是崔老漢能做到的最大讓步了。畢竟一個沒出生、不知道性別的孩子，怎麼比得上元元這實打實的長孫地位？但是能讓娘在剩下的孕期裡安心養胎，她便已經心滿意足了。

崔景蕙看著張氏。「從今天起，我會寸步不離地守著我娘。」

「可以，其他的活兒都交給我好了！」聽到崔景蕙鬆口，張氏自然是又驚又喜，哪有不答應的意思？

「崔元生，我不管你聽不聽得懂，這是第一次，我希望也是最後一次，如果再讓我知道你對我娘有任何不利的動作……這就是後果！」崔景蕙說完，將手中的菜刀直接甩往一旁的空地上。

「咯咯……咯！」

眾人被崔景蕙的動作一驚，順著菜刀飛去的方向一看，只見一隻正在散步的母雞被崔景蕙甩出的菜刀精準地砍中脖子，一切兩斷。失去雞頭的身子，還不停地在地上抽搐抖動著，而鮮紅的雞血則因為牠垂死掙扎的動作而濺了一地。

這血一般的威懾，頓時讓張氏臉上的血色全無，她顫抖著，幾乎是手腳並爬地爬到崔景蕙面前，然後一把將已經嚇懵了的崔元生抱進懷裡。「元元，沒事了！好孩子，沒事了！」

「哇哇哇！娘，我好怕，我好怕啊……」母親溫暖的懷抱頓時讓崔元生惶恐不安的心有了落處，他死死地抓住張氏的衣襟，撕心裂肺地痛哭了起來。

一旁的崔濟安也是一副劫後餘生地上前兩步，跪倒在地上，將張氏娘倆抱進懷裡。

「崔大妮，這可是生蛋的雞！我的雞蛋啊！」周氏看著那還在抽搐的母雞，這心疼的，瞬間就忘了崔景蕙剛剛手拿菜刀的模樣，扶著臀一拐一拐地從崔老漢的身後走出來，朝頭身分離的母雞走去。

只可惜，崔景蕙比周氏先走到母雞前，將母雞斷了的脖子夾在雞翅膀裡，然後把雞翅膀像擰麻花一樣擰了一圈後提在手裡；另一隻手則將嵌入地裡的菜刀拔出，拿在手裡，扭頭看了周氏一眼。「我娘失血過多，需要補一補，殺隻雞正好。阿嬤，您有意見？」崔景蕙邊說著邊用菜刀在母雞身上拍了兩下，原本還在抽搐的母雞頓時抽了兩下腿，然後一動也不動了。

周氏見狀，原本氣勢洶洶的模樣一下子就慫了，她脖子縮了縮，一臉諂笑，邊後退邊朝著崔景蕙點了點頭。「是該補補了，大妮殺得好，殺得好！」

崔景蕙淡淡地瞟了周氏一眼，然後一手提著菜刀，一手提著已經死透的母雞，走到大水缸旁，將母雞和菜刀一併丟入水缸旁的木盆裡，上了走廊，轉身又去了灶房。

崔景蕙前腳剛進灶屋，周氏後腳便跟了進來。

崔景蕙也不去理會，提著籃子走到櫥櫃前面，開了盛雞蛋的櫃子，從裡面撿出八個雞蛋放籃子裡，轉身就往外走，全當沒看見周氏的存在。

只是，她當周氏不存在，並不代表周氏當真不存在，更何況崔景蕙還當著她的面「偷」了那麼多雞蛋，她哪裡能受得住？當下周氏屁股不痛了，腰也不疼了，腿腳也麻利了，猛的兩步上前，一把抓住崔景蕙手裡的蛋籃子，橫眉倒豎，一臉戾氣。「妳這小妮子，偷我雞蛋做甚？」終究還是記得崔景蕙之前提刀子的模樣，倒是不敢「小賤人」的叫著了。

「偷？」崔景蕙拉長了聲線，冷臉看著不過才到自己肩頭的周氏，心中不免升起了一絲涼意。雞是她餵的，蛋是她撿的，她不過是拿了幾個雞蛋而已，到頭來，她卻是成小偷了？

「對，所有沒經過我的允許私拿糧食的行為就是偷！妳問老婆子我了沒？沒問就是偷！」周氏猛的點了點頭，扯著籃子的手一絲不讓。

崔景蕙不想和周氏再做過多的爭辯，一雙杏眼望著周氏，似要把周氏看出個洞來一樣。「安大娘今兒個幫了大半天的忙了，按安大娘接生的規矩，一趟是八個銅板、六個紅雞蛋、一尺布，阿嬤您拽著我的籃子，是嫌這禮輕了嗎？還是說阿嬤想添上幾個銅板兒，全了您的臉面？」

崔景蕙這話一出，周氏倏地將死拽著籃子的手收了回去，就跟籃把子上沾了火，燙手一樣。她訕訕地朝崔景蕙笑了一下，搓了搓手，然後伸出四根手指頭在崔景蕙的面前晃了晃，試探地說道：「妳娘這不也沒生孩子，要不送四個得了？都是鄉里鄉親的，幫幫忙也是應該的，大妮，妳說是吧？」周氏說著便去籃子裡掏雞蛋。

崔景蕙一錯身，避開周氏的手。「都是鄉里鄉親的，總還是要臉的，就算阿嬤您不要臉，咱老崔家的臉還是要的！阿嬤您今兒個興許是累了，還是好生回屋歇著吧，免得晚上屁股疼，睡不安生。」

周氏的手一空，自然是不甘心，擋了崔景蕙的道，便又要伸手。可是等聽了崔景蕙的話，卻是脖子明顯一縮，那原本要碰到雞蛋的手也收了回去，往後扶住自己的腰，臉上的褶子瞬間皺成了一團，「哎喲、哎喲」的叫喚開了，只是那聲音聽著卻是假得不行。

崔景蕙也不想去管周氏是裝的還是真的，提了籃子出了灶房。院子裡已經連個人影都沒了，而堂屋裡赫然是崔元生哭爹喊娘的聲音，走過去一看，便看見崔元生的褲子褪到了腳跟，被崔順安按在長凳子上，正抽著笤子。那白晃晃的屁股上，已經多了好幾條紅印子，打眼得很。

崔元生哭得撕心裂肺，一旁的張氏則差點哭暈在崔濟安懷裡，這一番母子連心、痛煞心肝的戲碼，看得崔景蕙一聲冷笑，只覺髒了自己的眼，存心給自己添堵。

回了屋子，便見因著之前的慌亂而弄得雜亂不堪的屋裡已經被安大娘理得整整齊齊，安大娘這會兒正坐在床邊，拿著李氏常用的那個針線笸，做著李氏之前未完的針線活。

看到崔景蕙進來，安大娘手中的活兒一停，朝崔景蕙慈祥地笑了一下。「當真是老了，這眼睛都花了，耳朵也聽不實誠了，不中用了。」

「瞧您說的，您這要是不中用，那我怕是巴不得我阿嬤和您老一樣不中用咧，也省得心眼裡堵得慌。」這不該看的、不該聽的，都看完聽完了，崔景蕙也不怕安大娘笑話他們這一家子爛事了。將手中的蛋籃子放在桌子上，走到床邊，替李氏撚了撚被角，嘆了一口氣。

「今天的事，多虧安大娘您了，不然我娘還不知道得吃多少虧呢！」

安大娘索性將針線笸擱在床尾，將捲著的袖子捋了下來，伸手將崔景蕙的手握在手裡。

「這鄉里鄉親的，別說這樣見外的話。妳娘也是個有福氣的人，這難啊挺過去了，以後的福氣長著呢！大娘知道妳是個孝順的孩子，可有些事也別死拽著不放，有時候過去了就讓它過去吧，這要過的日子還長著。家家都有本難唸的經，咱得往前看不是？」

崔景蕙哪裡不知曉安大娘這勸慰的話是什麼意思？道理她都懂，可是情感上的偏差，哪裡是說放下就能放下的？她心裡已經打定了主意，又豈是他人一兩句話就能動搖的？但是穩心的話，即便詞不達心，嘴上總要客套一二。「大娘，我懂您的意思，一家人窩在一個屋裡，磕磕碰碰自是難以避免的，只要他們不再碰我娘，我自然會跟他們和和氣氣的。」

「妳明白就好。這天兒也不早了，我該家去了。」安大娘看崔景蕙聽進了她的話，心裡一寬。這耽擱的日頭長了，該做的事也都做完了，她該走了。

「我送您。」崔景蕙見安大娘起身要走，忙跟了上前。

「不用了，妳守著妳娘就成，不過幾步路而已，不礙事的。」這個時候，她要走了，李氏屋子裡就只有崔景蕙一個了，她哪能讓崔景蕙送？安大娘忙擺手拒絕。

「勞大娘您費了這麼久的心，送送是應該的。我娘這兒有我爹守著呢，您不用擔心。」

崔景蕙哪裡容得安大娘拒絕？快走兩步，一手抄了蛋籃子，一手攙了安大娘的胳膊，推了門就往外走。

正好崔順安那邊抽完笞子，崔元生哭得那個傷心勁兒，他也是待不下去了，正要回屋，這兩廂倒是差點撞上了。

「爹，我送安大娘回去，您先顧著點娘。」

「安大娘，今天的事多謝了。大妮，慢著點，安大娘腿腳不好。」崔順安一臉感激地朝安大娘點了點頭，然後鄭重地向崔景蕙交代了一句。

「爹，放心好了，我會把安大娘送回家的。」崔景蕙點了點頭，小心攙扶著安大娘出了院子。

崔順安一直目送二人離開之後，方才轉身回到屋內，看著躺在床上、面色慘白的李氏，不由得走到床邊，握住了李氏的手。「媳婦，妳受苦了……」

# 第九章 一夢前塵

崔景蕙將安大娘送回家裡之後，便一刻也沒耽擱地回了老崔家的院子。她先去灶房燒了一大鍋水，將那隻被砍了腦袋的母雞褪了毛，在火上撣了撣，然後扒了內臟，整隻都給燉了，接著煮上一鍋糙米粥。忙活到這兒才看到擱在一旁架子上的藥包，遂將藥包拿回自家屋裡，看李氏還沒有醒來，和崔順安招呼了一聲，便又回了灶房，尋了藥罐子，洗刷乾淨，又尋了小灶一起拿到自家側門前。也不急著煎藥，而是回到灶房，等母雞煮熟了，剁了一小半，盛了滿滿一大碗雞湯，待糙米粥熬得濃濃的，又裝了自家的分，把灶膛裡的火給滅了，只留下一點火星子煨著鍋底才離開。

崔景蕙前腳離了灶房，後腳正屋裡連著灶房的門便打開了，周氏貓著腿兒走到灶房裡，看到灶臺板面上的大半雞肉，渾濁的眼睛一亮，頓時嚥了口口水，三步併作兩步上前，也不顧手上沾著灰，伸手撕了塊雞肉就塞嘴裡。這雞肉燉得爛爛的，在嘴裡還沒過過味呢，就被周氏嚥了下去，正要伸手再撕一片，卻聽到身後「梆梆」煙槍敲在門框上的聲音，周氏伸出的手猛一下就收了回去，回頭對出現在門口的崔老漢扯著缺牙的嘴笑了一下，絲毫沒有被抓到偷食的窘迫感。

「老頭子，你等一下，我這就去給你盛飯。」說著，便揭了灶臺上的鍋蓋，那粥的香味直往周氏鼻子裡鑽。

在崔老漢眼皮子底下，周氏也不敢偷食了，偷偷地嚥了嚥口水，手腳麻利地撿了碗筷，盛了粥，端了雞肉回了正屋裡。

崔景蕙將粥和雞湯端進自家屋裡時，正好聽到周氏拔高了喊大房吃飯的聲音，想來自己之前煨火的舉動倒是多此一舉，周氏怕是早已盯著鍋裡那口吃食了。

崔景蕙將吃食放在桌子上，這才向一直守在床邊的崔順安輕喚道：「爹，來吃點東西吧！」

「爹還不餓，大妮妳先吃吧！」聽到崔景蕙的聲音，崔順安這才轉過頭來，勉強一笑，他現在一顆心都懸在李氏身上，哪裡還顧得上吃食。

「我也不餓。要不先放著吧，等娘醒來了咱一起吃。」雖然食物的香味撲鼻，可是崔景蕙和崔順安一樣，並沒有什麼胃口，尋了空碗將粥和雞湯扣住，免得吃食冷下來。

「嗯。」

崔順安下意識的應承了一句，望著李氏的目光動都沒動一下，只怕崔景蕙說了啥也未曾聽清吧？

這邊兩人是看著雞肉下不了嘴，正屋那邊卻是生怕別人多吃了一口，一陣風捲殘雲，那大半隻雞就進了眾人的肚子，桌子上剔下來的雞骨頭，上面也是乾淨得沒一絲肉。

「爹，我先去給娘煎藥。」崔景蕙見崔順安這樣子，也不想去打擾，轉而抽了一包藥拿到側門外，將小灶生了火，把藥包裡的藥倒進了藥罐裡，盛了水煎上。

崔景蕙尋了一把扇子，蹲坐在側門的門檻上，手裡的扇子時不時地搧動兩下，用來控制火候，望著小灶裡舔著藥罐四處招搖的暗紅色火焰，一時間倒是走了神。

「大妮，快來，妳娘醒了！」

忽然，屋內傳來崔順安驚喜的叫喚聲，驚得崔景蕙猛的回過神來。她一把扔下手中的扇子，也不管頂著罐蓋子「突突突」直冒熱氣的藥罐了，拔腿就往屋裡跑。

床上，李氏感覺自己就像是作了好長一個夢，可是到底夢到了什麼，她又不記得了，她一覺睡起來，只感覺渾身輕飄飄的，安逸得很。只是還沒來得及醒神，便聽到崔順安驚喜的聲音自耳邊響起，然後便看到大妮「噔噔噔」地跑了進來。

這一大一小，站在床邊，還未說話，那臉上高興著，眼淚卻是噗嚕嚕地往外淌。

「這是……我的孩子還在嗎？」李氏正想問這是怎麼了，可是又猛然記起白天跌倒的事，頓時臉色就變得惶恐了起來，抖著手便要去掀被子。

崔順安是樂傻了，沒注意到李氏情緒陡然的波動，但是崔景蕙卻看到了，顧不得抹眼淚，上前兩步將被子掀開，捉著李氏的手放在隆起的小腹上。

「娘，您摸，弟弟沒事，您也沒事。」

李氏低頭看著，摸著自己還在的肚子，原本的惶恐不安終於消失，鬆了一口氣，再抬頭時，已然是熱淚盈眶。她不敢想，這孩子要是沒了，自己會怎麼辦？

崔景蕙也同樣不敢想像。

「娘，睡了一下午，怕是餓了吧？我熬了點粥，娘吃點，爹也一起吃點。」崔景蕙邊說著邊往桌子走，揭了碗正要盛粥，卻看到側門處滾著熱氣的藥罐，頓時暗叫一聲「糟了」！她剛剛一時高興，竟然把這一茬給忘了。趕忙丟了碗，快跑著出了側門，將小灶裡還燃著的柴火都扒拉了出來，用水給澆滅了，又尋了一塊布，揭開罐蓋，聞了聞藥味，不由得鬆了口氣，沒糊沒焦，真是萬幸。

提了藥罐進屋，濾了大半碗藥放碗裡涼著，崔景蕙將藥罐挨著側門放好，這才回了身。先給盛了兩碗粥，挾了一大塊雞胸肉那碗端給崔順安，轉回去又扒了隻雞腿，將肉撕得細細的，攪和進粥裡，這才回了床邊，用勺子挖了一勺粥遞到李氏的嘴邊。

「娘，我餵您。」

「傻妮子，妳自己吃，娘沒事，娘自個兒來。」李氏說著，便要抬手去拿碗，卻發現自己的手疲軟得緊，指尖更是不自覺的微微顫抖。

一旁的崔順安見狀，一把握住李氏伸出的手，略帶哽咽地笑著說道：「難得大妮有這孝心，妳就依著大妮這回便是。」

「好好好，這回就依你們！當家的你也吃。」李氏只覺心中一暖，用另一隻手拍了拍崔順安的手，終於張嘴接了崔景蕙的餵食。

「怎麼會有雞？」李氏不過吃了一口，便吃出了粥裡的雞肉味，隨口一問。

一旁扒拉著糙米粥的崔順安瞬間身形一僵，眼角的餘光不由得落在了崔景蕙身上。

崔景蕙卻無半點異樣，又送了一勺進李氏的嘴裡，方才解釋道：「我看娘流了很多血，所以就殺了隻雞，給娘補補。娘不用擔心，這是阿嬤同意的。」崔景蕙自然是知道李氏的性子，若是不加上最後一句，只怕她吃得都不安生了。

「當家的，是這樣嗎？」李氏雖然是包子性格，但是並不代表她傻，她懷孕了這麼久，周氏連個蛋都捨不得，何況是隻雞？對於崔景蕙的說辭，李氏顯然是不信的，她微微偏頭將目光落在了崔順安身上。

崔順安自然不好將大妮拿著菜刀威脅元元的做法告訴李氏，以免嚇著她，可是又不得不為大妮圓了這個謊。為了不讓李氏看出端倪，崔順安故作平靜地用筷子攪了攪粥，說道：「咱爹同意的，娘也不好再說什麼不是？」

若是崔老漢開的口，那周氏確是沒有拒絕的可能性。崔順安的回答算是撫平了李氏心中的疑惑，她也不再問。

崔景蕙鬆了一口氣，對崔順安這般開了竅的回答，自然是滿意至極。

李氏當真餓了，崔景蕙餵了一大碗糙米粥，又添了小半碗，李氏都吃完了，崔景蕙還要再添，卻是被李氏拒絕了。

「夠了，大妮，娘吃飽了，再吃就撐了。妳自己還沒吃呢，別餓著了。」

崔景蕙想著也是夠了，便沒有再勸，而是倒了杯溫水，讓李氏清清口。

「娘，您先歇會兒，江大夫給您開了些安胎的藥，現在還燙嘴，等涼會兒再吃。」崔景蕙吩咐了一通，見李氏點了頭，這才轉到桌子前，將剩下的糙米粥都盛了，雞那塊卻是沒打算去碰，她想留著明兒個給李氏吃。

只是李氏這回流了這麼多血，這月分又上來了，哪裡是幾口雞肉能補得上的？今兒這雞殺得也是順了勢，若要再去動家裡的雞，周氏定是不肯的，所以得想個法子，讓娘多吃點肉食才行。

腦子裡這般想著，一時間倒是沒有注意崔順安走過來，將他碗裡沒動過的雞胸肉給撥進了崔景蕙的碗裡。

「爹，您怎麼不吃呀？」崔景蕙看著落在碗裡的雞肉，不由得一愣，仰頭便看見崔順安對自己憨笑著咧了嘴。

「大妮，妳吃，爹不喜歡吃雞。」

崔景蕙聽了崔順安的話，不禁瞥了他一眼，用筷子挾起雞肉，站起來就往崔順安碗裡送。「爹，我又不是小孩子了，您這話對我沒用。這世上除了和尚、尼姑，哪有不喜歡吃肉的？您一天到晚幹的都是體力活，得吃肉。」

「爹真的不用，今兒個怕是嚇到妳了，吃塊肉正好壓壓驚。」崔順安忙擋住碗，後退兩步，用筷子擋住崔景蕙遞過來的雞肉，在吃這塊肉的立場上，倒是一步也不肯退。

這會兒，崔景蕙倒是被崔順安的話給說笑了，可是看著那不過她拳頭大小、明明都想吃、卻是誰也捨不得吃的雞肉，又不免有些心酸。她一邊嘟囔著，一邊卻是收回了筷子。

「這吃塊肉能壓驚，那還有神婆子啥事？」

崔順安看到崔景蕙收回了筷子，頓鬆了口氣，倒是也不和崔景蕙爭辯了，把碗筷疊放在桌子上，正待伸手去摸藥碗。

「張嘴。」

聽到崔景蕙的聲音，崔順安下意識裡張了嘴，結果一口肉便塞進了他的嘴裡，這下不吃也不行了。

崔順安含著一大口肉，那雞肉的香味直接就衝到喉嚨裡去了，讓崔順安的喉頭不自覺地蠕動了下。他抬起頭無奈地看了崔景蕙一眼，含糊地說道：「大妮，妳……」

崔景蕙得意地晃了晃手中還剩小半的雞肉。「咱一起吃。」

既然這樣，崔順安也不堅持了，嚼了幾下，將肉嚥了下去，父女兩個相視一笑。

這李氏一醒，且安然無恙著，讓原本籠罩在父女心頭的愁雲頓時散去，整個人都好像重新活了一遭一樣。

崔順安一隻手端了藥碗，湊到嘴邊，稍稍嚐了一點，感覺不燙人了，便端著送到了床邊。

「鈴子，藥有點苦，妳忍著點。」崔順安一手扶著李氏的後頸，一手將藥送到李氏的嘴邊。

李氏伸手托著碗底，一口便將碗中的藥喝了下去。

崔景蕙見李氏喝完，忙遞上一杯水，讓李氏清掉嘴裡的苦味。

滿嘴的苦澀味讓李氏顧不得說話，一口氣將水全灌下去，這才好受了些。

崔景蕙伸手自崔順安手裡接過藥碗，連帶著之前空了的碗筷一併收拾了，送到了灶房放髒碗的盆裡，然後舀了一盆熱水，準備端回去給李氏擦把臉、洗洗腳。

經過堂屋的時候，看到崔景蘭靠在堂屋門口，絞著手絹，似乎在等自己。只是現在崔景蕙沒有心情搭理大房一家，連帶著看崔景蘭也是不順眼，見她望著自己欲言又止的模樣，不禁將頭偏向另一邊，不去看她失落的臉，逕自回了屋子。

三人就著這盆熱水洗了臉、擦了腳，外面的天色便已經完全暗了下來，屋裡更是黑洞洞的，李氏的藥勁兒上來了，靠在床邊直犯瞌睡。

對於今天發生的事，父女倆沒問李氏究竟是怎麼回事，李氏也沒有和二人說到底是個怎樣的情況，三人算是默認了這事就這麼完了。

崔景蕙用盆裝了涼水，將剩下的雞湯涼盆裡，罩上罩子，擱在桌子上，關好門窗，這才上了床。其實也不能說是床，只是兩個大木箱子上面搭了張草墊子的簡易睡鋪而已，就擱在李氏的床後面。畢竟崔景蕙的年歲也是大了，早就不方便再和李氏夫妻兩個擠在一張床上，可再打一張床，在周氏來說根本就是不可能的事，所以也就一直這麼湊合過來了，所幸崔景蕙也不在意。

或許是因為李氏醒來了，崔景蕙心中那根繃緊的弦鬆懈了下來，待聽到崔順安的鼾聲響起，崔景蕙亦是覺得一股疲憊襲來，稍稍打了個哈欠，閉上眼睛，不多時便已酣然入夢……

「老爺，不好了，夫人血崩了！」

模糊的視線中，崔景蕙只看到一個丫鬟打扮的女子急匆匆跑到面前，一臉焦急的模樣。

「這是凝血丹，快些給夫人送進去！」一個面容模糊的男子伸手遞出一個琉璃小瓶。

那丫鬟趕忙伸手接過，小跑著不見了。

只是不一會兒，便又聽見那丫鬟驚慌失措的聲音響起。「老爺！血止不住，夫人逝了！」

畫面一轉。

「囡囡，這錦囊裡裝著妳席哥哥的庚帖，妳好生收著。這是我們之間的秘密，誰也不能說，知道嗎？等妳及笄後，靜姨就領著妳席哥哥上妳家來提親，妳可別忘了。」一穿著樸素、容貌秀麗的女子抱著一個不過三歲的稚子，咬著耳朵說著私密的話。

「靜姨，囡囡可不可以跟您去呀？這樣我就不用等到及笄，就可以給席哥哥當小媳婦了！」小女孩的小手裡緊緊揣著靜姨塞過來的錦囊，稚嫩的話語卻是寬慰了靜姨離別的哀愁。

「傻囡囡，那樣的話，妳爹會變成老虎吃了靜姨的。快點長大吧，到時候妳就是我衛家的小媳婦了。」

畫面再一轉。

「娘，別丟下我，囡囡怕……」元宵佳節上，擁擠的人群裡，小女孩死死地拽著身旁一婦人的手，不肯鬆開。

「要怪就怪妳是那個女人的孩子！」那婦人一根手指、一根手指地將小女孩的手掰開，然後猛的推了小女孩一把，便消失在人群中。

原本在小孩子眼中熙熙攘攘的人群，忽然像是變成了張著血盆大口的怪獸，對著小女孩張牙舞爪，想要將她一口吞下。

「不……不要！」崔景蕙嘴裡大叫一聲，然後猛的坐了起來，微微喘著粗氣，鬢角的髮絲亦是被汗水打濕。

「大妮，怎麼了？」崔順安被崔景蕙的聲音驚了一下，瞇著眼睛朝她那邊抬了抬頭，聲音中夾雜著濃濃的睡意。

「爹，我沒事，剛剛作了個夢。您睡吧，我去趟茅房。」崔景蕙輕聲回答，生怕驚醒了李氏。

「嗯……」崔順安迷迷糊糊地應了一句，不多時，鼾聲便再度響起。

崔景蕙掀了被子，趿著雙布鞋，躡手躡腳地出了側門，走到院子裡大缸前捧了一捧涼水敷在臉上，冰冷的水讓崔景蕙頓時感覺自己如今的存在是真實的。

她將濕了的頭髮拂到腦後，手撐著一旁的青石板，坐了上去。仰頭望上，山裡的夜晚，星光璀璨，蛙聲蟲鳴，螢蟲飛舞，倒是一點都不清靜。只是，這對崔景蕙來說，卻是剛剛好。

怎麼會夢到那些事呢？那些重生前的舊事，雖然只是隱約的幾個片段，雖然並沒有夢到讓她生不如死的那個人，可是對崔景蕙而言，這也是她不願再想起的。畢竟，她穿越過來的那一世，給了她最初所有美好的假象，卻又在她以為會一直幸福下去的時候，將她踩入了地獄。崔景蕙苦笑了一聲，單手捂住了自己的眼睛。

她明明就已經逃出來了，那個人再也找不到她了。

不用怕的，那不過是一場噩夢！而現在，夢已經醒來了，如今的她才是真實的存在。

崔景蕙在心裡一遍一遍地告訴著自己，可是身體卻遵循著內心深處本能的懼怕而微微顫抖著，就算崔景蕙想要控制，也是不能。

夜，越來越寂寥，就在崔景蕙以為自己就要被淹沒在這黑暗之中時，一聲淒厲的哭聲從大房屋裡傳了出來！

# 第十章　抓了條蛇

「嗚嗚……啊，不要打我！走開，你們都走開！嗚嗚嗚嗚，我好怕啊！別過來、別過來……」

崔元生惶然而無措的哭聲就像是經受了巨大的驚嚇一般，撕心裂肺。

「元元，怎麼了？娘在呢，娘抱著元元的，元元別怕。」

接著張氏的聲音便響了起來，想來是將崔元生抱進了懷中。

可是這似乎並沒有多大的效果，崔元生彷彿根本沒有聽到張氏的話一樣，依舊哭著、叫著，整個人夢魘了。而隨後張氏的話，果然證實了崔景蕙心中的猜測。

「孩子他爹，你快起來！元元這是怎麼了？」

「媳婦別慌，我瞅瞅……怕是白天嚇到了，跑了魂了。別擔心，明天我帶元元去神婆子那兒繫根繩就沒事了。」

「你說說，這都什麼事啊！好端端的孩子竟然被嚇成了這樣，我可憐的孩子……」張氏聽了崔濟安的話，自然是心疼不過，卻根本就沒想崔元生為什麼會被嚇的緣由。

「瞎哭嚷嚷什麼，還嫌白天的事兒不夠多嗎？妳睡吧，我抱著元元走會兒。」

好在崔濟安一把截住了張氏的話，不然還不知道能讓崔景蕙聽到啥不該聽的事呢！

應是崔濟安抱著崔元生下了床，慢慢的崔元生的哭鬧聲也歇了下來。

崔景蕙沒了再待下去的興致，雖天色還未泛白，可是對於崔景蕙來說，天亮不亮都沒有阻礙，便是黑黝黝的夜裡，她也能看得清清楚楚。

崔景蕙走到臨著茅房的雜物間內，尋了把平時用來抓黃鱔用的叉子，又尋了個裝魚的竹簍子，想了想返回柴垛處，拿了砍柴的刀，便直接從自家後山處翻了上去。

這石頭嶺雖然都是石頭，可是只要翻到這山的另一頭，便是大別山了。大別山裡的樹木可以說是鬱鬱蔥蔥，便是夏日陽光灼人的時候，只要進了林子，那也是清爽得很。但是山裡有豺狼、大貓出現過，至於蛇什麼的，更是很常見，石頭嶺的人恐是被傷怕了，除了住在他們上面一點的崔獵戶家，一般很少有人到大別山裡去。

石頭嶺與大別山的距離並不是很遠，所以等崔景蕙到了大別山的山邊上，天邊這才透了一點兒白，想來差不多也就是寅時三刻左右吧。

崔景蕙並不耽擱，直接便入了林子，她準備給李氏帶點肉食回去，畢竟李氏的身子還是太虛了。

崔景蕙一邊用叉子撥弄著灌木叢，一邊四下張望著，山裡高高矮矮的樹木、雜草太多，有的鳥雀又不會造窩，夜晚便歇在灌木叢中，這自然成了蛇類夜晚捕食的最佳場所。崔景蕙不過是隨意一撥，灌木叢中受了驚嚇的鳥雀便「嘰嘰喳喳」的叫著，倉皇地拍著翅膀，四處逃竄著飛離灌木，鳥雀之多，倒是讓崔景蕙自己嚇了一跳。

下次該帶一張漁網來才對，鳥雀雖小，畢竟也是肉。崔景蕙市儈地想著，卻又不禁有些啞然失笑，到底是窮日子過久了，即便是一口肉也饞得很。

崔景蕙定了定心神，繼續往前走，沒過多久，便看到一條明顯飽食了一頓、正慢悠悠地從灌木叢中爬出來的長蛇，那蛇怕是比崔景蕙的手腕小不了多少。

崔景蕙不由自主的屏住呼吸，躡手躡腳地往蛇的方向走去。那蛇顯然是吃得太飽，抬起蛇頭看了崔景蕙一眼便挪開了，轉而朝另一個方向蹭去，顯然對崔景蕙這個獵物放棄攻擊了。

只是，牠放棄了對崔景蕙的敵意，不代表崔景蕙能放過牠。在離蛇還有二公尺多遠的時候，崔景蕙猛的將手中的叉子擲了過去，那兩頭尖尖的叉子準確地插在了蛇身之上，將蛇釘在原處！

蛇受了痛，身體自然是瘋狂的扭動、纏繞了起來，牠緊緊地纏縛住叉子的木柄把手，做最後的垂死掙扎。

崔景蕙就這般遠遠地看著蛇扭動，直至牠無力地鬆開了對叉身的纏繞，掉落在草叢之上，停止了最後的掙扎，方才上前，一把拔下蛇身上的叉子，卡住蛇頭提了起來，用柴刀將蛇頭砍下，取出苦膽，一併丟了，然後把蛇身一圈，扔進了簍子裡。

得了蛇肉，崔景蕙並沒有馬上回去，而是尋了幾處樹下，用柴刀挖了幾個不大、約一公尺深左右的陷阱。陷阱下面用砍來的帶刺荊棘鋪了一層，然後上面架上了幾根小枝椏，枝椏上再鋪些雜草。待看不出是陷阱，崔景蕙方才滿意地站了起來，將挖出的泥土推離陷阱三公尺外，以免引起動物的警覺性。

在布下陷阱旁的樹身上做好標幟之後，崔景蕙這才滿意地拍了拍手上的泥土，準備回去。一路出了大別山才發現，原本只透了一點光亮的夜色，已然變成了銀灰色，怕是快到卯時了。

崔景蕙怕讓李氏擔心，也不敢再耽擱，一路快走的回了院子，正好聽到公雞「喔喔喔」的打鳴聲，倒是鬆了一口氣。將簍子依著側門旁放著，然後走到大缸旁舀了水，將鞋子下面沾的泥土洗掉，放青石板上晾著，赤著腳、貓著腰，正要推開側門回屋，那門卻從裡面打開了，門內站著的正是拿著扁擔準備去挑水的崔順安。

崔順安之前並沒有注意到崔景蕙不在房裡，這下看見崔景蕙赤著腳站在外門，倒是一愣。「妳剛剛去哪裡了？怎麼不穿鞋子？早上露水重，可別涼著了。」

「沒，沒去哪兒。就是剛剛上茅房的時候，一不小心踩了坨雞屎，弄髒了鞋子，所以我就洗了下。」一個人偷偷進了山的事，要是被爹知道了那還得了！於是崔景蕙當下就擺了擺手，尷尬地笑著撒了個謊。

「這樣啊！快點進去吧，爹先去挑水了，大妮妳陪著妳娘再睡會兒。」

幸好崔順安沒有太過追究下去，倒是讓崔景蕙鬆了一口氣。擋住門邊上裝了蛇的簍子，讓崔順安出了門，這才一臉慶幸地提了簍子進到屋裡，將簍子往後門處一塞，爬上了李氏的床，掀起被子窩了進去，卻是不敢離李氏太近，怕身上的寒氣冷了李氏。只側著身子窩在床邊，望著李氏安靜的睡顏，將頭挨了過去，搭在李氏的肩頸窩裡，慢慢的，眼睛一合，便睡下了。

等崔景蕙醒來的時候，刺眼的陽光透過門窗射進屋內，映照的光線之下，可以看到細小的灰塵在空中愜意地飛舞著，已經是日上三竿了。

「大妮，再不起來，怕是趕不上早飯了。」耳邊傳來李氏調笑的聲音，崔景蕙偏過頭去，便看到李氏背後靠著厚厚的被褥，半坐在床上，手裡捏著針線，一臉柔和地望著自己，雖然臉色依舊慘白得看不下去，但是精神卻是好了起來。

「娘，先別做針線了，這個忒費神，等緩兩天再做也不遲。」崔景蕙自然是看不得李氏受累的，一骨碌從被窩裡爬了出來，搶了李氏擱在被子上的針線笸，赤著腳便跳下床，將針線笸擱得遠遠的，這才安下心。想起李氏剛說的話，不由得輕皺了下眉。「娘，您還沒吃東西？」

「不打緊，娘不餓。妳爹挑水回來的時候，正好撞見妳阿嬤了，說是現在農忙已經過了，再一日吃三頓，是白瞎了糧食，從今天開始，便沒有晌食了。」崔景蕙搶了李氏手上的活計，李氏不生氣，也不辯駁，只目光柔柔地望著崔景蕙，細聲細氣地向崔景蕙傳了周氏的話。
崔景蕙哪裡還有不明白的？平常年哪有穀子還沒進倉就停了晌食的？定然是自己昨日殺了一隻雞，阿嬤這心裡不得勁兒，上趕著在這膈應人呢！
「娘，您等著，昨兒的雞湯還未吃完，我給您熱熱，先墊墊肚子。您不餓，弟弟怕是餓了。」
不需麻煩其他人，李氏倒是沒有拒絕崔景蕙的提議。
崔景蕙走到桌子邊揭開菜罩子，將結了一層厚厚浮油的雞湯碗從木盆裡端了出來，扯了抹布將碗底的水擦乾淨，擱在桌子上。然後去廚房灶膛裡鉗取了未燃盡的火石，用撮箕裝著送到了擱在側門的小灶裡，又將昨日未燃盡的柴火盡數塞進灶膛裡，崔景蕙蹲在腰子處，對著灶口吹了極大口氣，見火燃了，這才起了身。拍了拍身上的灰沫子，轉身回了桌邊，用勺子將雞湯上面的那層浮油刮了去，免得膩著了李氏，待上面看不到黃色的油星子，這才端了碗去熱。
這時火已經很大了，崔景蕙也不需要將雞湯熱得滾燙，只需剛剛能入口便可，所以只等雞湯飄了熱氣，崔景蕙便端回了屋子，連著雞湯將還剩的一團雞翅肉盛了碗，遞給李氏。
昨天的雞湯本來就熬了好一陣火候，那香味聞進鼻子裡，就連之前說著不餓的李氏也忍不住嚥了嚥口水。
「大妮，我這吃獨食不好吧？要不給妳阿嬤也送一碗？」李氏捧著碗，想著就自己一個人吃，怪不好意思的。

「娘，您還是先緊著自己吧！一隻雞又不是咱一房人獨吃了，指不定阿嬤昨晚也給自己留了。而且這是咱房裡吃剩的，也送不出手啊！」崔景蕙一臉無奈，都這個時候了，還想著別人，那還怎麼護得住自己應得的分？

「是我想岔了。大妮，妳要不要也喝點？娘反正也喝不了這麼多，妳——」李氏一臉恍然的模樣，只是嘴一偏，卻又勸上了崔景蕙。

「娘——」崔景蕙拖長了聲音，直接將李氏還要說的話截住，語氣中不由自主地帶上了一絲怒其不爭的憤然。「我要是貪著這口肉，還需您省著這一口？都到這分上了，您還想著別人，就不能想想自個兒和肚子裡的孩子嗎？難道您是真不想給我爹生個兒子了?!」

李氏沒有想到自己的話會引起崔景蕙這麼大的反應，待聽完崔景蕙氣急了的話後，她雙手捧著雞湯，望著崔景蕙，卻是愣住了。等了好一會兒，才醒過神來，幽幽地嘆了一口氣，將碗捧放在被上，別過頭去，望著暗黃、染著汙漬的牆壁，悵然若失地嘆道：「怎麼會不想呢？娘這十幾年來作夢都想給順子生個兒子，只要能生個兒子，怕是現在叫我去死我都願意的。」

「您這又說什麼喪氣話？您會好好的，孩子也會好好的。快喝吧，免得雞湯冷了。」崔景蕙倒是不曾想，李氏竟有著這般心思，雖然心裡悶著火，卻也只能按捺著心中的悶氣寬慰李氏，更為自己的口不擇言懊惱。明知道李氏一直都是這樣的性子，怎麼一時就上火了呢？

「娘剛剛一時想左了，大妮妳別放在心上。我這就喝，妳去忙妳的吧，我在這兒不打緊。」李氏也知道自己剛剛說了不合時宜的話，這時候也不好再說給崔順安留點了，捧著湯碗小口、小口的喝了起來。

「我就在院子裡，娘有事叫一聲就成。」崔景蕙見李氏喝著雞湯，也是鬆了一口氣。出了側門，將擱在門後煎了一回的藥重新灌滿了水放在小灶上，然後將撮箕和火鉗提了，準備送回灶屋，卻看到周氏已經跑到自家門口探頭探腦。

崔景蕙就勢一擋，擋住了周氏往屋裡探的目光。

「阿嬤，您這是在幹什麼呢？」

周氏看到崔景蕙，先是脖子一縮，尷尬地咧著嘴朝崔景蕙笑了一下。「大妮，這屋裡是吃著什麼呢？這香味把我肚子裡的饞蟲都勾起了，讓看看，解解饞。」

話是這麼說著，可昨兒個殺的雞，周氏哪會不知道這飄的就是雞湯的香味？只是昨兒個崔景蕙的樣子太嚇人，這會兒周氏倒是不敢直接向崔景蕙討口雞湯喝了，但是那拉長著脖子往屋裡瞅、一副饞急了的模樣，不就是明擺著的意思？

不過就算是知道周氏的意思，崔景蕙也不能表現出來。她伸手往後一拉，將原本虛掩的門帶上。「沒吃什麼，就煎著藥，阿嬤怕是餓了，岔了味了。這時辰也是不早了，阿嬤該去叫伯娘做飯了。」

周氏眼巴巴地望著門被合上，當著崔景蕙的面也不敢說重話，聽到崔景蕙提起張氏，不由得嘴巴子一撇，臉往下一拉。「說是元元昨兒個嚇著，跑了魂了，一大早就帶著去神婆子那裡收魂去了，到現在還沒回來，早飯怕是沒指望嘍！」周氏氣的自然不是這個，而是張氏臨走前從她手裡摳了三個銅板。要不是看在乖孫孫的分上，周氏指不得要指著張氏的腦門心罵上一通敗家子了。

「這樣啊！那阿嬤您等著，我去剛叔家兌碗豆腐回來就做飯。」指著周氏來做飯，那是根本就不可能的事，而李氏的吃食，她也不想別人插手，當下就回了周氏，攬下早飯的活計。

村裡的豆腐都是用黃豆兌的，一碗豆子兌一碗豆腐。聽崔景蕙的話，自然是要去灶房撿豆子，周氏哪裡還待得住？緊著崔景蕙的步子，後腳前腳地進了灶房，伸手就壓住崔景蕙要開的櫃子門。「豆腐有什麼好吃的？地裡的菜都吃不完，還是別兌了，免得浪費豆子。」

「那倒是可惜了！正好我今兒個早上抓了條蛇，本來還想燉個豆腐蛇羹讓家裡人一併嚐嚐鮮的，既然阿嬤這樣說，那就算了！咱們還是吃地裡的菜湊合著，蛇肉我再單獨給我娘燉好了。」崔景蕙也不勉強，鬆了開櫥櫃的手，一臉遺憾地往外走。

肉！蛇肉！光聽著，周氏就直嚥口水，這下哪裡捨得讓崔景蕙走了？一把拉住她的手，堆著一臉的笑。「大妮別走！等著阿嬤，阿嬤這就去給妳裝豆子！」也不需崔景蕙動手了，周氏自己開了櫥櫃，就去拿碗裝豆子。

這也正合崔景蕙的意，崔景蕙站在門口，隨意往正屋裡瞟了一眼，這才發現，屋裡一個男人都不在家。昨兒個娘才出了這麼大的事，爹不在家就奇怪了。「阿嬤，阿爺和我爹他們怎麼都不在家？是上哪兒去了嗎？」

「妳說他們啊！今天一大早，村長叫了鎮上糧店的掌櫃來給大家夥兒賣糧食，這會兒應該都在曬穀場那兒呢！」周氏裝了一碗豆子，挨著碗邊用手掌捋平之後，又捏了一把出來，這才端著碗遞給崔景蕙。「等一下妳去兌豆腐的時候，自然看得到了。」

崔景蕙聽了，原本想自己去兌豆子的心思也歇了，畢竟這個時候，放李氏一個人在家裡，她定然是不放心的。望著周氏送到面前的豆子，她也不伸手去接，只一臉為難的模樣。「那可怎麼辦呀？我這還煎著藥，娘那裡也離不了人，要不還是等我爹回來再去兌吧？」

周氏一聽崔景蕙這麼說，頓時就急了，本想說幫忙守著李氏，但是轉念一想，只怕崔景蕙不會放心。只是這到嘴邊的肉飛了，周氏又捨不得，躊躇了一下，便將裝豆子的碗一把揣進懷裡。「還不知道啥時候才能到家呢，老剛家下午可就沒得兌豆腐了！也就幾步路的工夫，阿嬤去，妳在家裡守著。」說著，生怕崔景蕙拒絕似的，扭著碩大的後臀，一瘸一拐地過了門檻，出門去了。

崔景蕙本來還想關心一下周氏的屁股痛不痛，但是看這情況怕是沒有必要了。

# 第十一章　豆腐蛇羹

回了灶屋，打開櫥櫃，崔景蕙摸了一把南瓜子塞兜裡，這才轉身回了自家側門邊。小灶上藥罐裡的藥已經滾開了，崔景蕙忙尋了碗，濾過藥渣，將裡面淡黃色的藥液倒了出來，放在門檻之上。

「大妮，剛剛阿嬤是不是來咱這邊了？」李氏坐在床上，看著崔景蕙忙活的樣子，忍不住問了一嘴，她剛剛聽到周氏和崔景蕙的對話了。

「嗯，沒啥事，伯娘出去了，今天的飯讓我來做。」崔景蕙隨口應道，也不管李氏之前聽沒聽到，直接將前面的話全部略去。

「這樣啊！大妮妳行嗎？」李氏有些不放心地問道。在她的記憶中，崔景蕙是沒有下過廚房的，若是燒糊了，怕是會被周氏刁難，畢竟周氏並不是個很好相處的人。

崔景蕙跨過門檻，將床頭櫃子上李氏喝淨的雞湯碗收了，又撿了包藥出來，回頭對著李氏得瑟地笑了一下。「娘，您就把心放肚子裡吧！昨晚上的飯食就是我做的，還不錯吧？」

李氏當真是驚訝了，她昨兒還想著這不是大嫂做菜的味，倒沒想到竟是崔景蕙做的！這會兒知道了，自然是得誇上一嘴了。「豈止是不錯，香著呢！看來我們家大妮是真的長大了！」

「也就只有您誇我，不過誰讓我是您女兒呢！」

崔景蕙一臉驕傲模樣，倒是惹得李氏忍不住輕笑了一下，兩個人不約而同地選擇遺忘之前不算愉快的談話。

「娘，我去倒藥渣，順便擇點菜，您要是閒得發慌，就嗑點南瓜子。」崔景蕙走到床邊，順手拿了木盒子，將兜裡的南瓜子都抓了出來，遞給李氏。

「都說了，不用管我，要真有事，自然會喚妳的。」這次李氏學乖了，也不問這南瓜子是怎麼來的，只端了盒子，一臉笑咪咪地望著崔景蕙。

崔景蕙出門倒了藥渣，又重新煎了藥，便開始處理起蛇來。這正剮著蛇皮呢，一雙溫熱的雙手突地從背後捣住了她的眼睛，接著怪腔怪調的嬌笑聲響起——

「小娘子，猜猜我是誰？」

只是還沒等崔景蕙說話，那雙捣住崔景蕙眼睛的手便猛的挪開了，身子更是往後一跳，一臉驚恐地指著崔景蕙手裡血糊糊的蛇。「天啊，這是什麼？居然是蛇，太嚇人了！大妮，妳怎麼還敢碰牠？快丟掉！」

「春蓮，這可是蛇肉，大補的！怎麼能丟了呢？而且都死透了，怕什麼？」崔景蕙側頭望著春蓮一副受了驚嚇的模樣，不由得好笑地將剮了皮的蛇往春蓮的方向送了送。

「別！別弄過來，我怕！」春蓮連忙擺擺手，別過頭，一副看都不敢看的模樣。

聽到春蓮聲音都發顫了，崔景蕙也不好再嚇她。將帶著血色黏液的蛇肉放水裡清洗了一下，然後丟在砧板上，洗淨了手，這才站起身來，拖著春蓮就往灶屋方向走，一邊安撫著春蓮。「好了、好了，別怕了！不就是條蛇嘛，至於嚇成這樣嗎？」

「妳說得倒是輕巧，那可是蛇！妳又不是不知道，我最怕這種滑溜溜、冷冰冰的動物了。大妮，妳膽子可真大，還敢上手！不過，這蛇哪裡來的？」離了那蛇遠遠的，春蓮這才鬆了一口氣，倒是一臉羨慕地望著崔景蕙。他們石頭嶺這個時候已是不大見到蛇了，就算有，只怕也沒有崔景蕙手裡的那條肥。

「我昨晚上大別山抓的。噓，別叫！要是讓我娘知道，還不擔心死？」崔景蕙話一出口，看春蓮的表情就知道不對，直接伸手一把搗住了春蓮的嘴，這才把她差點要尖叫出來的聲音搗了回去，心有餘悸地望了望屋子那邊，一雙杏眼裡滿是慶幸。

春蓮一把掰開崔景蕙的手，倒是狠狠地瞪了崔景蕙一眼，只是這眼神的殺傷力對於崔景蕙來說卻是零。

「妳還知道妳娘會擔心呀？大別山是什麼地方？那可是個會吃人的地兒！妳怎麼膽子這麼大，還大晚上的去，就不怕被豺狼虎豹給叼了去！」到底還是將崔景蕙的話聽進去了，春蓮一把拉住崔景蕙的胳膊，刻意壓低的聲音裡是止不住的擔心。

崔景蕙的心暖了一下，反手握住春蓮的手，將她拉進了灶屋內，按在灶膛旁邊的小板凳上，又開了櫥櫃，塞了一把南瓜子到春蓮手裡。

「我這不回來了？妳要這樣，下次我可不和妳說了。對了，我阿嬤兌豆腐去了，我等會兒打算燉個豆腐蛇羹，妳要不要嚐嚐？」

「好吃嗎？這樣不好吧，總共也沒多少，我再要分一口，那不是更少了？」春蓮是個貪嘴的，雖然心裡怕著，但是一聽到好吃的，便管不住嘴了。可是轉念一想，崔景蕙家那麼多人，蛇肉才那麼點，她再上趕著湊個熱鬧，豈不是在人家嘴裡搶食，這怎麼好意思呢！

「妳操這份心幹什麼？幫我看著點火，我煎個餅子。」崔景蕙舀了玉米粉，也懶得做其他的吃食了，將玉米粉攪和了，又打了兩個雞蛋放裡面，倒是把春蓮的目光又看直了。

「大妮，妳在餅子裡放雞蛋，就不怕妳阿嬤到時候發現雞蛋少了，跳著腳罵人呀？」

「既然要吃我的肉，自己也總得有點拿得出手的東西吧？妳放心好了，至少今天阿嬤是不會訓我的。」崔景蕙無所謂地笑了一笑。有了昨天的事，周氏今兒個看著她的目光裡都透著怯意，不就是兩個雞蛋，周氏就算私下裡嘀咕幾句，只怕也不敢當著自己的面說什麼。

「那就好！妳娘好些了沒？聽我姑婆說，李姨昨日兇險得很。」春蓮頓鬆了一口氣，想起今天來的目的，不由得又露出了一副擔心模樣。昨日她將信兒告訴崔順安之後，本想轉到曬穀場去通知大妮的，但是到了曬穀場卻沒看見大妮在，想著她應該是回家了，正好看到有幾隻雞在啄食大妮家的穀子，也就留在曬穀場了。

「幸好妳姑婆在，我娘這才沒什麼大事，只需將養著就行了。」崔景蕙將豬油抹在燒熱了的鍋面上，然後將麵皮擀開，攤在鍋面上，順口搭著春蓮的話。

春蓮也是一臉慶幸地鬆了一口氣，往灶膛裡添了一根柴火，轉而向大妮囑咐道：「那就好，以後可得注意點，別再有個磕磕碰碰了。」

「這個不用妳說我也知道，我娘生之前我是不會讓她一個人待著了，所以明年開春前，春兒，妳可別怪我不出門找妳。」崔景蕙說著，從剛出鍋的餅子上撕下了一片塞進春蓮嘴裡。

春蓮一瞬間被燙得直張嘴呼氣，手也不停地往嘴裡搧著，卻是捨不得吐出來，齜著牙將餅子嚥了下去，這才得出空來向崔景蕙抱怨。「大妮，妳這是想燙死我呀！」

「香不香？要不要再來一塊？」崔景蕙卻是笑盈盈地又撕了一塊送到春蓮嘴邊。

春蓮雖嘴上抱怨著，卻還是張嘴咬下了遞到嘴邊的餅子。

二人就這樣一邊閒話，一邊煎著餅子，等餅子煎得差不多了，春蓮再克制也已吃了八分飽。

「累死老婆子我了！這是什麼味呀？好香！」周氏揣著碗豆腐在懷裡，氣喘吁吁地出現在灶屋門口，頓驚得春蓮向餅子伸出的手猛的縮了回去，還不忘抽出手絹將嘴巴、手指上的油汙囫圇擦去，而後縮回了小板凳上，作勢撿了一塊木柴就往灶膛裡送。

崔景蕙嘴角噙著笑，看著春蓮一連串的小動作，也不去戳穿她，只放了鍋鏟，走到門口，一手接過豆腐碗，另一隻手攙了周氏的胳膊，將周氏攙了進來。

「阿嬤您回來得正好，我剛好煎了一些玉米餅子，要是餓了，您就先吃，我這就將豆腐蛇羹燉上。」

「好好好，妳快去，不用管老婆子我，我先墊墊肚子。」說到吃，周氏的臉上瞬間開了花，這腿也不瘦了，腰也不痛了，推開崔景蕙就往灶臺走，隨便敷衍了崔景蕙一句，根本沒有發現春蓮還窩在灶膛處。

崔景蕙倒是見慣了周氏這要吃不要命的架勢，所以也不覺得驚訝，站在門口朝春蓮招了招手。

春蓮咬著唇、貓著腰身，從邊上悄悄地溜了出來，出到門口，這才一臉驚魂未定地摸了摸自己的胸口，無聲地朝崔景蕙說道：「嚇死我了！」

「好了，妳先去我房裡陪我娘，等一下我將蛇羹端回去。」崔景蕙一臉好笑地推了春蓮一把。

春蓮倒是巴不得立刻離開，當下無聲地回了一句。「那我就先去妳屋裡了。」說完一竄就竄出老遠，深怕被周氏發現了。

崔景蕙搖了搖頭，走到院子裡，將剮了皮的蛇內臟清除掉，然後用菜刀切成一小截、一小截的，直接連同砧板一道端回了灶屋。隨意瞟了一眼，只見周氏已經解決四塊餅子了，噎得打嗝，直翻白眼，猛捶胸口，卻捨不得先去喝口水，手還一直往盤裡拿餅子，那吃相簡直也沒誰了。

崔景蕙懶得管周氏，只將蛇肉和豆腐放好配料一併燉上，將灶膛的火燒得旺旺的，蓋上鍋蓋，撿起了自家餅子的分，對周氏招呼了下，讓她看著點火，也不管周氏有沒有聽進耳朵裡，便端著盤子回了自家屋裡。

屋子裡，春蓮正坐在床邊手舞足蹈地對著李氏說著聽來的有趣事兒，李氏時不時摀著嘴笑，顯然心情不錯。崔景蕙看著這模樣，想著以後倒是要讓春蓮常來家裡坐坐了，畢竟她可學不來春蓮這般的活潑。

將大塊的餅子用剪子剪成小塊，端了一碟送到床邊櫃上，春蓮這才看到崔景蕙，歡快的聲音頓時一停，便要從凳子上站起來，崔景蕙雙手按著春蓮的肩膀，將她按回了凳子上。

春蓮也不跟崔景蕙客氣，反手握住崔景蕙搭在她肩上的手，側頭打趣了句。「大妮，妳回來了啊！不錯、不錯，完好無損！」

「阿嬤又不是老虎，而且她現在正忙著，可沒時間搭理我。娘，妳們邊吃邊說，我還要忙活一會兒。」崔景蕙拍了下春蓮的肩膀，然後對李氏招呼了下。

回了灶房，卻看到周氏一手拿著鍋蓋，一手拿著筷子，正要往翻滾著熱氣的鍋裡挾蛇肉吃。

「阿嬤，您在幹什麼？」崔景蕙明知故問的出聲，驚得周氏筷子一抖，原本挾在筷子上的蛇肉瞬間掉回了鍋裡。

周氏一把將鍋蓋蓋上，扭頭一臉訕訕地對著崔景蕙笑了一下。「大妮來了啊！阿嬤就是看看這肉熟了沒？呵呵……」

崔景蕙也不拆穿周氏的謊言，拿了小碗，掀了鍋蓋，用勺子裝了一點，嚐了嚐味，頓時一股鮮香在嘴裡四散蔓延開來，好香啊，難怪周氏坐不住了。

崔景蕙也不管周氏在一旁眼巴巴地望著、直嚥口水的模樣，用鍋蓋再度掩住瀰漫的熱氣，守在旁邊，任由周氏急得像熱鍋上的螞蟻，卻是絲毫不動。

「這火候我看也差不多了，老婆子先嚐塊試試！」那香味，就算是隔著鍋蓋也止不住地往周氏的鼻子裡衝，周氏哪裡還受得住？在嚥了無數次的口水之後，她終於坐不住了。原本覺得香噴噴的餅子，如今卻是連看都懶得看一眼，走到灶臺前，揭了鍋蓋就用筷子往裡面挾。

崔景蕙忙起身擋住周氏的筷子，她可是看見周氏的筷子在嘴裡含了好一會兒了，這要是伸進去，這湯她怕是下不了嘴了。

「阿嬤，您等著，我先給您盛一碗。」見周氏戀戀不捨地收了筷子，崔景蕙這才鬆了一口氣，撿了個乾淨的碗，給周氏盛了一碗，還特意多盛了幾塊肉進去。

周氏這才一臉滿足地捧著碗，上一邊吃了起來。那湯是剛從鍋裡出來的，自然是燙極了，周氏燙得齜牙咧嘴，卻還是止不住地往嘴裡塞，活脫脫一個餓死鬼投胎的模樣。

崔景蕙將自家的分裝了出來，把灶膛裡的大柴抽出一根，這才端了大碗出了灶屋。才剛跨出步子，就看到張氏領著蔫了吧唧的崔元生，推開小柵門進來。

張氏抬眼看到崔景蕙，下意識就將身旁的崔元生一把攬在了身後，待意識到自己緊張過度時，又尷尬討好地朝崔景蕙笑了一下，將身後的崔元生又推了出來。

只可惜，如今的崔元生見到崔景蕙就像是老鼠見了貓一樣，死死抱住張氏的腿，就是不冒頭。

崔景蕙也只是瞟了一眼，便看見崔元生的脖子、手上，還有腳踝處各繫了一根黑白相間的繩子，想來是在神婆處收了魂了。她也不想搭理張氏娘倆，便將目光收了回去，若無其事地端著碗回了自己屋子。

崔景蕙身後的張氏看到她直接無視他們娘倆的存在，卻是鬆了一口大氣。

# 第十二章　借副漁網

崔景蕙將豆腐蛇羹端放在桌上，自壁櫥裡拿了碗正要盛，便看見春蓮聞著香味走了過來。

「真香呀！這燉熟了，看起來好像也沒那麼可怕了！」

春蓮看著清湯白豆腐裡面被切得小塊小塊的蛇肉，鼻子聳動，頓時一股香味嗅進鼻子裡，勾起了她肚子裡的饞蟲。不過她還有點良心，顧著李氏在場的面上，沒有將這是蛇肉的事說出來。

崔景蕙笑著將多盛了幾塊蛇肉的碗遞到春蓮手裡。

春蓮也不跟崔景蕙客氣，挾起一塊塞進嘴裡，頓時眼睛一亮，朝崔景蕙點了點頭。「好吃！沒想到大妮妳手藝還不錯。」

「吃吧！要是不夠，碗裡還有。」崔景蕙笑了笑，倒是沒接春蓮的話，又裝了一碗豆腐清湯的送到床邊塞進李氏手裡，看放在床邊櫃上的盤子空了，遂收了盤子，又剪了一大塊餅子放裡面，仍給李氏挨著床邊放著。

「娘餓了吧？趁熱吃，吃完了還有，無須留著肚子，我盛了足夠的分回來。」

「嗯，娘知道了，大妮也去吃。」李氏看著崔景蕙忙前忙後的模樣，不自覺的便紅了眼眶，卻怕被崔景蕙發現，忙垂了頭，捧著碗小口小口地喝了起來。

崔景蕙倒是沒有發現李氏的多愁善感，她回了桌子邊與春蓮一道，就著餅子吃了起來。

「鈴子，我回來了！」

正吃著還沒一會兒，便聽到門口傳來崔順安藏不住喜氣的聲音，抬頭就看見崔順安一臉喜形於色地走了進來。

看到春蓮也在，崔順安先是一愣，隨即一臉感激地走到桌子邊，一本正經地朝著春蓮說道：「春蓮妳也在呀？昨兒的事，叔還不知道該怎麼謝妳呢！」

「叔，您太客氣了，大妮已經招待過我了！」春蓮看到崔順安正經的模樣，差點被嗆住，忙放下碗，卻是一臉的不好意思。

幸好崔景蕙及時開口，阻住了崔順安接下來的客套話。「爹，還沒吃吧？趕緊的，這豆腐湯還溫著呢！」崔景蕙說著，便拉著崔順安往凳子上坐，將裝著餅子的盤子向崔順安處推了推，又給他盛了一大碗豆腐蛇羹，看崔順安吃上了，這才罷手。

一旁的春蓮這會兒卻是坐不住了，直向崔景蕙使眼色。

崔景蕙自然會意，擱了碗筷，朝崔順安囑咐了幾句。「爹，您先吃著，春兒要回去了，我去送送。要是娘碗裡空了，您再給娘盛碗，等藥溫了，您就讓娘喝了。我回來之前，爹您就先別出門了。」

崔順安嘴裡塞著餅子，胡亂地點了點頭，想來忙活一早上，也是餓了。

崔景蕙見狀，覺得正合了她的意，也不再多說，拉著春蓮就出去了。

李氏臥在床邊，看著崔順安狼吞虎嚥的模樣，眼中滿是柔情，她將空了大半的碗捧著擱在膝蓋處，向崔順安問了句。

「順子，今兒個進門怎麼這麼高興，是不是糧食都賣了？」

崔順安聽到李氏的問話，伸長了脖子猛的將嘴裡的餅子往下嚥，卻一時嚥得太急，憋得臉紅脖子粗的，忙端著湯碗灌了一大口，這才長舒了一口氣，望著李氏的臉上，亦是止不住的喜氣。

「糧食都賣得差不多了，今年的價錢比去年高了兩個銅板一斤，所以咱村裡差不多都賣了。我讓爹給留了二十來斤，到時候留給妳坐月子的時候補補，這段日子辛苦妳了。」崔順安看著李氏面色慘白，瘦得僅剩下個肚子的模樣，臉上掛著滿滿的心疼。他端著盛湯的碗走到床邊，又裝了兩勺子湯料放李氏的碗裡。

李氏本想拒絕，待看到豆腐裡面漂著的肉塊，卻是愣住了，用勺子盛了一塊送到崔順安的面前。「順子，你看這是……」

「咦？這不是……蛇肉？這哪兒來的？」崔順安湊到勺子前，仔細觀察了一下，頓時臉上變了色，和李氏面面相覷，卻是得不出個所以然來，索性將湯碗擱在床邊，跟李氏說了一句，便出了房門。「鈴子，我去正屋那邊問問，妳先吃著。」

崔順安上了正屋的時候，崔老漢和大房一家正吃得上勁兒，畢竟這蛇肉可是大補的東西。只是待崔順安問這蛇是誰抓的時候，大夥兒倒是都愣了一下，紛紛搖頭，表示並不是自己。

「是大妮抓的！」周氏原本都歇下了，聽了崔順安的問話，又從床上爬了起來，扶著隔斷的門框，向崔順安說了一句，待崔順安看過來的時候，一臉得意地繼續說道：「這是她親口跟我這老婆子說的！」

大房一家聽了這話，頓時臉色一變，張氏更加堅定了要離崔景蕙遠點的信念。

崔順安同樣變了顏色，且不說這蛇是哪裡抓的，一個女孩子竟然敢去抓蛇，這膽子也太大了！周氏還在嘟嘟囔囔著什麼，崔順安卻是沒聽清了。

崔順安沈著一張臉回了自己屋子，倒是讓李氏一驚，忙擱了碗，掀開被子便要起身。

「順子，問出來了沒？你這是怎麼了？」

崔順安看到李氏的動作，這才猛的驚醒，暗罵了自己一句，怎麼就這麼藏不住事兒！他忙走到床邊，制止了李氏下床的動作。「沒事，就是一下子愣了神，倒是讓妳擔心了。」

「那你臉色怎麼一下子變得這麼差？有什麼事可別瞞我，問出這蛇哪兒來的嗎？」崔順安是什麼性子，李氏自然知道的，所以這般爛了臉色，自然不是什麼好事。

「這個……問出來了，是上頭崔獵戶家送的，說是給娘賠罪的，畢竟害娘摔跤的是他們家的皂角片。」崔順安的腦袋瓜子終於靈光了一回，將蛇的事囫圇了過去。

「那你怎麼還……」李氏倒是有些弄不明白了，這不是挺好的事嗎？

這謊啊，說到後面，自然需要更多的謊言來圓了之前的謊。為了不讓李氏擔心，崔順安也算是絞盡了腦汁，老實巴交的臉上露出一臉的苦笑，走到床邊。「我只是生氣大妮沒有經過家裡人的同意，就擅自收下了崔獵戶家的獵物，畢竟這也是人家討生活用的。」

「這樣啊！大妮也是一番好意，定是想著讓我多補補，等大妮回來了，你跟她好好說說便是了，可別像這樣拉長了臉，怪嚇人的。」聽了崔順安的話，李氏卻是放心了，她怕的就是大妮為了自己能多吃一口肉而犯險。

「我知道了，等大妮回來我會好好跟她說的。藥快冷了，妳也睏了吧？喝完藥好生歇會兒。」崔順安點了點頭，心裡卻打定主意要好好地敲打一下大妮，免得她太過膽大妄為的忘了分寸，畢竟這討生活的事哪裡需要她一個小姑娘操心？只是這話不便和李氏說，也便藏在了心裡。

崔順安見李氏哈欠連連，想來也是睏了，遂端了桌上的藥碗，餵李氏服下，又將她背後的被褥抽了，伺候著李氏躺下。

崔順安心裡掛著事，將剩下的餅子和湯刮了乾淨之後，將髒碗放回灶屋裡，依著崔景蕙的話，也不出門了，索性抱了一捆沒有劈好的大柴，開始劈起柴來。

而另一邊，崔景蕙挽著春蓮一同走在下山的小道上，春蓮時不時地給崔景蕙說著村裡村外的有趣八卦，而崔景蕙只是心不在焉的聽著，滿腦子想的都是怎麼給李氏多弄點肉食補補身子。

「大妮，妳到底有沒有在聽我說話呀？」饒是春蓮再怎麼大剌剌的，這說了半天，自顧自的笑了好一會兒了，卻沒聽到崔景蕙回個聲，也總算是回過神來了，拉著大妮的手晃了晃，一臉不滿地抱怨了起來。

「啊？妳剛剛說什麼？不好意思，春兒，我想事情想出神了。」被春蓮晃了兩下，崔景蕙這才醒過神來，一臉抱歉地望著春蓮，為自己剛剛的走神道了歉。

「算了，我春蓮大人有大量，就原諒妳這一回！大妮，妳在想什麼呢？想得這麼入神？」春蓮看著崔景蕙一臉抱歉的樣子，也不好再生氣，只是不由得好奇了起來。

「就想著怎麼給我娘改善一下吃食啊，畢竟這次我娘可算是大傷元氣了。」崔景蕙見春蓮不計較，也算是鬆了口氣，可一想到怎麼才能在這貧乏的山區裡給李氏搗騰點不花錢的肉食，就腦袋痛。

「妳阿嬤肯定捨不得拿錢給李姨買肉吃，這又要不花錢，還得是肉，確實夠難想的。」春蓮一臉同情地望著崔景蕙。他們家情況還算好的，也得十來天才能吃上一頓肉，這要讓李氏天天有肉吃，實在是太難為人了。

「對了，春兒，妳知道咱們村子裡誰家有類似漁網般的東西嗎？」崔景蕙忽然想起昨天夜裡山上驚飛的鳥兒，頓時眼前一亮，一把抓住春蓮的胳膊，迫不及待地問了起來。

「漁網一樣的東西？妳讓我想想！」春蓮雖然不知道崔景蕙問這個幹什麼，但是既然崔景蕙問了，自然有她的用意。春蓮用手點著下巴，兩眼望天想了一會兒，忽然抬手猛一拍自己的腦袋。「我怎麼就忘了呢！妳崔三爺家前面就有個大池塘，所以他家肯定有漁網！對了，我今兒個還看到妳崔三爺從鎮上回來了呢！走，咱們現在去，崔三爺肯定在家！」

春蓮本來就是想一齣幹一齣的性子，這會兒有了頭緒，頓時一臉興奮地拽著崔景蕙就往山下跑，好像慢一會兒，人就會跑了一樣，惹得崔景蕙在後面直叫喚。

「春兒，慢點！妳慢點！」

崔三爺。

其實聽到這個稱呼時，崔景蕙愣了一下，畢竟她實在很少在老崔家嘴裡聽見過這個稱呼，但是她卻隱隱約約記得，好像見過崔三爺一面，該是在太嬤的葬禮上吧？只記得是一個精壯矮小的漢子，其他的卻是記不清了，但那也已經是七、八年前的事了。

「大妮，妳快點行不行？崔三爺一般都在鎮上幹活，很少回村子裡的，要是慢了，借不到漁網可不關我的事！」

聽春蓮這麼一說，崔景蕙也不敢耽擱了，任由春蓮拉扯著往山下跑去。

崔景蕙自是不記得崔三爺住在哪一家了，不過好在春蓮知道，帶著崔景蕙在山下的道上拐進了一條土路，然後走了不多遠，便看見一個大大的池塘，池塘旁邊孤零零地豎著一棟四進茅草土屋，此時一個頭髮花白的老漢提著一個木製的工具箱，正在鎖門，想來是要出門了。

看來還真應了春蓮那句話，她們要是再晚點，只怕就真的要吃閉門羹了。

「三爺，您這是要回鎮上嗎？」春蓮跟誰都是很熟的樣子，何況本就是一個村裡的人，因此還隔著近百公尺遠的距離，春蓮便吆喝開了。

「是誰呀？原來是春蓮啊，妳到我這裡來有什麼事嗎？」崔三爺鎖門的動作頓了一下，循著聲音望著兩個小姑娘，前面的春蓮是認識的，而走在後面的人，他不記得是誰家的閨女了。

「三爺，不是我找您有事，是大妮找您有點事。喔，對了，大妮是順子叔的女兒。」春蓮拉著崔景蕙走到崔三爺跟前，一臉笑咪咪地說了句，看到崔三爺直往大妮處打量，卻叫不出名來的樣子，好心地添了句嘴。

「三爺，我是景蕙，我們以前見過面的。我聽春兒說您家裡可能有漁網，所以我想向您借用幾天。」崔景蕙落落大方地朝崔三爺點了點頭。七、八年的時間，崔三爺倒是比崔景蕙記憶中的樣子老了不少。

「我看怎麼這麼面熟來著，原來是老崔家的閨女。妳來這裡幹什麼？我和妳阿爺早就斷絕來往了，這裡不歡迎你們老崔家的人！」崔三爺聽到崔景蕙的話，頓時臉一板，背過身去，下了逐客令。

「三爺，您別這樣！昨天大妮她娘懷著孕摔了一跤，大妮想著弄點肉食給她娘補補，這才想借三爺您家的漁網用用。要是三爺您不想借給大妮，就當借給我用好不好？」春蓮一看壞事了，和大妮交換了個眼神，然後上前兩步，扶住崔三爺的胳膊，一臉可憐巴巴地撒起嬌來。

「李氏摔了？這懷著孕，怎麼就這麼不當心！」崔三爺聽到春蓮的話，倒是稀眉一挑。他雖然對崔老漢感冒，但是對崔順安這個姪子印象還是很好的，畢竟當年他娘可是存了心思，想要將崔順安過繼給他的。

春蓮作勢嘆了一口氣，哭喪著個臉兒，一臉委屈地望著崔三爺，這說著說著，聲音裡竟然還帶上了哭腔。「誰說不是呢！李姨已經很小心了，誰知道……唉，不說這個了。三爺，您也知道大妮的阿嬤是個什麼樣的人，您就幫幫大妮吧！好不好，三爺？求求您了！」

崔三爺雖然常年在鎮上幹活，但是對於家裡家外的一些齷齪事還是知道一二的，聽春蓮這麼一說，就知道李氏摔跤的事不尋常。而且，讓一個小姑娘哭著求他，就算是再硬的心，也是軟了下來。

「妳們在這兒等著。」崔三爺生硬地丟下一句，然後將門口的鎖取了，和肩膀上的工具箱子一併擱在了門檻邊上，自己進了屋子。

剛剛還含著眼淚的春蓮，立刻掛著大大的笑容蹦回到崔景蕙身邊，朝著崔景蕙得意地說了聲。「成了！」

崔景蕙一臉好笑地掏出手絹，將春蓮因為眨眼而溢出眼眶的淚水抹去，由衷地說了句。「春兒，謝謝妳！」

「客氣什麼？妳要真想謝我，那就告訴我，妳想用漁網弄什麼好吃的？要是有剩的，可別忘了給我留一份就成！」春蓮一說到吃，就忍不住想起之前入了肚子的蛇羹，下意識嚥了嚥口水。

「自然是少不了妳的分！我打算用漁網去抓點鳥雀，明兒個妳蹭著飯點來就成，我看我娘挺喜歡和妳說話的，倒是可以順便幫我娘解解悶。」同樣是貪嘴的兩個人，崔景蕙看著春蓮一副饞了的模樣，只覺得可愛得緊，絲毫沒有面對周氏那副餓死鬼投胎吃相時的厭惡感，這或許就是人與人之間的不同吧！

正說著，堂屋裡的門從裡面打開，然後一副破舊不已、顯然已經上了年分的漁網從裡面扔了出來，頓時揚起一地的灰塵，惹得崔景蕙和春蓮後退了幾步。

「妳們看能不能用，能用就拿去，不能用就丟了，反正也就是個沒用的東西。」崔三爺繃著一張臉從門口露了出來，還不等崔景蕙說上一句感謝的話，堂屋的大門便「砰」的一聲再度合上。然後一陣腳步聲傳來，崔三爺便出了門，面無表情，完全無視二人存在一樣，將門落了鎖，揹了工具箱子，直接從二人面前走了過去。「這池塘裡還有一些魚蝦，妳們需要的話，可以儘管來抓，反正我也不稀罕。」

雖崔三爺人已經走遠，可聲音卻還是傳進了崔景蕙和春蓮的耳裡，兩人面面相覷，也不知是誰先「噗哧」一聲笑了出來。

# 第十三章　弄點肉食

「好一個口是心非的老頭！」崔景蕙輕笑著感嘆了一句。不過倒是比她阿爺可愛多了，她喜歡。

春蓮也是一臉贊同地點了點頭，順嘴牽出了一段前塵往事。「要不然咱們村的人怎麼會背地裡叫他崔老怪？不過他也是個可憐的，雖然學了一身的木匠活，可是連個送終的都沒有。聽我阿嬤說，三爺也是娶過娘子的，只是他娘子在生產時去了，一屍兩命，後來沒再娶，所以就一直鰥著，一個人過日子。其實妳太嬤生前是想把妳爹過繼給三爺的，那時候妳阿爺也同意了，可是妳太嬤死了之後，妳阿嬤就反悔了，將妳爹從三爺那裡又給搶了回去，所以你們家就是那時候和三爺家鬧翻的。」

「原來是這樣呀！難怪我記得我見過三爺，沒想到是這麼一回事。」崔景蕙倒是恍然大悟了。雖說她比別人多活了兩輩子，可是有些事太遠了，又記不真切，自然就有所遺忘了。

春蓮說完，一臉嫌棄地走上前，伸出兩根手指捏住漁網的一個結繩，然後提了起來，赫然看見一個比碗口還要大的大洞，不由得扭頭去問崔景蕙。「大妮，妳看這破的，還能用嗎？」

聽到春蓮的話，崔景蕙便湊到春蓮面前，也不嫌漁網髒，直接將漁網提了起來，看來還不止春蓮發現的那個大洞。

「這麼破，大妮，這不行吧？要不我再去問問，看誰家有。」春蓮將手指從漁網上挪開，一臉埋汰地拍了拍手上的灰塵。

「不用麻煩了，這個就可以！我回去修修就能用了。」崔景蕙笑著拒絕了春蓮的提議，想了想，將漁網拖到一邊的池塘裡，漂了漂，將上面沾著的灰塵沖洗乾淨，然後就著三爺屋前曬衣服用的竹杆子，將漁網曬了上去。

「大妮，妳現在不打算將漁網拿回去嗎？」春蓮幫著崔景蕙掛漁網，側頭對著她問了句。

崔景蕙搖了搖頭，將捲起的袖子放了下來，走到春蓮邊上，挽起她的胳膊，往回走。

「今天不了，等曬一晚，我明天再來拿。走吧，說送妳回去，這會兒又耽誤妳好大一會兒工夫了。」

「不打緊，反正我也沒什麼事。」

二人說笑著，出了土路，只是這會兒又得往山上去了。

「小丫頭，不要走，我好餓啊！我要吃東西……」

下山的時候跑得太快，倒是沒有注意其他的事，這會兒往回走，路過一間破茅草屋時，卻聽到一個有氣無力的蒼老聲音從裡面傳來。

春蓮頓時嚇得躲在崔景蕙的背後，一臉驚恐的左顧右盼。「什麼人？快出來，別嚇我！」

「春兒別怕，有我在呢！妳待在這裡不要動，我去看看。」崔景蕙好笑地看著春蓮膽怯的模樣，安撫地將春蓮的手從自己身上扒了下來，然後彎腰撿起一塊巴掌大的石頭背在身後，躡手躡腳地往茅草屋探去。

「我餓啊……誰來給我一點吃的？我兩天沒吃飯了……有人聽見了沒呀？」

崔景蕙循著聲音走到茅草屋前，驀地一股混合著屎尿餿味的氣體鑽入鼻子裡，熏得她眼睛痛，她一手摀住鼻子，憋著氣往門上的一個破洞湊近，往裡看去。

頓時，只看見門洞內一張瘦得脫了形的臉猛的湊了上來！

「吃的，給我吃的……我要吃的！」

聲嘶力竭卻又疲乏無力的聲音，駭得崔景蕙猛然後退幾步，手上的石頭也是一把掉在了地上。她轉身回到春蓮身邊，一把抓住春蓮的手就往山上跑去，跑出了好遠，這才停了下來。

二人心有餘悸地對視，然後哈哈大笑了起來。

「好了，我快要到家了，妳不用管我了，我有時間就去找妳玩。」

等笑完了之後，春蓮直起身子，用衣袖擦去笑出來的淚花，朝崔景蕙揮了揮手，然後轉向一旁的小道上了。

「嗯！」崔景蕙也是應了一聲，便往老崔家的方向走去。

崔順安已經在院子裡等候崔景蕙多時了，看到崔景蕙回來，將手上的柴刀一放，拍了拍身上的木屑，走到崔景蕙的面前，一臉正色地說道：「大妮，我想跟妳談談。」

崔景蕙心裡暗叫一聲不好，卻還是點了點頭，跟著崔順安出了院子，往屋後的嶺上走去。

「大妮，告訴爹，今天燉的蛇是不是妳抓的？不准搪塞爹。」待尋了個既能看見老崔家的房子，又不怕被人打擾的地兒，崔順安便開門見山的問開了。

「我也沒想瞞著爹，是我抓的。」崔景蕙一口承認了下來，絲毫不畏懼地與崔順安對視。「我昨天晚上睡不著覺，去了大別山邊上，那蛇就是我用抓黃鱔的叉子叉的。」

崔景蕙的話，就像是一聲炸雷一樣，炸在了崔順安的心上，他猛然瞪大眼睛，一臉不敢置信地望著崔景蕙，手指有些顫抖地指在崔景蕙的額頭上。「大妮妳……妳怎麼這麼大的膽子？這要是萬一有個好歹，連個知會一聲的人都沒有，妳怎麼想的啊！」

崔景蕙被崔順安的手指點得後退了幾步，可即便這樣，她還是咬著牙，仰著頭望著崔順安，一臉的倔強。「餓死膽小的，撐死膽大的，只要能讓娘養好身子，其他的我現在管不了。」

「那也不是妳現在該管的事，凡事有爹在，爹會想辦法的。」崔順安看著崔景蕙一臉倔強的模樣，不免生出一些心疼。大妮不過還是個半大的孩子，卻要操心家裡的事，而崔景蘭只比大妮大不到兩歲，卻被嬌養著，十指不沾陽春水，這樣一比，倒是顯得對大妮越發歉疚了。

「爹上面還有阿嬤，只要沒分家，且不說爹您護不住娘，就算是想從阿嬤嘴裡摳口肉給娘吃，那都是不可能的事。娘昨天摔了以後，我就想清楚了，既然爹您護不住娘，那就由我來護；既然爹給不了娘肉吃，那就由我來想法子！在娘生下弟弟之前，我一定要把娘昨日流的血給全部補回來！」

崔景蕙信誓旦旦的保證，並沒有讓崔順安感到一絲的高興，而是讓他那顆心陡然沈到了谷底。本以為昨天崔景蕙只是護娘心切，這才做了那麼出格的事，可是現在看來，她心底早就有了主意。崔景蕙的話，不僅超出了他的掌控範圍，更點出了他在老崔家根本就沒有話語權。雖然知道崔景蕙說得沒錯，可還是讓崔順安有些惱羞成怒了起來，似要掩飾自己的無能與無力一樣，崔順安朝著崔景蕙高高地揚起了手。

崔景蕙非但不怯，反而迎著崔順安的巴掌上前一步。「您打啊！爹，只要您打不死我，只要能給娘一口肉吃，我就是爬也要爬到大別山裡去！」

崔順安看崔景蕙仰著面，一副倔強、死都不肯退讓的模樣，揚起的手怎麼也揮不下去了。他怔怔地看著崔景蕙一會兒，忽然啞著嗓音說了句。「都是爹沒用，都是爹沒用……啊！」說著說著，偌大個漢子竟就這樣捧著腦袋，蹲在地上，就在崔景蕙的面前，嗚嗚地大哭了起來。

兩父女若無其事地回了崔家院子，已經是大半個時辰之後的事了，對於在石頭嶺上發生的事自然是閉口不提。

崔景蕙在家裡守著李氏，而崔順安不知道和阿爺說了什麼，揹著個袋子出去了。

入了秋的夜晚，來得格外快一些，吃過晚飯的崔老漢一家，也是早早的上了床。

崔景蕙在崔順安擔憂的目光中也上了床，雖然崔順安不便和李氏說清心中的擔憂，但是他一直等到崔景蕙睡熟了，這才放心地睡下。

寅時剛過三刻，雖然並沒有作夢，崔景蕙還是從睡中醒了過來。她躡手躡腳的出了房間，拿上柴刀就打算往大別山去，這才剛翻上石頭嶺，便聽到身後崔順安叫喚的聲音。

「大妮，妳要去哪兒？」

崔景蕙一回頭，便看見崔順安提著一盞煤油燈，站在自己身後不遠處，正一臉無奈地看著自己。「爹，您知道我不會回去的。」

「嗯，我知道，所以我打算陪妳一起去，至少這樣我放心一點。」崔順安提著煤油燈，小心翼翼地踩著石子，走到崔景蕙的面前，憨厚老實的臉上是對崔景蕙的妥協。

崔景蕙看了崔順安一會兒，終於點了點頭，往崔順安的方向伸出了手。「爹，路不太好走，我牽著您，免得摔了。」

崔順安半信半疑地看著絲毫沒帶半點照明東西的崔景蕙，還是握住了她的手。崔景蕙一路領著崔順安前行，就是連煤油燈沒有照到的地方都能兼顧，倒是讓崔順安不免有些驚奇，甚至對大別山的恐懼感也降低了不少。

「大妮，妳看得見？」

「嗯。」崔景蕙點了點頭，算是承認了這件事。「夜晚對我的視線並沒有多大的阻礙。」

「這樣啊……」崔順安得到了崔景蕙肯定的答案，想了想，還是將煤油燈給滅了，畢竟這油可貴著呢，能省一點是一點。

「爹，我能看見，不代表您也能看見啊！」崔景蕙察覺了崔順安的動作，有些無奈地向崔順安抱怨了一句。

「這不是有大妮嗎？我相信妳。」當視線漸漸習慣了黑暗，雖然說看得不是很真切，可是畢竟有崔景蕙領著，一路上倒是平順得很。

崔景蕙直接領著崔順安去到之前布下陷阱的地方。有的陷阱還完好著，顯然並沒有動物經過，在走到第三個陷阱時，崔景蕙頓時眼前一亮，陷阱已經凹陷了下去，想來應該是有動物踩到了！鬆開崔順安的手，崔景蕙跑上去一看，卻失望了，只見陷阱內空空蕩蕩的，就連先前放置的荊棘和削尖的木棍也是七零八落地散在陷阱裡，那上面還掛著凝固了的血痕，顯然是有人在她到來之前，將洞裡的獵物給取走了。

「大妮，怎麼了？」崔順安摸索著走到崔景蕙身邊，他雖然隱約能分辨出崔景蕙面前的是陷阱，但其他細微方面的，卻是根本就看不清了。

「有人將我陷阱裡的獵物取走了！爹，我們去下一處。」這陷阱既然被其他人發現了，怕是也沒有復原的必要了。崔景蕙拉住崔順安的手，轉而去下一處。

下一處陷阱是在一大叢灌生的竹子下面，崔景蕙還沒走近，便聽到了「吱吱吱」的聲音從陷阱處傳來，頓時一喜，忙上前將掩蓋陷阱的竹葉撥開，露出的陷阱裡一隻碩大的、像老鼠一樣的動物正在掙扎著，身上灰撲撲的毛皮上盡是血色疙瘩，顯然是誤入陷阱挺長時間了。

「爹，您來看看這是什麼？」崔景蕙下意識地問道，說完了這才想起，崔順安可看不清楚。崔景蕙拿出柴刀，對著那動物的腦袋扎了一刀，那動物抽抽了兩下，便不動了。

一旁的崔順安自然沒看到崔景蕙後面的動作，他聽到崔景蕙的話，知道有獵物掉陷阱裡了，便從袖子裡拿出火摺子將燈點亮，走到崔景蕙面前，將燈移到那肖似老鼠的獵物面前，先是愣了一下，隨即一喜。「這……這應該是竹鼠！好傢伙，這怕快有二斤肉了！平常的老鼠可逮不著這麼大個的。」

「竹鼠？能吃嗎？」崔景蕙才不關心這是什麼鼠，她只關心這肉能吃不能吃。

「這竹鼠肉嫩著呢，自然是能吃的！」崔順安將煤油燈放在陷阱旁邊的平地上，隨手在地上扯了一根藤蔓，套了圈兒，將竹鼠給提溜了起來，順便給崔景蕙解釋了一下。但是說到吃的時候，還是頓了一下，這才接下去說道：「但要是給妳娘吃的話，可千萬不能說這是什麼肉，不然妳娘可下不了嘴。」

「我才不跟娘說呢！」崔景蕙自然知道崔順安的意思。李氏可是怕老鼠怕得緊，更別提讓她去吃什麼老鼠肉了。父女二人達成了共識，氣氛也有所緩和了起來。

崔景蕙也不貪心，將竹子下面的陷阱恢復原樣，便招呼了崔順安一聲，打算回去了。

崔順安見狀，自是鬆了一大口氣，滅了煤油燈，父女兩個就著微微泛白的天色，一前一後地出了大別山，往石頭嶺那邊的老崔家走。

快要回到小院子的時候，崔順安忽然對走在前面的崔景蕙開了口。「大妮，我昨天下午給妳娘碾了點精米回來，就放在咱們屋內的壁櫥裡，做飯的時候，妳單獨給妳娘蒸上，肉的事，爹自然會想法子。現在農忙已經過了，田裡的活計也閒下來了，我跟妳阿爺說了，等過兩天我就去鎮上找找活計，掙點銅板兒，給妳娘好好補補，妳阿爺也答應了這次出門幹活，我們二房可以留下一半的錢。所以，到時我不在家，妳也別一個人去大別山了，答應爹行嗎？」

崔景蕙扭頭朝崔順安點了點頭，她也知道自己下午的話說得有些重了，可是話都出口了，後悔也是晚了，這會兒聽到崔順安的決心，自是不再頂著崔順安。「嗯，都依著爹。爹，下午我也是一時心急，您別放在心上，我不是故意要那麼說您的。」

「妳說得都對，是爹沒用，沒能護住妳們娘倆。」崔順安聽到崔景蕙的道歉，心中倒是寬慰了些，卻還是自嘲了幾句。

「誰說的？我爹可好了！」崔景蕙反駁了一句。

兩父女相視一笑，算是徹底將下午的事攤平說透了，心裡的刺沒有了，二人之間相處起來自然是和樂融融了。

# 第十四章　找到活計

「大妮，前兒個，妳真的差點拿刀子把妳堂弟給滅了？」春蓮一臉神秘兮兮地湊到崔景蕙的耳邊，冷不丁的來了一句，惹得正在熬粥的崔景蕙一驚，差點一屁股給坐地上去。待抬頭看到是抱了一手漁網的春蓮時，這才鬆了口氣。

「妳輕點聲，我娘還不知道這事呢！還有，春兒，妳怎麼知道這事的？」

春蓮一臉目瞪口呆地望著崔景蕙，驚叫著開了口，卻又在她的目光中壓低了聲音，只是看著她，一臉的崇拜。「這麼說，妳拿著刀子差點把妳堂弟殺了的事是真的嘍？我還以為只是謠傳而已！嘖嘖嘖，大妮，妳這膽兒也太肥了吧！」

「我那也是被逼得沒辦法了！」崔景蕙朝春蓮翻了一下白眼。這事也只有他們自家人知道，而且這要是傳出去，丟的可是老崔家的臉面，誰這麼蠢會往外說呢？「春兒，妳還沒說，是打哪兒聽來的？」她拉著春蓮，一臉疑惑地追問了句。

「這還用打聽嗎？妳不知道，現在咱整個村子都傳遍了，說大妮妳為了一點小事，差點殺了元元，嚇得元元都跑了魂了，還是咱村裡的神婆子給元元收的魂呢！」春蓮一臉理所當然的表情，她今兒個還沒出門的時候，隔壁家趙嬸子就將謠傳送上門來了。說完這個，春蓮又一臉神神秘秘地湊到崔景蕙的面前。「大妮，妳猜猜後來又發生什麼事了？」

崔景蕙只聽了這麼多，卻是想明白了，該是張氏在神婆那裡漏了嘴，那神婆又是個好事的，自然忍不住拿了這事在外說了。這大河村本來就不大，一傳十、十傳百的，自是就傳遍了。不過這後頭還能發生什麼事，崔景蕙卻是猜不出的，恰到好處的疑惑表情甚合春蓮的心思。

「我上妳家的時候，路過曬穀場那裡，柱子她娘可是跺著腳，捅著張氏的娘，指天發誓地幫妳說著好話呢！現在啊，咱們村的人一隊站在妳這邊，一隊站在妳伯娘那邊，可是吵得熱火朝天，好生熱鬧呢！大妮妳要不要去看看？」

崔景蕙倒是沒有想到柱子娘會為自己說話，但對於春蓮的提議，卻是搖了搖頭。「不了，我爹不在家，我得守著我娘。」

「大妮，妳就一點都不好奇嗎？」春蓮見崔景蕙始終淡淡的模樣，就好像自己說的是別人的事一樣，倒是自己急得直跺腳。

崔景蕙看春蓮一臉著急上火的樣子，不免有些失笑。「這有什麼好好奇的？春兒，妳可得在我娘面前緊著這張嘴，要是讓我娘知道了些許風吹草動的，可別怪我不理妳了。」

春蓮一副蔫了吧唧的模樣，可憐巴巴地點了點頭，可還是不死心地問道：「我知道了。大妮，妳真的就不想知道她們吵了些什麼嗎？」

「春兒，她們說她們的，我過我自己的，這有什麼好操心的？這件事就說到這裡為止。謝謝妳幫我把漁網送上來，不然我還得等我爹回來才能去拿了。作為謝禮，我請妳吃肉。」

春蓮啥都好，就是這好奇心太重了，崔景蕙一口阻斷了她不死心的話，將話題轉到了吃上面。

「肉？好呀、好呀！」春蓮一聽到吃肉，眼睛都亮了，頓時將之前的話題拋到腦後去，一把圈住崔景蕙的胳膊就往五進房裡拽。「我一來就聞到香味了，大妮妳在熬什麼呢？好香啊！」

「那是給我娘熬的精米粥，可不是給妳吃的。妳的分，我給留著呢！」崔景蕙好笑地看著春蓮一副饞貓模樣，將她拉回屋裡，給她端了小半碗昨天抓到的竹鼠肉。「妳吃吃。」

春蓮也是個識趣的，雖然大河村裡家家都種著穀子，可也沒誰捨得自己舀了吃，崔景蕙一說，她倒是有些羞澀自己的口不擇言了，一臉扭捏地接過崔景蕙遞過來的碗，朝躺在床邊的李氏打了聲招呼，便拉著崔景蕙出了側門。

兩人挨著側門的黃泥巴牆蹲著，春蓮也不用筷子，直接拈了一塊肉塞進嘴裡，不由得伸出胳膊肘蹭了蹭崔景蕙。「大妮，這是什麼肉？好香啊！」

崔景蕙側頭看著春蓮吃得正香的模樣，打趣道：「這可是老鼠肉，好吃嗎？」

春蓮這會兒手裡還捏著一塊肉，正要往嘴裡塞，聽到崔景蕙的話，頓時有些為難了。這吐啊，捨不得；可真要吃，還是難免覺得有些膈應。想了想，春蓮倒是有了主意，伸手將手中還捏著的那塊肉塞進了崔景蕙的嘴裡。

崔景蕙面對這突如其來的餵食，自然是毫不猶豫地接下了嘴。

春蓮一臉糾結地看著崔景蕙嚥了下去，望著碗中散發著誘人香味的竹鼠肉，嚥了嚥口水，而後一臉決然地伸出了手，大有一副壯士出征的架勢，捏了一塊塞進了自己的嘴裡，同時像是在安慰自己一樣，嚼著肉，含糊不清地說道：「大妮敢吃，我自然也敢吃！不就是老鼠肉嗎，沒什麼大不了的！」春蓮吃著肉，忽然想起了什麼，扭頭一臉擔心地向崔景蕙問道：「大妮，妳不會又去大別山了吧？」

「吃妳的肉，別操這個心。」崔景蕙將春蓮的臉推了回去，怕她擔心，還是小聲地跟她說了句。「昨日我爹陪我去的。」

「那我就放心多了！」春蓮鬆了一口氣，也不糾結這個了，忽然想起昨天嚇了她們一跳的那間破茅草屋，又是一臉神神秘秘地湊到大妮的面前。「大妮，妳知道昨天我們路過的那間破茅草屋裡住的是誰嗎？」

「怎麼，又被妳知道了？誰呀？」這倒是勾起了崔景蕙的一絲興趣，畢竟一個村子的，她竟然一點兒都不知道。

「還能有誰？不就是賴子強他娘！就前些年賴子強為了賣他妹子，將他娘一腳給踹了，他娘便摔斷了一條腿。這賴子強是什麼人？不就是一個良心都讓狗吃了的畜生，怎麼可能會花錢給他娘看腿？他娘就這麼瘸了。他一來嫌棄他娘這模樣給他丟人了，二來也嫌棄他娘不能幹活了，於是就將他娘給鎖在茅草屋裡，想起了就給送頓飯，沒想起就給餓著，這一來二去的，就成這樣了。」

春蓮一頓噼哩啪啦的就將事情的來龍去脈說了個一清二楚，倒是讓崔景蕙恍然大悟了起來。只是……「就沒有人把鎖給撬了，把他娘放出來嗎？」

「放了啊！剛開始自然有人想到了，只是誰家開的鎖，那賴子強就將他娘給扔誰家去了，還讓人家賠鎖錢！這不，就沒人敢再將他娘給放出來了。」春蓮嘆了一口氣，向崔景蕙解釋了起來。她剛知道的時候，也向姑婆問了這個問題，姑婆就是這樣跟她說的。

「不說這個了，說了慪心。妳要不要去陪我娘嘮會兒？我去把漁網整整，今天好派上用場。」這各家都有各家的難事，也別怪崔景蕙自私，只當個笑話聽聽就得了，畢竟她可不是聖母，在這世道裡，人皆螻蟻，命不由己，她也只想顧住李氏，顧住她這小小的一個家罷了。

「那成，反正我不急著回去，我去陪李姨嘮會兒！」春蓮點了點頭，端著碗就往側門走，卻又猛的停了下來，伸手一拍自己的腦門。「該死，瞧我這記性！」

「怎麼了？」崔景蕙也是一愣。

春蓮轉過身去，從懷裡掏出一個小小的布製錢袋，然後塞到崔景蕙手裡，湊到崔景蕙面前，悄聲嘀咕道：「這是江大夫託我姑婆給妳的，我姑婆讓我帶來了，說是那天給妳娘開安胎藥的時候向妳阿嬤多要的，江大夫讓妳收著。」

崔景蕙沒有想到竟然會有這樣一茬，倒是讓她對江大夫的印象更好了些。緊了緊手中的錢袋，便朝春蓮點了點頭。「回去幫我謝謝江大夫，他的情，我崔景蕙領受了。」

「嗯，我會跟江大夫說的。大妮，妳去忙吧，我進去了。」春蓮點了點頭，算是應下了崔景蕙的請求，轉身去了屋內陪李氏。

不一會兒，就聽到春蓮歡快的聲音響起，其中還夾雜著李氏溫柔的笑聲。

崔景蕙盯著手中的錢袋看了一會兒，然後將錢袋收進了懷裡，將小灶的火徹底滅了，把熬著精米粥的小罐送回屋內挨著角落晾著，拿了剪刀，抱著之前春蓮丟在旁邊的漁網去了院子裡。

崔景蕙將漁網全部攤開，然後將爛得厲害的地方用剪刀剪了下來，只留著破了小點的地方，然後用剪下來的漁網絲慢慢地修補著留下來的空位。這顯然是個細緻活兒，就連春蓮向她道別，她也沒怎麼注意到，等她差不多將手上的活計都忙好了的時候，已經過去快兩個時辰了，就連天色都暗沈了下來。

崔景蕙忙收拾了東西，回了屋子，發現李氏這會兒靠坐在床邊上，手裡還拿著針線筐，頭卻挨著身後的被褥，顯然是睡下了。而之前晾在角落的精米粥，此時也已經涼透。

崔景蕙忍不住自責了下，走到床邊，將李氏手中的針線筐輕輕地取了出來，擱在床邊上，然後幫李氏蓋好被子，這才去燃了小灶的火，準備溫粥，卻聽到屋外崔順安的聲音響起。

「鈴子！鈴子！」

崔景蕙忙從側門轉到門外，一把拉住就要跨過門檻的崔順安，忍不住埋怨了句。「爹，您輕點聲，娘睡著呢！」

崔順安聽了崔景蕙的話，頓時愧疚地瞅了瞅屋內，一臉不好意思地對崔景蕙點了點頭。

「爹知道了，爹剛剛實在是太高興了，所以一時就……」

「你們父女兩個在門口嘀咕啥呢？我可是都聽到了！」李氏終究還是被吵醒了，她望著兩父女站在門口嘀咕著，忍不住開了口。

「鈴子，是我吵到妳了？我實在是太高興了，我找到活了！」崔順安見李氏起了，忙大步跨到床邊，向李氏分享自己的喜悅。

「真的？那太好了，家裡又能有進項了！」李氏也是一臉的高興模樣。這農家人閒不住，所以農忙過後，這活計最難找，崔順安這麼快就能找到活了，自然是一件值得高興的事。

「嗯，這都多虧了柱子他爹幫忙。咱安鄉縣的縣令打算加固慶江河邊上的堤壩，用來應對明年入春以後的潮汛，所以向各個轄區內招募勞工，管吃管住，一個月二百個銅板兒。咱們村也就幾個名額，柱子他爹下午問我要不要去，我答應了，柱子他爹說幫我報上去，讓我等消息。」

「這麼好的事，當家的，要是成了，你可得好好謝謝柱子他爹！」李氏聽得自然一臉喜不自禁，這幫官家幹活，可是天大的榮耀呀！

崔景蕙看著爹娘一臉高興的模樣，卻是忍不住擔心地打斷道：「爹，這活兒會不會太累了？要不咱不去了？」

「妳這傻妮子，哪有不累的活呀？這能幹累的活，才是實打實的活，咱收了錢，心才不虧！」崔順安反倒是笑話了崔景蕙一句。

這話是實在，可崔景蕙卻還是忍不住有些擔心。她上輩子沒接觸過這些，可是穿越前畢竟看過電視啊！電視上不都說這種修建堤壩的活只有服勞役的人才會幹，不僅吃不上飯，還得被抽鞭子，去一次簡直就要丟半條命的那種？這……這讓她怎麼放心讓崔順安去呀？只是當著李氏的面，崔景蕙自然不會將話攤明了說。

待到半夜，父女兩人趁著李氏熟睡前往大別山的時候，崔景蕙一臉擔心地將自己心中的憂慮一一說予崔順安聽，希望他能放棄這次的活計。

崔順安一臉愕然地聽完了崔景蕙的話，不由得啞然失笑，待看到崔景蕙一臉認真擔憂的模樣，不禁詫異地問道：「大妮，妳是從哪裡聽來的這些謠傳？咱們祁連可沒有服勞役這一說。這官家放出的活計，可都是熱饃饃，都眼饞著呢！畢竟這管吃管住，還比一般的活兒銀錢要高些，安全也有保障，若是沒有關係的話，可是休想進去的。」

崔順安的解釋，倒是讓崔景蕙不由得臉一紅，看來還真是她將封建朝代社會想得太黑暗了。為了應對崔順安的問題，崔景蕙訕訕地笑了一下。「這個，我上次在戲文裡看到的。」

「那可是前朝的事了，咱們祁連的皇帝老兒可是在開國之初就張貼了皇榜，還請了讀書人到鄉鎮一地、一地的召集咱老百姓唸了這事，這一旦查出來哪個當官的敢幹這事，那就是丟烏紗帽的事。」崔順安頓時了然地點了點頭，確實有這樣的戲文，倒是沒想到竟然誤導了崔景蕙，所以他當下就好好地為崔景蕙解釋了一番。

「原來是這樣呀！看來咱們的皇帝老兒還是個明君呀！」崔景蕙恍然大悟地點了點頭。雖然她在祁連已經過了兩輩子了，可是上輩子一直相當於被拘禁在一個小小的藥廬之內，不曾領略過祁連的風土人情；而這輩子從汴京逃離之後，便一直待在這小小的大河村內，這回倒是鬧了笑話了。

「那是當然！這日子太平，咱們老百姓也有過頭不是？對了，大妮，妳這帶的是漁網吧？是往別家借的吧？」崔順安一臉自豪地點了點頭，待目光落到崔景蕙揹著的漁網時，卻是一愣，他們家是沒有這東西的。

「嗯，我找三爺借的。」崔景蕙看崔順安揭過勞役這一茬，也是鬆了一口氣，對於崔順安的問題自然是一口答道。

崔順安倒是一愣，提著煤油燈的腳步停了下來，眼神也有些複雜了起來。「那個……三叔他沒有為難妳吧，大妮？」

「爹，您怎麼不走了呀？」崔景蕙聽到崔順安的說話聲遠，回頭一看，卻見崔順安離著自己已經有一段距離了，忙折返回去，走到崔順安的面前，嘟囔一句，拖著崔順安往大別山處走，這才回答了崔順安的問題。「我覺得三爺人挺好的，嘴上倔著，心裡卻是軟的，我挺喜歡的。」

「嗯，那就好！」崔順安也不想多談這件事，既然崔景蕙不反感三叔，那他自然不能將自己的意見加諸在崔景蕙身上。

# 第十五章　爹爹上工

二更天，兩人趁著微白的夜色上了大別山邊上，只是今天沒有延續昨夜的好運氣，僅存的幾個陷阱不是被破壞，就是毫無收穫。幸好崔景蕙帶了漁網來，和崔順安兩人躡手躡腳地網了一棵灌木，然後猛的敲打灌木叢，頓時裡面歇夜的鳥雀驚慌失措地想要往外飛走，卻又被漁網困住。二人慢慢收攏漁網，雖然在收網的過程中跑了幾隻，但還是有近二十來隻鳥雀沒來得及逃生。

「看來以後只能給娘開小灶了！」這鳥雀才多大點肉，若是跟之前的蛇肉、竹鼠肉般一大家子分分，只怕到每人嘴裡也沒二兩肉，還不如單獨留著，給李氏慢慢補身體用。

「沒事，妳阿嬷也不喜歡吃鳥肉。」崔順安倒是不在乎，他滿臉喜氣地提著漁網，看著裡面撲閃著翅膀的鳥雀。麻雀雖小，但也是肉不是？只要能讓鈴子沾口肉，他和崔景蕙一樣，都是極其歡喜的。

「哪裡是不喜歡？是嫌棄鳥兒太小，盡是骨頭吧！」崔景蕙倒是一語道破了周氏不好這口的真相。這樣更好，她可以將這些鳥兒養著，一隻隻的慢慢給李氏燉了，也免得她經常得往大別山跑。崔順安打算到外面上工去了，她也得讓爹安心才是。

「不許這麼說妳阿嬷。」崔順安話是這麼說，但是也沒有辯駁，算是默認了周氏的心思。「大妮，爹要是出去上工了，妳娘可就全賴妳照顧了，到時候妳就別只想著往大別山跑了，妳一個女孩子，太危險了。」想到自己一旦到鎮上上工去了，崔景蕙要是夜裡又一個人往大別山裡竄可怎麼辦？就算她看得見，那也是危險得很。

崔景蕙一臉鄭重地點了點頭，忽然想到自家的籮筐、簸箕都是崔順安做的，一下子倒是有了主意。「爹，我知道了，要不您上工之前，我們多撒兩網子。爹不是會竹篾活嗎？您就給我編個大點的鳥籠子，我們把這些鳥兒都養著，反正就只是費點包穀米的事，這樣娘就天天都有肉吃了！」

「大妮，這主意成，爹就聽妳的了。走吧，咱們早點回去，免得妳娘夜醒的時候，發現咱倆不在，那就糟了！」崔順安聽到崔景蕙的法子，也是眼前一亮，贊同地點了點頭。他怎麼就沒有想到把鳥兒跟養雞似的養起來呢？這樣一來他就沒有後顧之憂了。

崔順安招呼了崔景蕙一聲，兩人加快了家去的腳步，只為著能讓李氏安心一夢到天明。

崔順安也是說幹就幹的性子，上午的時候，砍了竹子拖回院裡就開始琢磨起鳥籠子了。這鳥雀身子細，自然不能和雞籠子一樣用竹面片編，得將竹子片成編籮筐用的綠豆大小的長條塊兒，但是又不能和籮筐一樣編得那麼緊，得留出空隙來。這活雖然不大，可都精細著，以至於忙乎著，竟然忘了去柱子家問堤壩活兒的事。還是下午時，柱子他爹上了門，告訴他名已經報上了，只等著四天後一併去上工。崔順安自然是拉著柱子爹千道謝、萬道謝。

「要謝，就謝你生了個好閨女吧！」柱子爹早就在他婆娘那裡得了信，他們家那傻小子可是心心念念著人家閨女，不然他豁出這麼大的臉面求到他大伯面前，為的是什麼？不就是想要和順子套個近乎，到時候說親也好上嘴不是？這樣被崔順安拉著道謝，嘴裡推辭的場面話卻是一點用都沒有，於是他著急上火的，竟然把心裡的意思給漏了嘴！這話一出口，卻是收不回的，頓時讓柱子爹後悔得心肝兒痛，哪還有心思和崔順安再周旋？強將手從崔順安的手裡抽了出來，也不敢再多說什麼了，只約定了到時一塊兒走的地兒，便一路小跑著出了崔家的院子。

崔順安自然是將柱子爹的話聽到了耳裡，正要追上柱子爹去問個究竟，還沒走到柵欄，就被一直挨著門口、聽了一耳朵的周氏一把拉住。

「順子，娘沒聽錯吧？你接了官面上的活兒？」

「嗯，是柱子爹幫我推薦的，剛剛他來就是為了說這個。」既然周氏問了，崔順安自然是老老實實的將話全說給周氏了。

周氏頓時眼前一亮，一臉笑地湊到崔順安面前，完全忘記了今兒個早上去崔順安那頭翻肉時，看到一漁網子的麻雀時，一臉鐵青不屑的模樣。

「順子啊，這麼好的事，要不你給柱子爹再說說，讓你哥也一道兒去？你哥也找了幾天活了，就沒找到一個能幹的。」

「這……娘，我能去，柱子爹已經是幫了好大的忙了，而且您也知道，這差事分到村裡，也沒幾個名額了，我怎麼好意思開這個口呢？」崔順安一臉為難地看著周氏。他們這兒地處江淮，本就是魚米之鄉，修堤築壩的事自然是常有，可他卻還是第一次攤上這活兒，要說裡面沒有柱子爹的使力，他是絕對不信的，所以周氏讓他開這麼個口，他哪裡好再去麻煩柱子爹？

只是這一拒絕卻是捅了周氏的馬蜂窩了，她踮著腳，一手指就戳在了崔順安的腦袋瓜子上，恨恨地開了口。「別以為我不知道你打的什麼心思，不就是還惦記著元元撞了你婆娘那事，記恨著你哥嗎？我怎麼就生了你這麼個小心眼的！小時候你哥好吃的緊著你，好穿的緊著你，現在你竟然為了這麼丁點芝麻卵事，就記恨上你哥了？我就說李氏那賤……婦人是個掃把星，沒出嫁前就剋死了爹娘，嫁到我們老崔家裡，又剋了咱老崔家的子孫根，現在更累得我兩個兒子不和，這樣的媳婦留著有什麼用？要是老婆子我，我非得休——」周氏越說越起勁，只是說到「賤人」的時候，終究還是有點怵崔景蕙，話快脫口了，又被她咽了下去。

就在周氏準備說「休了李氏」的時候，一直窩在正屋裡的崔老漢將手中的煙槍「梆梆」地敲在桌子腿上，抬起滿是皺紋的臉瞅了周氏一眼。「老婆子，妳渾說什麼勁兒？還不給我回來！」

周氏還是挺怕崔老漢的，見崔老漢開了口，訕訕地回頭瞅了崔老漢一眼，然後扭頭對崔順安狠狠地瞪了一眼，這才一扭一扭地回了屋子，「砰」的一聲將門在崔順安面前關上。

崔順安一臉無奈地看著正屋緊閉的門戶，嘆了口氣，轉身回了院子，繼續手上的活計。

在臨要去上工的這幾天裡，崔景蕙父女都沒有出門了，一個陪著李氏，一個趕著鳥籠子。至於大房一家，彼此心裡的疙瘩還沒有過去，又因著村裡謠言的事，雖然崔景蕙不在意，可張氏自然心虛著，所以一家子除了必要的出門之外，就都縮在屋裡。

但在春蓮每日一報的通傳之下，崔景蕙就算是不出門也能知道外面的謠傳越來越兇猛。

不過就在崔順安要去上工的前一天，村裡關於崔景蕙差點殺了元元的謠言卻是沒有人關心了，因為所有人的目光都落在了齊大山家裡。齊大山在大別山裡挖了一株五十年分人參的事，在江大夫的確認之下，瞬間引起了轟動，羨慕的、嫉妒的、眼紅的更是一大片人。

「大妮，妳說妳每天都往大別山上跑，怎麼就沒碰到這樣的好事呀？江伯可是說了，大山家裡挖的那株人參，品相不錯，根鬚也保存得頗完好，要是拿到縣裡去賣的話，至少可以賣上二十兩銀子呢！那得多少錢啊！」春蓮蹲在地上拿著根羽毛無意識的在地上劃拉著，側頭望著崔景蕙的臉上滿是羨慕。

崔景蕙正將這幾天抓回來的鳥雀一隻隻塞進鳥籠子裡，聽著春蓮滿是羨慕的語氣，不由得側過頭去，看了春蓮一眼，調笑道：「我記得齊叔家裡可是有個傻兒子，這下好了，娶媳婦的錢肯定是有了！春兒，妳不是已經及笄了嗎？怎麼，要不要考慮一下？」

春蓮嗔怪地瞟了崔景蕙一眼，伸手在她的胳膊上拍了一下，然後湊到崔景蕙面前感嘆了幾句。「算了吧！對了，大妮怕是沒見過齊叔家那個傻兒子吧？長得還行，白白淨淨的，只可惜是個傻的。不過這下齊叔也應該放心了，二十兩呢，就算是買個媳婦也夠了。」

「那不是挺好的事？春兒，妳要不要抓兩隻雀兒回去嚐嚐？」崔景蕙隨口應了句話，絲毫沒有將這事掛心上的意思。她將最後一隻鳥兒給抓放到籠子裡，拍了拍髒了的衣裙，將鳥籠子提放到側門旁，扭頭問了春蓮一句。

「大妮，妳到底有沒有在聽我說話呀？我跟妳說齊叔家的事呢！」春蓮一臉挫敗，卻又無比堅持的不肯轉移話題。

崔景蕙一臉認真地點了點頭。「我聽到了，不就是說齊家那傻子和銀子的事，這和我有關係嗎？」

「好吧，我認輸！」春蓮嘆了口氣，她就知道找大妮一起嘮嗑是個錯誤的決定，大妮就只適合當個聽眾。「這鳥雀還是留著給李姨補身體吧。我要想吃的話，讓我爹抓就成了，反正也不難。」

「那也成！」這鳥雀本來就不是什麼稀罕東西，所以既然春蓮這麼說，崔景蕙自然也不會強求。想到後天趕集，自己又沒空出去，她不免問了一嘴。「對了！春兒，後天趕集，妳去不去鎮上？」

「嗯，我娘說帶我去買點東西。怎麼了？大妮有什麼想要買的嗎？」春蓮點了點頭。姑婆在鎮上接了活兒，她自然得陪著過去。

崔景蕙聽春蓮這麼一說，倒是鬆了口氣，將上次江大夫還來的那個錢袋塞進了春蓮的手裡。「妳也知道，我最近脫不開身，我想給我娘買些紅糖、紅棗補血一類的東西，就只能麻煩妳了。」

春蓮接過錢，一臉認真地拍著胸脯向崔景蕙保證道：「大妮，妳就放心吧，這事我一定幫妳辦得妥妥的！」

這模樣，倒是將崔景蕙的視線引到了春蓮已經開始發育了的胸部之上，她不由得掩嘴輕笑了一聲。「春兒，妳這樣拍，那裡不會痛嗎？」

「妳！妳！妳竟然敢取笑我！」春蓮自然是痛的，只是這種事哪好表現出來？被崔景蕙這麼一點破，自然是臊得小臉通紅，雙目瞪了崔景蕙一眼，揚起手就要往崔景蕙身上打。

「好了、好了，春兒，別鬧了，我也是出於關心才說的。」

「好妳個崔大妮，妳還說？看我不撕了妳的嘴！」

屋外春蓮和崔景蕙打鬧的聲音傳入了屋內，倒是讓正在做著針線活的李氏停了手上的活計。側耳聽著門外崔景蕙歡快的笑聲，李氏忍不住輕輕撫了一下凸起的肚子，會心一笑。

被周氏纏了好幾天的崔順安終於鬆了一口氣，周氏本來就是個愛湊閒事的，這齊家在大別山得了人參的事一出，她就聽到耳裡去了，自然是看不上崔順安一個月才兩百銅錢的工錢了。當下周氏就回了崔家院子，推搡著崔老漢和崔濟安一併去大別山尋人參，生怕慢了腳步，落在別人後面被人搶了先。

周氏有這樣的心思，自然村裡其他的人也攢著同樣的心思，在二十兩銀子的誘惑之下，這些個莊稼漢子都忘記了大別山的恐怖之處，紛紛湧進了大別山，倒是讓崔景蕙慶幸不已。幸好這幾天捕獲的鳥雀已經夠多了，她也不需要再去大別山了，她可不想在這個關頭上湊這個熱鬧。

所以這當口，崔順安幾個被提名去修堤築壩的事，也沒人眼紅了。

崔順安在家裡別了李氏和崔景蕙，便和村人一道去了堤壩上幹活。

崔景蕙在家守著李氏，每天燉一隻鳥雀，煮上一碗精米粥，再燉個紅棗雞蛋一類的給李氏補身體，在崔景蕙的精心照料之下，原本枯瘦得只剩下個肚子的李氏，也慢慢豐盈了起來。等到將江大夫開的藥都吃完了之後，李氏身下的穢血早就乾淨了，李氏甚至能感覺到肚子裡的孩子都強壯了好多，畢竟那小胳膊、小腿踹在肚皮上，也比之前有力多了。

一晃眼大半個月就過去了，這天也是慢慢的涼了起來。原本穿著短打薄衫的百姓已經擋不住涼涼的秋風，換上略厚的秋衫。

李氏在床上躺了大半個月卻是再也躺不下去了，崔景蕙看李氏原本蠟黃的雙頰、凹陷的臉龐變得紅潤了起來，倒也不強迫李氏每日躺著，只要天氣好，崔景蕙就扶著李氏到院子裡的葡萄架子下坐坐，走上幾步。

周氏看著李氏那面帶紅光、皮膚潤滑的模樣，越加肯定李氏肚子裡懷的是個賠錢貨了，畢竟老話在那兒——懷兒醜娘。這李氏不但沒醜，還越來越好看，是個兒子就怪了，所以，周氏也就越發的不待見李氏了。可礙於崔景蕙的面兒，又不好當面說重話，因此每每看到李氏出來，便是臉一板、「哼」的一聲，不管手上做著什麼樣的活計，都是立即一放，然後回了正屋，「砰」的將門帶上，用來發洩自己的不滿。

崔景蕙每每被惹得哭笑不得，卻只當笑話看著。

# 第十六章　生子藥丸

這日，崔景蕙扶著李氏正在院子裡散步，忽然聽到門口柵欄處有動靜，扭頭一看，便見周氏一臉熱情地領著一個和她年紀差不很多的婦人，崔景蕙看著有點眼熟，只是一時間想不起來究竟是誰，正想著，卻聽到身邊李氏的問好聲。「娘。姨嬸，您來了啊！」

崔景蕙這才想起，來人是周氏的妹妹，嫁到陸山村的小周氏。

小周氏聽到李氏的聲音，正想著客套一下，一旁的周氏「哼」的一聲，一把拉住小周氏就往屋裡拽，前腳進了門，後腳就將門給關上了，連裝給外人看都不願意了。

「娘，您又何必自討沒趣呢！」崔景蕙有些哭笑不得地向李氏埋怨了一句。

李氏對著崔景蕙笑了笑，那畢竟是順子他娘，她的婆婆，所以就算周氏再不喜歡她，她也不能因此失了禮數不是？「好了，別說了。娘累了，扶娘回去歇會兒。」

「嗯！」崔景蕙聽了李氏的話，扶著李氏回了自家屋子。

卻不知，正屋之內，閒話著的二人不知不覺就將話題引到了李氏身上。

「老姊姊，我看妳這小媳婦懷的可不像是個男娃呀！」小周氏喝了一口茶，想起之前在院子裡碰到的李氏，這懷相、面相，怎麼看都是個女娃。

這點上，她和周氏的想法倒是撞一塊兒了。

「唉！」一說到這個事，周氏便重重地嘆了一口氣，皺巴著一張老臉，伸手將小周氏的手握住。「老妹妹，妳說這都什麼事啊！我怎麼就這麼命苦啊，這好不容易盼到李氏懷孕了，沒想到卻又是個賠錢貨，我這心堵得慌啊！」

「也是難為妳了，要說當年娶了翠麗，哪還需要妳擔這份心？這都是命呀！」小周氏也是附和著周氏嘆了口氣。當年順子和翠麗一起長大，大夥兒看好得很，哪裡想到順子出了趟門，就死認著李氏了。

「誰說不是呢？只是我這命怎就怎麼苦啊！我不就是想著給老崔家延續香火嗎，怎麼就這麼難啊！」周氏說著說著，卻是越想越傷心，忍不住老淚縱橫了起來。

這下小周氏自然知道自己說錯話了，見周氏這樣，也只能在一旁勸慰著。忽然，她想起了自家村裡的一件事，頓時一喜，拉了拉周氏的手。

「老姊姊，妳不就是想要個孫子嗎？我這裡有個法子，妳要不要試試？保管能給妳添個大胖孫子！」

這話倒是說得周氏一愣一愣的，一把抹去臉上的淚水，滿臉希冀地望著小周氏。「好妹妹，快說，什麼法子這麼靈乎？」

「咱村裡的神婆子有一種生子藥，只要給懷孕的婦人吃了，就保管能生個兒子！咱們村裡的陸橋妳應該知道，他前面不都生了四個女娃了？沒得法子，找神婆子要了生子藥，前年還真添了個大胖小子，可討喜了！要不我也去幫妳討一份來？包妳今年冬天的時候抱上孫子！」小周氏一臉笑咪咪地對周氏解釋了起來。那神婆可靈了，好多外村的人慕名而來，要不是她家媳婦早給她抱了兩個孫子，她倒是也想去試試。

「真有這麼靈？李氏都懷了七個月了，這會兒還能行嗎？」周氏確實是心動了，可是一想到李氏那麼大的肚子，不免有些狐疑了起來。

說到這個，小周氏猛的一拍手，又想起了一個周氏也認得的人。「這算什麼事？那個……對了，就是你們下河村的那個夏家女兒，知道不？妳看她懷相，不也就是個閨女命？可是人家八個月的時候，去咱們村求了一份生子藥，今年上半年還不是妥妥地抱了個胖小子？」

「這樣啊！老妹妹，這麼好的事，妳咋不早點來告訴我呀？妳不知道我為著李氏肚子的事，愁的啊，全身沒一處自在的！這下子，我的心總算是有了落處了。老妹妹，這生子藥得多少錢呀？」夏家女兒周氏自然也是認得的，畢竟還是從大河村裡嫁出去的，前些日子她回娘家，懷裡抱著的不就是個小子嗎，只是不承想這其中還有這一茬。被小周氏這麼一說，周氏自然心動了，可是轉念一想，這能生兒子的藥，會不會很貴呀？這倒是讓周氏有點肉痛了。

「不貴、不貴！正好前些日子我還幫我姪兒媳問了，也就三十個銅板兒一份！」小周氏見周氏動了心，自然也是為著李氏高興。這女人啊，如果不能生兒子，那還有什麼用呢?!

「三……三十個呀？妳讓我想想！」周氏一聽到得這麼多錢，那心就好像被人挖了一塊一樣，心思也開始鬆動了起來。

「才三十個銅板兒，就能買個大胖孫子，這簡直就是天上掉餡餅的好事，哪還會有人嫌貴的理兒！」這小周氏和周氏本就是姊妹，哪裡會不知道周氏的心思？看她捨不得這錢，忙搧風點火了起來。

「對，也才三十個銅板兒的事！老妹妹妳等著，我這就去拿錢！」周氏狠了狠心，就因為順子快三十了還沒個兒子的事，她都好多年沒臉回娘家了，畢竟她可不想看到嫂子那張陰陽怪氣又諷刺的嘴臉。只要李氏這次能生個兒子，那麼她就可以揚眉吐氣，腰桿兒挺直地回娘家了！這般想著，周氏心裡倒是好過了些，回了裡面隔間臥房數了三十個銅板串好，塞進了小周氏手裡。「老妹妹，這事我就全託付給妳了。」

「老姊姊的事，就是我的事，我一定幫姊姊辦得順順當當的，老姊姊妳就放一百個心吧！」小周氏笑咪咪地收了錢，不過就是這麼一轉手的工夫，就讓她掙了五個銅板，這讓她對周氏是更加熱情了。

二人家裡家常的話嘮了一下午，眼看著這天色要暗沈下來了，小周氏才戀戀不捨地跟周氏道了別，在周氏的千叮萬囑下，趕著山路回去了。

日子一天天的過，崔景蕙倒是沒有注意小周氏又來串了兩趟門子，只是見著李氏的身子一天比一天好，崔景蕙那顆緊著的心也才慢慢鬆懈了下來。雖然有些好奇周氏為什麼突然對李氏一下子轉了顏色，但只要能讓李氏高興，她倒不介意讓周氏繼續維持這副偽善的嘴臉，畢竟李氏現在心思可是敏感得很。

而周氏自從得了小周氏帶回來的生子藥之後，就像是熱鍋上的螞蟻一樣，煎熬得很，就連以前最喜歡的串門子都不幹了，一天到晚就守在家裡，只等瞅著崔景蕙不在的空兒，將生子藥哄騙了李氏服下。只是崔景蕙守得緊，周氏根本連近李氏身都不成，還談什麼餵藥？這時間一久，周氏自然就等不下去了。

這日，她偷偷地將生子藥給煎了，好不容易瞅著崔景蕙上茅房的空兒，端著藥便急匆匆地進了五進的屋子。

「娘，您怎麼來了？」李氏聽到響動抬起頭，看見是周氏，臉上不由得露出一絲詫異，畢竟周氏到他們屋子的次數實在是太少了。可是出於對周氏的恭敬，李氏還是掀了被子，準備從床上起來。

「別，別起了！躺著就成，孩子要緊！」周氏見狀，一把上前，將藥擱在床邊櫃子上，一臉笑咪咪地將李氏的動作給按了下來，然後端起生子藥遞到李氏面前，也不等李氏說話，一邊瞅著側門處的動靜，一邊急忙囑咐道：「順子媳婦，這是娘託人尋來的，包妳生兒子的藥，妳快趁熱喝了，喝了到時候就能給順子生個大胖兒子了！」

李氏見周氏這麼說，也就順從的沒下床了，只是看到湊到面前的藥碗，卻是疑惑不解地說道：「娘，這哪有什麼生兒子的藥，您不會是被人騙了吧？」

「妳管那麼多幹麼？喝了就是，娘還能害妳不成？妳這肚子裡裝的可是我的二孫子！」周氏才不耐煩和李氏解釋，說著就將藥碗往李氏嘴邊一推，想就這樣給李氏灌下去。

只是，這生子藥的氣味實在是太難聞了，李氏一下子沒忍住，側頭就開始乾嘔了起來，一隻手忙將碗往外推。「娘，您拿開點，我難受。」

「真是個沒出息的，這麼點味兒都受不住！難受也得將這藥喝下去，妳要是生不出兒子，我就讓順子休了妳，重新娶一個能下蛋的！」見李氏這麼不識抬舉，周氏一下子就沒了好臉色，將藥碗再度往李氏嘴邊一送，一副誓不甘休的模樣。

「娘，您別生氣，我這就喝。」聽到周氏要讓崔順安休了自己，最近情緒敏感的李氏哪裡還受得了？望著周氏，臉上的淚珠子簌簌的就溢出了眼眶，顫抖地伸出雙手托住碗邊，就要往嘴裡送。

「快喝！」周氏一邊催促著，一邊關注著側門處的動靜，見崔景蕙從對面茅房裡出來了，驀地一急，伸手就著李氏喝藥的碗底往上抬了一下，然後轉身一溜煙地出了李氏的屋子。

周氏這麼一抬，李氏一個措手不及，大量的藥液突地灑出來，也嗆入了喉嚨一點，她瞬間就劇烈咳嗽了起來。

正往這邊走來的崔景蕙聽到李氏的咳嗽聲，頓時一急，忙跑回了屋子，見李氏一手巴在床邊，一手端著一只散發著藥味的碗，正劇烈咳嗽著，而床邊的地上，則是一灘藥液。

「娘，這是怎麼了？這藥哪裡來的？」崔景蕙一手接過李氏手中的碗，湊到鼻子邊上聞了聞，頓時露出一副嫌棄的表情，快走幾步到桌子邊上，將藥碗往桌子上一丟，這才回過身去倒了一杯水送到李氏的手裡。

李氏嗆了一會兒，此時嘴巴裡正苦著，忙灌了一大口水漱了漱口，這才感覺好過了一些，將手中的杯子遞回崔景蕙手中，往床邊一靠，這才有工夫回答崔景蕙的問題。「剛剛妳阿嬤來了，說是尋了個生兒子秘方，煎了藥讓我喝，這不妳正好回來了，阿嬤不小心碰了一下藥碗，倒是讓我嗆住了。」

李氏溫柔而隨意地將剛才發生的事簡易說了一遍，卻是驚得崔景蕙出了一身冷汗，她一把抓住李氏的胳膊，一臉焦急地問道：「娘，那您喝了沒？」

「妳這孩子，這是怎麼了？娘沒喝，就是嗆了一點到喉嚨裡而已。」李氏一臉詫異地看著崔景蕙突如其來的緊張表情，倒是有些不解了。

「呼！」崔景蕙聽到李氏的答案，明顯鬆了一大口氣，她也不急著先回答李氏的問題，而是端起桌子上的藥碗，直接出了後門，將藥液倒進了後坡的一堆雜草中，這才徹底放心地回了屋子。

「娘，幸好您沒吃，這個可不是什麼好藥，娘您懷的是男娃還好一點，若是懷了女娃的孕婦吃了的話，那就會生出不是男孩也不是女孩的娃兒。」這事她也是偶然聽人說的。

「啊？這……」李氏聽了崔景蕙的話，也是忍不住後怕了起來。她可沒有那麼肯定自己肚子裡懷的定是一個男娃，這若是個女娃，那豈不是……想到這裡，李氏頓時色變，瞬間掀了被子，趴到床邊，將手伸進喉嚨裡就要催吐。她剛剛可是嗆了一點藥液進去了，這讓她怎麼能安心！

崔景蕙看到李氏這模樣，倒是有些無奈地拉了李氏一把。「娘，就一點，沒有關係的。對了，這藥不止一服，所以娘您得記住，下次可不能大意了。不過若是阿嬤問起，您就說喝了，這樣阿嬤就不會想別的法子讓您喝藥了，畢竟她要是在吃食裡動手腳，我們還真防不住。」

「這樣呀？幸好、幸好！大妮，妳放心，我記住了！」李氏一臉認真地點了點頭，算是將崔景蕙的話都聽進去了。

此後幾天，周氏果然如崔景蕙所說，又乘機給李氏送了幾次藥，而每次都恰好被故意給周氏鑽空子的崔景蕙破壞。

事後李氏都說喝了藥，這碗也空了，周氏雖然有些狐疑，但還是信了李氏的話。等李氏將最後一服藥喝完之後，周氏看李氏的目光簡直就是對著一朵花一樣，態度是從未有過的親近，這倒是讓崔家其他人詫異得很，暗地裡只說周氏吃錯藥了。

當崔順安幹了一個月從鎮上輪休回來，還未進自家屋內，就被周氏一臉討功地拉到了屋子後面。

「順子，我跟你說，這次你肯定能抱個大胖小子了！娘可是為了你能生兒子，花了五十個銅板兒給你媳婦買了包生兒子的神藥，可是費了娘好大的心思才找到的！」

周氏一臉笑咪咪地看著崔順安，搓著手。剛剛崔順安給了她一百個銅板，她可是知道老頭子和順子之間的約定，這雖然比不上去大別山淘寶的錢，可再小也是肉不是？

「生兒子的藥？娘，您莫不是被別人給騙了吧？」順子一愣，倒是有些明白為什麼周氏突然這麼熱情了，畢竟這能生兒子的媳婦，和生閨女的媳婦可是不一樣的。只是天下哪有這樣的好事？要是真有這藥的話，那誰家還會生閨女？吃個藥不就得了？

「怎麼可能？哼，到時候你就知道了！」周氏哪裡容得下被人質疑？哄著李氏把生子藥吃下之後，周氏可是得意了好幾天呢！這改女換男，也就她這麼個聰明人想得到，別人哪裡想得到這麼好的主意！

「娘，我先回去看鈴子了！」崔順安不理會周氏的保證，他不在乎鈴子懷的是男是女，只要他們母子平安就是他最大的心願了。所以，他現在已經迫不及待地想要去看鈴子了。

崔順安和周氏招呼了一聲，就直接從屋子後面轉到五進房處，還沒進去，就聽到屋子裡母女交談的聲音，疲憊了一個月的身體，在這一刻得到了徹底的緩解。

「爹！」

「當家的，你回來了！」

崔順安一跨進門，屋內的母女頓時一喜，崔景蕙忙起身相迎，而李氏也掀了被子，想要下床。

「鈴子，妳別！別起身！」崔景蕙挽著崔順安的胳膊來了床邊，崔順安忙上前阻止李氏起床的動作。

「當家的，不礙事的。我最近身子好了很多了，大妮也每天扶著我在院子裡走呢！」李氏笑了笑，看著黑壯了不少的崔順安，不由得有些心疼地摸了摸崔順安的臉。「當家的，這一個月怕是吃了不少苦吧？」

「沒呢，堤壩上的活兒也不是很重，而且伙食很好。妳看，我這還壯了不少呢！」崔順安將袖子擼了上去，露出了裡面結實有力的臂膀，在李氏的面前揚了揚。他一臉欣慰地看著李氏終於有了點肉的面頰，心裡也是萬分的滿足。看來自己不在的這一個月裡，大妮將鈴子照顧得很好。

「大妮，這一個月裡辛苦妳了！想必妳這一個月也沒出門吧？現在爹回來了，沒事了，妳要是想的話，可以去村子裡隨意走走。」

就算崔順安不說，崔景蕙也是打算出去轉轉了。且不說這一個月裡寸步沒離地守著李氏沒出過門，就現在爹娘這熱乎勁，自己還留在這裡，簡直就是個大型的燈泡，實在是太不識趣了。而且，春蓮好些日子沒到老崔家來了，她正打算去春蓮家看看呢！

跟爹娘打了聲招呼，崔景蕙便出了房門，還貼心地將門帶上，將接下來的空間留給了兩夫妻。

# 第十七章　閒話婚事

「鈴子，看到妳胖了，我也就心安了！孩子還好吧？對了，娘跟我說，她給妳弄了個生子藥，妳沒吃吧？」崔順安挨著李氏靠在床邊，將李氏擁進懷中，大手覆在李氏的肚子上，輕輕地摸了兩下，想起之前周氏的話，不免有些擔心地問道。

「嗯，是有這一回事，但是大妮說那個吃了不好，所以我沒有喝，都讓大妮給倒了。」李氏有些不好意思地看了一眼崔順安。這畢竟是周氏的一點心意，可是為著孩子，她還是選擇了同大妮一起欺騙周氏。

「嗯，沒吃就好！」崔順安頓時鬆了一口氣。「大妮說得對，這生男生女乃是上天注定的，哪裡是人力能夠改變的？娘也是想抱孫子想瘋了，鈴子妳不要放在心上。」

「嗯，我知道。只是當家的，要是我這一胎是女兒的話，你會失望嗎？畢竟依著我的身子，怕是再懷不上下一胎了。」說到這個，李氏不免有些擔心地抬頭望了一眼崔順安。雖然大妮一直對自己說，這肚子裡懷的是個兒子，可她又不是傻子，依著祖上傳下來的老話，所有的症狀，都指向她這一胎應該是個女孩。

「當然不會失望，只要是鈴子妳生下來的，我都喜歡！而且我也沒打算讓妳再生一個，畢竟這一胎可就已經將我嚇得夠嗆的了，我們有大妮和小寶就夠了！」崔順安卻是想得開，這個孩子已經是意外之喜了，他怎麼還敢有其他的奢求呢？「對了，說到大妮，我這倒有一件事，想要和妳商量一下。」

李氏有些疑惑地問道：「關於大妮？是什麼事？」

「這次能接上官家的活，柱子爹漏了一嘴，說是看在大妮的分上。我越想越不對，在幹活空檔就問了柱子爹，柱子爹沒法子，就跟我透了個底，原來他們家柱子看上大妮了，想先私下裡定下這門親事，等大妮及笄以後就訂親。」崔順安將自己打聽到的消息告訴李氏。

李氏一下子坐直了身子，仰頭望向崔順安，一臉緊張地問：「當家的，那你怎麼說？答應了嗎？」

崔順安自然知道李氏緊張的是什麼，忙搖了搖頭，讓李氏放心。「鈴子，妳放心，我沒有答應柱子他爹。柱子爹跟我說了柱子的心思，所以我也就私下裡和柱子爹說了大妮有未婚夫的事，畢竟柱子也到了說親的年紀了，一個村裡的，也不能讓柱子因著大妮的關係耽擱下來。」

崔順安的話倒是讓李氏鬆了一大口氣，她就怕順子礙著面子，就這麼將大妮給許出去了。

「說了就說了，想來柱子娘也不是那多嘴的人，畢竟這也是沒法子的事。其他的事都好說，但婚事咱們可不能給大妮作這個主。」李氏倒是無所謂這個。雖然祁連有規定，閨中女子得及笄以後才能談論婚事，可民間裡，未及笄之前暗中定下來的比比皆是，只要等到及笄之後再公布於眾，就沒多大的關係。

柱子人確實不錯，若大妮真是她親閨女，聘到柱子家，那當然是極好的。可惜，大妮卻不是，大妮是他們夫妻十年前在回安鄉的路上，於雪地裡撿回來的。他們夫妻雖大字不識一個，可是庚帖卻是認得的，大妮隨身帶著的東西裡，就有大妮和另一個人的庚帖，想來是其親生母親給她定下的婚約。雖然不知道為什麼會被一個三歲的幼兒帶在身上，且這幼兒還被遺棄在小道之上，但在他們夫妻心中，大妮總有一天會尋到自己的親生父母。

而且……依著當時大妮的穿著，只怕大妮應該是富貴人家的孩子，所以大妮以後自有她自己的前程，而他們不過是泥腿子出身，自然不能給大妮作這個主。

「嗯，我也是這樣想的！只是妳說誰會那麼狠心，把個粉雕玉琢的娃兒給丟在了冰天雪地？要不是讓咱倆給撞見了，哪還有命啊！」崔順安順著李氏的話，點了點頭。他當時也是這麼想的，所以這才回絕了柱子爹的好意。

只是被李氏這麼一提，他就想起了十年前遇到大妮時的場面。那會兒冰天雪地的，還下著好大的雪，這元宵散了還沒多久，他和鈴子在回安鄉縣的路上，看到雪地裡露著的大紅色棉襖，一時好奇上前查看了一番，卻發現在雪地裡臥著的是個三歲左右的娃娃，手裡揣著一個小小的荷包，臉上已經凍得通紅通紅。

「這話你在家裡還是不要隨便亂說，免得被娘聽了去，她可一直懷疑著大妮不是咱們親生的，要是被她聽你說了一嘴，那還得了？」李氏忙止住崔順安回憶的話。

崔順安也是不好意思地對著李氏撓了撓頭，將此事別過不提。

夫妻兩個窩在床頭，各自敘說著離別後的話。

此時的柱子家，柱子爹一臉慎重地拉著柱子娘和柱子關在屋裡，將崔順安在鎮上對自己說的事，原原本本說了一遍，最後語重心長地拍了拍柱子的肩膀。

「柱子，這事不是爹不幫你，而是你和大妮之間根本就沒有這個緣分，所以從今天起，還是死了這條心吧！」

「怎麼會？怎麼可能？」此時的柱子已經陷入了極度的震驚之中，他嘴裡喃喃著，卻是根本沒有將爹的話聽進耳裡。

「我就說嘛，順子夫妻那尋常的模樣，哪裡生得出那麼水靈的姑娘！也真是造了孽的，怎麼就這麼狠心把個富家小姐給拐了呢！這大妮倒是福大命大，能從人販子手裡跑出去，還剛好撞見了順子夫妻，這要是晚上一晚，那可就沒大妮人了！不過這倒也是奇了怪了，誰家會把庚帖放在個小孩子身上？」柱子娘倒是個會想的，柱子爹不過說了幾句，她便自動在腦海裡將崔景蕙悲慘的身世給補全了。

肯定是這元宵的時候和爹娘走散，被人販子拐了，然後福大命大地從人販子手裡給跑出來了，不然依著崔景蕙那水靈的模樣，還不給賣窯子裡了！

一想到崔景蕙有這麼可憐的身世，原本因著順子拒婚的事還怒火中燒的柱子娘，現在滿心滿眼都是對崔景蕙的憐憫之情，哪還顧得上自家兒子剛剛被喜歡的人給拒親了的事。

「這個，那就只能問大妮本人了。不過依順子的話，大妮那會兒還小，又受了驚嚇刺激，怕是把之前的事都給忘了。不過這事有了結果也好，也無須我們一直念叨著了。孩子他娘，妳還是去託劉媒婆給柱子繼續相看著吧！」柱子爹嘆了口氣，畢竟他也是很中意大妮當自己的兒媳，可這姑娘早就是別家的了，他也沒法子啊！之前因著大妮的關係，斷了給柱子相看的事，現在看來還得繼續選了。柱子爹交代了柱子娘，又想起大妮這事可不能外傳，忙囑咐了柱子娘一句。「還有，大妮這事，妳可別往外說，知道嗎？」

「知道了、知道了！你婆娘我是大嘴巴的人嗎？這事我保證捣得嚴嚴實實的，絕對不和任何人說，連娘都不說，成了吧？」柱子娘看到柱子爹一臉擔憂的表情，不由得翻了下白眼，信誓旦旦地保證了幾句。

「我這不就是怕妳一時漏了嘴嘛！不說了，一大早趕著回來，天沒亮就上路了，我得先去歇會兒。」柱子爹聽到了婆娘的保證倒是心安了些，他這一路上也是累了，和柱子娘招呼了聲，便跑到臥房歇著去了。

沒一會兒，在外屋的柱子娘便聽到鼾聲響起，有些心疼地往臥房瞅了瞅，打算這幾天在家裡給柱子爹好好補補。回頭看到柱子一副失魂落魄的模樣，心裡又是心疼又是鬆了一口氣。「柱子，這都是命，咱得認，知道嗎？有些事不是你想怎麼著就能怎麼著的。」

「不，我不信，我要去問大妮！」聽到娘的話，柱子就像是受了刺激一樣，猛的大叫一聲，然後轉身便往屋外跑去。他不死心，他不甘心！

從大妮到大河村的那一天起，他就喜歡上了大妮。大妮和大河村，甚至鄰村的所有女孩子都不一樣，不但長得像是年畫裡的娃娃，舉手投足間的動作也和其他的女孩子不一樣。雖然她不喜歡和村裡其他人鬧騰，總是安安靜靜的，可他就是喜歡她，總是忍不住偷偷地瞅她。

他一直以為，只要趕跑了其他喜歡大妮的人，大妮就一定會成為他的媳婦。他想要大妮成為他的媳婦，所以才想在大妮還沒有及笄前就搶先定下來，可是……別人居然搶先了，還是個只有一張庚帖的人！他不相信，也不願意相信！

柱子娘看著柱子飛奔而去的樣子，倒是一愣，想要將柱子給叫回來，可是柱子跑得飛快，一轉眼就沒個影了，柱子娘眼中不由得閃過一絲無奈，嘆了口氣。「這孩子！」

這世間的事，哪能這麼如願呀？這不對的，就是不對，就算強扭在一塊兒，到頭來啊，還是不對。

崔景蕙出了門，便直奔春蓮家而去，春蓮幾天沒來尋自己，她還真有點不放心。

「春兒，在家嗎？」崔景蕙站在春蓮家門口，喊了幾聲都沒人應，正打算折身回去時，聽到身後木門旋轉發出「吱」的一聲，她下意識往後一看，就看到春蓮一臉無精打采地倚靠在門口。

「大妮，妳怎麼來了？」

有氣無力的聲音，再加上雙目無神，一臉生無可戀的沮喪模樣，倒是讓崔景蕙愣住了，走過去伸手摸了摸春蓮的額頭。「沒發燒啊！春兒，妳這是怎麼了？怎這麼沒精神？」

「我沒事，就是心裡難受……」春蓮怏怏地回了一句，目光呆呆地看著崔景蕙，忽然猛的一動，上前一把抓住崔景蕙，帶著哭腔急聲問道：「大妮，妳最有主意了，幫我想想，我該怎麼辦？」

「春兒，別急、別怕，有我在，我一定會幫妳的。妳先告訴我出了什麼事了？」春蓮的手一把掐住崔景蕙的手腕，指甲都掐進崔景蕙的肉裡了，倒是讓崔景蕙更加擔心。她轉而握住春蓮的手，慢慢地說話，安撫著春蓮的情緒。

「我，我害死人了！大妮，怎麼辦？我會不會被抓去坐牢呀？我真的不是故意的，是大娘求著要吃肉，我本來不想給的，可是大娘一直求，我一時心軟就給了，我根本沒有想到她第二天就死了！大妮，我好怕，怎麼辦？怎麼辦啊……」春蓮說著說著，便開始哽咽了起來，說到最後更是一副惶恐不安的模樣。

「春兒，別急！慢慢說，大娘是誰？吃肉又是怎麼回事？妳慢慢跟我說。」崔景蕙聽到春蓮惶然的話，心裡頓時一咯噔，看來這事還不小。只是春蓮說得太含糊、太混亂了，她還是沒聽出來究竟是怎麼回事。

崔景蕙伸手一把攬住春蓮的肩膀，也顧不得髒了，攬著春蓮就地坐在門檻上，手一下下地撫著春蓮的背，安撫著春蓮的情緒。

「就是我上次跟妳說的賴子強他娘，我看她可憐，就經常拿些家裡剩下的飯菜給大娘吃。前兒個，我娘去鄰村幫廚，讓我帶了些肉食回來，我路過爛茅草屋的時候，大娘一直嚷著要吃，我怕我娘罵我就不給，但是大娘一直求我，我一時心軟，就給了大娘一大塊蹄膀肉，然後就回家了。隔天下午，我本來打算去找妳玩，順便拿了點吃的準備給大娘，可是我怎麼叫都叫不應大娘，所以我湊著門口的洞看了一眼，就見大娘直挺挺地躺在地上。妳說大娘是不是已經死了？是不是我不給她肉吃的話，她就不會死了？」春蓮一臉小心翼翼地望著大妮，眼神極度的無助。

「春兒，不怕！妳後來還去看了嗎？」這下崔景蕙倒是聽明白了事情的經過，也明白是怎麼回事了。雖然心裡有了定論，但還是需要確認一下。

春蓮搖了搖頭，用雙手捣住臉，湊進崔景蕙懷裡，嗚咽的聲音響起。「沒有，我實在太害怕了，我不敢去……」

「這樣啊……春兒別怕，我去幫妳看看！妳家斧子在哪裡？」崔景蕙想了想，覺得還是確認一下比較好。

「就在柴垛那裡！大妮，我……我能一起去嗎？」春蓮給崔景蕙指了指位置，看著崔景蕙提了斧子打算自己一個人去，不禁有些膽怯地開了口。她不想等，她想要和崔景蕙一起確認。

「嗯，那就來吧！」崔景蕙向春蓮伸出手。

春蓮感激地笑了一下，伸手握住崔景蕙的手，二人出了院子，不多時便來到了破茅草屋外。

「春兒，幫我看著點，看有沒有人來。」崔景蕙是個膽大的，和春蓮招呼了一聲就提著斧子湊到茅草屋的木門破洞處，往裡一看，確是如春蓮所說，賴子強他娘直挺挺地躺在地上。

崔景蕙後退了幾步，然後雙手握著斧子，一斧子對著鎖頭劈了下去，沒兩下就將鎖給劈開了。崔景蕙取了鎖頭扔一邊地上，拉開木門，頓時一股腐朽惡臭味從門內湧了出來，讓崔景蕙下意識裡捂住了口鼻。她朝春蓮點了點頭，屏住呼吸進了屋子，即便是白天，屋子裡依舊昏暗不已，幸好崔景蕙視線無阻，才能避開隨地可見的屎尿。她走到賴子強他娘身邊，還沒蹲下身，便聞到了一股屍體開始腐爛的死老鼠味道，不須用手去探，賴子強他娘肯定是死了很久。

既然已經確定了，崔景蕙自然不想再在這個屋裡多待一分鐘，忙出了茅草屋，將門一把掩上，一直走到小道另一邊才吐了一口氣，深呼吸了幾下。

「大妮，大娘她……」春蓮一臉緊張兮兮地走到崔景蕙的面前，忐忑地開了口。

崔景蕙點了點頭，打破了春蓮心中最後的一點小希望。「死了，怕是前幾天就死了，屍體已經開始臭了！」

「都是我，要不是我的話，大娘就不會——」

「春兒，聽我說！就算妳不給她肉吃，她也會死，妳知道嗎？而且對於這樣一個失去了希望的人來說，死才是一種解脫！一個像豬一樣被鎖在屋子裡的人，甚至過著連豬都不如的生活，她活著有什麼意思？妳應該感到高興，妳滿足了一個可憐的人臨死之前最後的希望——吃塊肉，吃頓飽飯，安安靜靜的死去。這是大娘的願望，而妳只是成全了她！」

崔景蕙一把截住了春蓮自責的話，然後雙手扶住她的手臂，一臉認真，大聲地將自己的想法告訴了春蓮。

春蓮愣愣地望著崔景蕙，遲疑著，不敢確信地開了口。「大妮，真的是這樣嗎？真的不是我的錯？」

崔景蕙猛的朝春蓮點了點頭，一臉認真得讓春蓮不得不相信。

春蓮沾著水霧的眼睛直望著崔景蕙，良久，良久。忽然，春蓮一把撞入崔景蕙的懷裡，然後「嗚嗚」的大哭了起來。

「哭吧，哭吧，哭過就沒事了。」崔景蕙伸手撫著春蓮的背，輕聲說道，臉上則是鬆了一口氣。

能發洩出來，也是一件好事。

# 第十八章　陰陽同體

春蓮興許是找著發洩的地兒了，她為著這事，擔驚受怕了許久，這會兒在崔景蕙的安慰下，總算是將自己從牛角尖裡面解放出來，因此抱著崔景蕙哭了好一會兒，這才紅著一雙兔子般的眼睛，從崔景蕙的懷裡鑽了出來。

「大妮，不好意思，把妳衣服都給弄髒了……」春蓮伸手抹去眼角的淚水，一臉不好意思地看著崔景蕙前襟處的一大片水漬。

「不就是一件衣服，洗洗就乾淨了！走吧，我帶妳散散心去。」崔景蕙倒是無所謂這個，見春蓮情緒穩定了，她就已經很高興。她拉了春蓮想著帶春蓮去走走，也比悶在家裡強。

「那……那這裡怎麼辦？」春蓮有些忐忑地拉了崔景蕙一把，指著破茅草屋還未全部關好的破門，這樣很容易被人發現的。

「妳等著！」崔景蕙這才恍然，鬆了春蓮的手，走到破茅草屋前，將鎖頭重新搭在門把上，遠點看，倒是看不出來門鎖被人動過了。「好了，走吧！」崔景蕙滿意地點了點頭，回身拉著春蓮的手，這下不容她拒絕就帶著她往山上走。

「這樣好嗎？真的不會有人發現嗎？」春蓮被崔景蕙邊拉著邊回頭，一臉的不安。

「別怕，凡事有我呢！妳怕什麼？」崔景蕙直接強拽著春蓮離開了那地。雖然就這樣讓死者攤在屋中間不道德，可是依著賴子強的性子，只要春蓮多說一句，賴子強肯定會把事全推到春蓮家的！給賴子強他娘安葬也就是一副薄蓆子的事，怕就怕賴子強得理不饒人，硬要敲上一大筆錢財才肯鬆口，那就慘了。

崔景蕙雖不是個多嘴的，可是為了讓春蓮高興起來，還是憋著勁兒到處找話題。春蓮只附和著，依舊是一副心不在焉的模樣。

「大妮，我有話對妳說！」

兩人邊說邊走著，忽然，一個喘著粗氣的聲音打斷了二人的交談，也讓崔景蕙鬆了一口氣，畢竟她可不是善於找話題的人。

二人循著聲音，往後一看，卻看見柱子氣喘吁吁地跑到二人面前。

「春兒，我有話要和大妮說，麻煩妳先離開一下好嗎？」柱子還沒理順氣，便已經朝春蓮嚷嚷開了。

春蓮倒是識趣得很，曖昧地朝二人瞅了一眼，瞬間來了興致。「那我去一邊幫你們把風吧！」說著也不等崔景蕙回話，便小跑著走開了，一副竊笑著的模樣。

「你找我什麼事？」崔景蕙看著春蓮的背影，嘆了一口氣，等柱子喘勻了氣，這才開了口。自那日送了柱子回去之後，她一直守在家裡，所以這還是自那以後的第一次見面。

「大妮，我問妳，妳是不是有個未婚夫？」柱子等氣兒理順之後，看著大妮，倒是瞬間紅了臉，忐忑了一下，還是問出了口。

「你來找我就是問這個？」崔景蕙一愣，完全沒料到柱子問的會是這個。稍稍想了一下，倒是有些相信春蓮之前跟自己說過的話了，看來柱子還真是她的暗戀者，而這次她爹能幹上這活計，顯然是之前他們家就存了這般心思了。

「嗯！大妮，妳爹是不是為著拒絕我家的提親，這才瞎編了未婚夫的事？」柱子一臉希冀地望著崔景蕙，他寧願相信崔家是為了拒絕他們家而找的藉口，也不願意相信有另外一個男人在和他搶大妮。

「既然你都知道了，重複的話我也不想多說。我爹說的都是真的，我確實有個未婚夫，我在等他，他也一直在等我。謝謝你喜歡我，但是我希望就此打住，我現在確實沒心情多談這個。」崔景蕙一臉淡然地點了點頭。有些事還是說開了比較好，她不是柱子的歸宿，柱子也不是她的歸宿，不必扯到一起。

「難道，妳對我就沒有半點……喜歡嗎？」柱子忍住心中的澀意，看著這個他喜歡了十年的姑娘，問出了心中最後的一點祈盼。

「從未有過。」崔景蕙回答得斬釘截鐵，且沒再給柱子任何說話的機會，直接轉身離去。

「大妮，怎麼這麼快就回來了？說說，柱子都和妳說啥了？」春蓮正百無聊賴地踢著路邊的小石子，聽到動靜，抬頭一看，卻看見崔景蕙往這邊走來，忙迎了上去，臉上是滿滿的好奇，哪還有半點之前的沮喪模樣？

「沒說什麼，應該是柱子家之前跟我爹說了提親的事，被我爹拒絕了。嗯，我剛剛也拒絕了。」看到春蓮的模樣，崔景蕙就知道要是不滿足一下春蓮的八卦之心，春蓮是絕對不可能放過自己的，所以還是簡單地將事情說了一遍。

可是，即便是再簡單的事，聽到了春蓮的耳裡，卻跟晴天霹靂一樣，她瞬間張大了嘴巴，一臉不敢置信地望著崔景蕙。

「妳、妳是說，柱子家向妳爹提親了？而妳爹拒絕了，妳剛剛也拒絕了？我的老天爺呀！妳不知道現在有多少家及笄的姑娘都盯著柱子，崔大妮居然還給拒絕了？這要是傳出去，豈不是有好多人都要堵妳家門口，說妳不識抬舉了?!」

「所以，妳要是不想我被人堵門口的話，就絕對不能說出去，知道嗎？」崔景蕙倒是有些好笑地看著春蓮一驚一乍的模樣。她不管別人怎麼想的，柱子的這份心意她領了，可是他們之間確實是不可能的事。

「好吧，我一定搗好我的嘴巴，誰都不說！」春蓮可憐兮兮地望著崔景蕙，就見崔景蕙朝她點了點頭，表示這事沒有商量的餘地，春蓮只能點頭，搗住嘴巴，表示自己絕對不外說。

「可要記住妳的話呵！我可就只對妳說了，要是讓我在村裡聽到一丁點兒流言，那就有妳好看的！」崔景蕙瞟了春蓮一眼，語氣中的威脅不言而喻。

「好啦、好啦！大妮，我保證不說還不行嗎？」春蓮可不怕崔景蕙的威脅，搖著崔景蕙的手，一臉討饒的表情，倒是抹去了剛才破茅草之事的陰霾。

崔景蕙回了崔家院子的時候，已經是日落黃昏了，崔順安正窩在柴垛砍著柴，而周氏一臉得瑟地坐在崔順安不遠處，時不時的說著什麼。崔景蕙一時間倒沒有聽得真切，走近的時候才聽清楚，周氏正在炫耀她給村裡哪些個想要生兒子的小媳婦說了生子藥的事。

「咳咳！爹，這會兒還劈什麼柴呀？您這都累了一個多月了，得好好歇歇才行！」崔景蕙咳嗽了兩聲，周氏頓時歇了聲，裝作一臉若無其事的樣子，崔景蕙也不理會她那模樣，從周氏身邊走了過去，也不喚周氏，直接走到崔順安的面前，一把攙住崔順安的胳膊，打斷了他手上的活計。

「大妮，妳回來了啊！爹不——妳娘正在屋裡等著妳呢，咱這就回屋去。」崔順安本想說自己不累，可是話還沒出口，就被崔景蕙給掐了回去，只得臨時改了口，向周氏點了點頭，順著崔景蕙的拉扯，回了自己屋子。

這會兒，李氏倒是歇著了，所以崔順安特意放低了聲音，問道：「大妮，怎麼了？」

「爹，阿嬤是不是又和您說生子藥的事？」崔景蕙將崔順安拉到桌子旁邊，一臉慎重地對崔順安說道。她之前和春蓮閒話的時候可是聽說了，阿嬤對村裡好多人都說了生子藥的事，所以她就留了個心眼，問了一句，發現村裡已經有好幾家都買上了！這可是缺德的事，必須給阻止了，她可不想到時候真被人堵在門口捅爹罵娘，出不了門。

「是呀！妳阿嬤今兒個都找我說了好幾回了！我聽鈴子說了，鈴子沒有喝都是妳的功勞，不過爹看這事也有些不妥。」崔順安點了點頭，周氏今天都找了他好幾回了，話裡話外的意思，就是想把他剩下的一半工錢給摳出來，但這是崔順安打算給鈴子用來補身體用的，所以不管周氏怎麼說，他就當沒聽懂她話裡的意思，囫圇了過去。

「爹，我跟您說，這要是真懷了女娃的孕婦吃了這個生子藥的話，到時候可是會生下不男不女的孩子，這可是造了大孽的事！爹，您可得去跟阿爺說，讓阿嬤別在村裡亂傳了，這是會損陰德的。」

「這樣嚴重？不行，我這就和妳阿爺說去！」聽了崔景蕙的話，崔順安的臉瞬間變色，猛的站起來就要往外衝，卻被崔景蕙一把拉住。

「爹，您就這樣空口白話的去說，根本就沒有一點說服力。明天不是趕集的日子嗎？正好娘的紅棗、紅糖吃完了，您去給娘買點，順便去陸山村問一下。畢竟那神婆的運氣也不會一直那麼好，碰上的一直都是懷兒子的孕婦，缺德的事幹久了，總是會露餡的。」

「嗯，妳這樣說也對，我明兒個去陸山村問問。這要是真的，那可就真缺了德了！」崔順安想了想，點了點頭。他自己的娘他還是瞭解的，就是個不碰南牆死不回頭的性子，此時要真就這樣去勸的話，還真是跟大妮說的一樣，不但沒有半點效果，反而會被周氏訓得狗血淋頭。

「你們父女在說什麼呢，這麼起勁？」

或許是因為激動而稍稍大了點的聲音吵到了李氏，李氏從被鋪中稍稍撐起身子，看著崔順安父女，帶著睡意的聲音溫柔無比。

「娘，明天不是趕集嗎？家裡的紅棗、紅糖都吃完了，所以我想讓爹明兒個去買點。」崔景蕙笑了一下，輕鬆地搪塞了句。李氏是個多愁善感的，這種事還是不要告訴李氏，免得讓她擔驚受怕。

「這樣啊！當家的，記得再扯幾尺布回來，我想給小寶兒做套新衣裳。咱們家裡雖然窮，這新出生的娃兒總也得穿回新不是？」李氏本不是個小氣的，只是因為家裡條件不允許，置辦不出新物件，這才沒得要求。這會兒知道崔順安得了百來個銅板，若要全用在自己身上，卻是捨不得，所以她想了很久，才想出這麼個理來。

「好咧，都聽妳們娘倆的！」崔順安和崔景蕙對了下眼色，然後笑著點了點頭，算是應承下來了。

第二天崔順安下了集會，便去陸山村尋那賣生子藥的神婆。而事情就是這麼湊巧，還沒等他去尋那神婆的住處，就被村裡的人推搡著去看了一場好戲，這場戲的主角，正是他要找的神婆。

「好妳個損陰德、黑心肝的婦人，虧得我們夫妻這麼信任妳！這就是妳說的生子藥？自已給看看！就是因為吃了妳的藥，我媳婦滿心以為自己懷的是個大胖小子，沒想到昨天生下來，這把是帶了，可是這賠錢貨的物件也帶了！我可是特意尋了大夫問過，大夫說，就是因為吃了妳的生子藥，我媳婦這才生了個怪物出來！」

一個滿臉絡腮鬍子、悲憤不已的莊稼漢子，將塗著劣質脂粉、畫得就像個鬼樣子的神婆一路拖到了村裡的空地上，然後一把將懷中一個襁褓拋到了神婆的面前，襁褓散開，露出裡面一個已經身體僵直烏青的不足月嬰兒。嬰兒確實是帶把的，可是把兒下面卻是賠錢貨的物件，這番模樣，倒是驚得神婆蹭著腿兒往後挪了好幾步遠。

「大爺，我也是好心給你們送個兒子啊！你媳婦肚子裡懷的是個閨女，誰知道這送子娘娘才換了一半，你媳婦就給生了，我有什麼法子啊！」神婆強作鎮定地嚥了嚥口水，雖然極度的害怕，可是面上卻還是擺著個譜兒，裝著神神叨叨的樣子。

村裡有好事的、早看神婆不順眼的婆娘，看到那滋事的莊稼漢子露出半信半疑的表情，頓時多嘴地添了一道火。「我看你也是傻，這生子藥百試百靈的話，誰家生的都是大胖小子，這小子還能娶上媳婦嗎？咱們自個兒村的人都不信，也就你們這些個外村的，傻愣吧唧的，居然會信這個！」不過這話也是實誠，要是生子藥真那麼管用的話，這陰陽還真就混亂了！

那莊稼漢子這樣一想，也知道自個兒剛剛被神婆給誆了。他雖然想要個兒子，但若是閨女也是沒法子的事，可就是因為這殺千刀的神婆誆著他婆娘喝了生子藥，這才生了個不男不女的怪物，丟了他孩兒的一條命，這次他就是向這神婆討命來的！

「好妳個神婆，到了這分上，妳還想騙我！妳害了我孩兒一條命，現在我就要讓妳賠上一條命來！」莊稼漢子從懷裡抽出一把事先準備好的柴刀，說著就要往神婆身上砍！

這下子，神婆哪裡還裝得下去？一骨碌地從地上爬起，抱頭四竄了起來。

看熱鬧的人們也怕這莊稼漢子眼神一個不好，傷了自己，都避得遠遠的。

「好漢，別殺我！你有什麼要求只管說，我都答應你，我都答應你！只要你別殺我！」

「妳就死了這條心吧，我今天一定要拿妳抵命！」

「好漢，我賠錢，我賠錢還不行嗎？三兩夠不夠？」

後面的話，崔順安就沒注意了。大妮交代他的事，他都已經看到了，而且巧的是，那莊稼漢子，崔順安是認得的，正是下河村裡的趙安。他們家連生了四個閨女，想來也是走投無路了，只是沒想到，這兒子沒生出來，倒是折損了一個孩子。想到這兒，他倒是慶幸了，要是鈴子真聽他娘的話喝了生子藥，生出個這樣的娃兒，他們夫妻倆可怎麼辦啊！

# 第十九章　爹爹出事

崔順安一刻也不敢耽擱的趕著路，終於在下午的時候回了院子，本想去正屋尋崔老漢說道這事，可是腳還沒踏進屋子，便聽到周氏正拉著村裡一個小媳婦說著這生子藥的神奇。

「娘，您別說了！張嫂子，妳別聽我娘的，這藥根本就生不了兒子！」崔順安一把將周氏往後拉了幾步，然後不好意思地看著周氏對面的小媳婦。

「順子，你說啥呢！要不是你娘我，你以為你能抱上小子？你那婆娘也就是生閨女的命！」周氏聽到崔順安扯臺子的話，自然臉一板，沒好氣地掐了崔順安的胳膊一下。

崔順安這時候哪裡還想理會周氏，一臉抱歉地看著張嫂子，送起了客。「張嫂子，實在是不好意思，我有點事和我娘說，就不留妳了。」

張嫂子聽了這明顯送客的話，自然也是不好賴著臉皮子再待下去，和周氏告了別，便出了崔家院子。

「好你個順子！你知不知道，老婆子我快要到手的五個銅板兒就這樣飛了，你賠我銅板兒！」原本周氏已經快要將張嫂子說動心了，卻沒想到崔順安這麼一打岔，壞了她掙錢的好事，她哪能不生氣呀？

「娘，您就別胡攪蠻纏的成了嗎？爹在不在？我有話要說。」崔順安拉長了聲音，一臉無奈地喊了周氏一句，同時四下望了望，看崔老漢在家裡沒有，畢竟他的話在周氏面前並沒有多大的分量，所以他必須讓爹也在才行！他娘這性子，也就爹壓得住。

「不在！有什麼事跟我說就行了！」周氏一口就回絕了。上次她可是吃了一次虧，要不是老頭子同意，崔順安這次上工回來，能少上繳一半的工錢嗎？

「順子，我在，有什麼事，你就說吧！」崔老漢的頭探出了正屋，嘴裡還吧嗒著旱煙。他自然是聽到了崔順安和周氏的對話，不然怎麼可能這麼巧的插上一嘴。

既然爹在，崔順安倒是放心了，將自己在陸山村裡看到的、發生的事原原本本地說了一通之後，最後又多了一嘴，將崔景蕙對他說的話也都說了出來，表示他的擔心。

「爹，聽說娘和村裡好多小媳婦說了這事，而且有幾個似乎已經買了那生子藥。這要是沒出事還好一些，要真出事了，咱們老崔家可就在大河村待不下去了。」

崔老漢自然是知道事情的嚴重性，瞪了一眼周氏，然後扭頭對崔順安確認道：「順子，你說的都是真的？」

崔順安一臉肯定地點了點頭。「爹，那個生出陰陽娃的就是下河村的趙安，下河村沒有接生婆，這孩子肯定是安大娘接生的，只要問問就知道了！」

崔順安這樣說，崔老漢也是信了七、八分了，畢竟這可不是兒戲。

「老婆子，順子說得對，趁現在還沒出事，妳趕緊的，和誰家媳婦說了，趕快去把話給收回來！要真出了事，別說是把祖宗的顏面給丟盡了，就是這大河村，咱也別想待了！」崔老漢磕了磕煙槍，然後轉頭望著一臉不在意的周氏，厲聲囑咐了幾句。

「我才不去丟這個臉，誰要去自己去！」這吹出去的話，能收得回來嗎？那可是掉面子的事，這以後她還有啥臉面在村裡混？周氏臉一偏，毫不猶豫地拒絕了崔老漢的提議，扭著個身子就要往正屋裡走。只是……

崔老漢的煙槍一把橫在周氏的前面，滿是皺紋的臉上是從未有過的厲色。「老婆子，自己捅的婁子，妳不去難道指望著誰去？這話妳必須給我收回來，不然的話，我就請村長來寫休書，至少到時候要真出了事，妳也不會害我們被逐出大河村了！」

「你、你！老頭子，你真要這麼對我?!」周氏聽到「休妻」兩個字，頓時身體一顫，再看崔老漢的臉色，卻是心裡一咯噔，他們都好幾十年夫妻了，還能不知道這會兒崔老漢是真的動了肝火？她這個時候再硬碰硬的撞上去，指不定崔老漢就真的橫下心來，要休了她了！雖然心裡不願意，可周氏終究還是軟了下來。「老頭子，要不我明天去？明天我保證去！」

「不行，這件事妳現在就去！趁陸山村的消息還沒有傳到這邊來，妳現在就去說！早一天說了，我這心也實誠點。什麼時候交代好了，妳就什麼時候回來；要是沒交代好，妳今天晚上就不用回來了！」這可是有關子嗣的大事，崔老漢哪容得下周氏拖拖沓沓？直接就堵住了周氏的退路。

「老頭子你，你這也太心急了點！算了，我這、這就去！」周氏一跺腳，有些為難地看著崔老漢，只可惜崔老漢根本不為周氏的目光所動，周氏只能無奈地狠瞪了崔順安一眼，然後嘴裡不滿地嘟嘟囔囔著，極不情願地出了院子。

看到周氏聽進去了崔老漢的話，崔順安也鬆了一大口氣，和崔老漢招呼了一聲，便揹著簍筐回了自家屋子。

屋裡李氏正歇著，崔景蕙挨著側門處，拆著一件舊衣裳，看到崔順安回來了，忙收了東西，上前招呼，但是二人卻是極有默契的沒有發出任何聲音，將簍筐裡買回來的東西拾撿了出來。

等父女兩個出了側門，崔景蕙這才問道：「爹，怎麼樣，打探到什麼了嗎？」

「都打探到了。也是運氣，我去陸山村的時候，剛好碰上了下河村的趙安在找那神婆子的麻煩，他家昨天新添了娃兒，就跟妳之前說的一模一樣。」

崔景蕙頓時臉色一沈，唾了一聲。「簡直就是造孽！」然後帶著一絲遲疑地問道：「爹，那……那孩子還活……著嗎？」

「怎麼可能活著？雖然現在不是荒年，丟棄女娃的門戶少了些，可還是有！更何況生下來的是一個怪物，怕是剛出生就已經被……大妮，好了，不說這個了，這都是命！只希望這孩子下輩子投個好人家，別再受這樣的苦難了。」崔順安嘆了一口氣，說到一半卻是說不下去了，畢竟在他心中，大妮不過還是個孩子，他怎麼捨得讓大妮沾染這種汙穢事。

只是他不說，並不代表崔景蕙不懂。她勉強對崔順安笑了笑，之前的好心情卻是徹底毀了，等崔順安離開之後，這才一臉陰沈的低語了一句。「畜生！簡直就是畜生不如！」

周氏在崔老漢的強壓之下，將生子藥沒有效果的事跟村裡的小媳婦都說了一遍，而下河村趙安生了個怪物的事也傳遍了村子。只是這事還沒有在大河村裡引起波浪的時候，第二天，另一個重大消息卻是又激起了一層浪——賴子強在大別山裡尋到靈芝了！

待村裡的人尋到賴子強家裡，卻發現賴子強早就沒了影子。不過靈芝沒看到，倒是讓村裡人發現賴子強他娘死了的事，自然又是一頓唏噓。

在通報了村長之後，等了幾日都沒等到賴子強回村的消息，而賴子強他娘的屍體卻是越來越臭。終於，在村長的首肯之下，用一副薄蓆子裹了，埋在了大河村所屬的墳山裡，而賴子強他娘所住的那個破茅草屋，也在不久以後的一場暴雨之中傾毀倒塌。

崔順安也在此時踏上了上工的路，在上工之前，他已和李氏說好了，只再幹一個月就回來，不再去了，畢竟那時候李氏懷孕已經八個多月，也沒差多少日子就要生產了。

只是，誰都未曾想到，天有不測風雲，就在崔景蕙和李氏數著日子等崔順安回來之際，厄運卻不期而至。

淅淅瀝瀝的大雨，一下就是七、八天，而原本秋高氣爽的天氣，也在這場大雨中漸漸轉涼，想進大別山尋寶的村民，都被這場大雨鎖在了屋內。

崔景蕙的心也是揪著，畢竟崔順安幹的可是堤壩上的活，她雖然沒去過鄰鎮上，可卻是知道慶江河在哪裡。這洪汛雖然不是年年有，但是來的時候，哪年沒死幾個人？這讓崔景蕙如何安得下心？可是為了穩住李氏的心，她卻什麼都不能說。

好不容易等到天晴了，已經是大半個月後的事，而離李氏生產的日期也只有二十多天了。李氏的身子已經重到不足以支撐下床活動太長的時間，連帶著瞌睡也是越來越重，這日崔景蕙安置李氏睡下之後，崔景蕙將這些日子為小寶縫製好的衣物全部都整理了出來，準備晾曬一番，去去霉味。

這正忙活著，卻聽到柵欄處有動靜，扭頭一看，看到柱子叔風塵僕僕地跑了過來，崔景蕙頓時一喜，這柱子叔回來了，是不是說她爹也回來了？

崔景蕙忙放下手中的衣服，小跑著迎了上去，但在柱子叔身後卻沒有看到崔順安的身影，頓時不解地問道：「柱子叔，您怎麼來了？我爹呢？怎麼沒跟您一起回來？」

「大妮，我……妳爹他……唉！」柱子爹看著大妮一臉期待的模樣，忽然嘆了一口氣，垂著頭看著滿褲腿的泥濘，卻是怎麼也開不了口。

柱子叔這模樣，讓崔景蕙心裡猛的一突，她也顧不得其他的，一把抓住柱子叔的袖子，急聲問道：「柱子叔，您快說，我爹他怎麼了？是不是受傷了？」

「大妮，妳爹他……他沒了！」柱子爹一臉憐憫地望著崔景蕙，終於還是把這個不幸的消息告訴了她。

「不！」崔景蕙大叫一聲，瞬間又想起會驚醒李氏，忙壓低了聲音。「不可能！我爹才不會出事！柱子叔，您快跟我說實話！」

「大妮，柱子叔沒有騙妳。因為一直暴雨，所以我們每天都有人輪值，前天妳爹值班的時候為了救一個孩子，被捲入了河水之中，雖然強撐著把那孩子送上堤壩，可是自己卻因為力竭而被湍急的河流給沖走了。縣令大人派人往河流下段四處搜索，找了一天一夜都沒有找到妳爹的身影，只怕已經是凶多吉少了！」柱子爹嘆了一口氣，有些不敢看崔景蕙的眼睛。「知縣大人已經放棄尋找了，我也是接到衙門的消息，所以提前回來，就是想讓你們老崔家心裡有個準備。明天上午，知縣大人便會派人前來你們家通知了。」

「轟！」柱子爹的話猶如晴天霹靂一般劈在崔景蕙的心頭，讓她忍不住倒退了兩、三步，卻是腿一軟，再也支撐不住身體，癱坐在了地上，臉上的血色盡數褪去，只留下一片慘白。「不、不可能……不會的，這肯定是假的……」

「大妮……唉！」柱子爹看到崔景蕙那一副大受打擊的模樣，也是嘆了一口氣。再出口的話，卻得不到崔景蕙絲毫的回應，他搖了搖頭，轉回到崔家的正屋裡。他還要把這事告訴崔老漢和周氏，好讓他們心裡有個準備。

正屋裡，當柱子爹說明來意時，原本正一臉笑意地準備倒茶招待柱子爹的周氏，頓時手一軟，一個豁了口的粗陶茶杯瞬間掉在了地上，摔得四分五裂。

「你、你說什麼?!」饒是尖酸刻薄的周氏聽到這個消息，也是不由得一哆嗦，完全不敢相信自己的耳朵。

「周嬸子，還請節哀！」柱子爹一臉憐憫地看著崔老漢夫婦，畢竟誰能接受得了白髮人送黑髮人的痛？

「不，順子不會有事的，不會有事的！」這個時候，周氏終於有了一點當娘的樣子。可惜，這對於崔順安來說，卻已經太晚了。她嘴裡喃喃了幾句後，忽然醒悟了過來，上前兩手抓住柱子爹的前襟就猛的前後搖晃了起來。「都是你！都是因為你！要不是你喊順子去上工，我的順子怎麼可能沒了？你怎麼不去死啊！你怎麼就活著回來了？為什麼是我的順子呀？你賠我的順子啊！」

「老婆子，夠了！還嫌不夠丟臉嗎？快放開，這不關鐵柱的事！」崔老漢看著周氏那副撒潑耍賴的模樣，只覺得丟臉異常，一聲怒吼，卻是聲音嘶啞，嘴唇顫抖，話不成調了。

周氏被崔老漢這麼一吼，驀地呆住，僵直地回過頭看著崔老漢。

「老頭子，咱們的兒子……沒了……沒了呀！」

「鐵柱，讓你看笑話了，叔就不留你了。」崔老漢怎麼會不知道那是自己的兒子？那可是自己拚了兄弟之間的情分搶回來的兒子，就這樣一句「沒了」就再也看不見了，他如何能接受得了？可是再痛，他也不能讓別人看了老崔家的笑話。

「崔叔，那我就告辭了，唉……」柱子爹自然知道崔老漢什麼意思，消息已經傳到了，他也不願意再待下去，所以和崔老漢說了聲，便出了正屋。往院子瞟了一眼，看到崔景蕙整個人就像是個木偶一樣，神情呆滯，臉色慘白。他嘆了一口氣，搖了搖頭，低聲說了一句。

「造孽呀！」

# 第二十章 隱瞞消息

正屋內，柱子爹離開之後，崔老漢原本強撐著的強硬卻是再也維持不住了。

他哆哆嗦嗦地想要將煙槍湊到嘴邊吸上一口，可是手上的煙槍卻好像有千斤重一樣，不但沒有抬起來，反而將自己顫抖的手臂往下壓，而那隻原本幹慣了農活的手，一下子就像是脫力了般，卻是連煙槍都握不住了。

「啪！」

崔老漢低頭看著掉在地上的煙槍，忽然一滴濁淚掉下，滴在了煙槍上面。這一滴淚好像打開了崔老漢情緒的宣洩口一樣，崔老漢滿是褶皺的手掌一把摀住了臉，「嗚嗚嗚」的壓抑低泣聲從手掌心裡傳出。

周氏呆愣愣地站在正屋中間，忽然一拍大腿，大嚎了起來。「我苦命的順子啊！你怎麼就不聽娘的話，娶誰不好，要娶李氏那麼個掃把星！到頭來，竟然落得個把自己的命都剋沒了的下場，你讓娘以後可怎麼活啊！」

周氏這嚎著，卻是把崔順安的死完全推到了李氏身上，而且周氏還越想越有理，原本對李氏好了幾分的顏色，在這失子的痛楚中瞬間滅了，只剩下濃濃的恨意。她哪裡想得起來李氏還懷著八個月的身孕，現在唯一想做的就是跑到李氏的面前，撕爛李氏那張嘴臉，以報她的喪子之痛！周氏這樣想著，也確實動了，她氣勢洶洶地打開了朝著堂屋開的那扇門，正要跨出門檻，卻突然頓住了，原本的氣勢也熄滅了大半。

因為，崔景蕙就站在門外，與周氏相對，一雙黑黝黝的杏眼直直地盯著周氏，瘆人得很。

崔景蕙作勢往正屋跨了一步，周氏便不由得眼角一顫，下意識地往後退了一步，讓出道來，讓崔景蕙走了進來。

崔景蕙直挺挺地走進正屋，木然而空洞的目光落在崔老漢身上，看著這個一向木訥的老人情緒失控的痛哭著，等到崔老漢「嗚嗚」的哭泣聲消失在手掌心之後，崔景蕙才開了口。

「阿爺，我爹……沒了，我娘馬上就要生了。在我娘生之前，要是家裡誰敢在我娘面前漏了嘴，讓我娘動了胎氣的話，阿爺，別怪我不念咱們骨肉間的親情。」

崔老漢從手掌中抬起頭，老淚縱橫，呆呆地望著崔景蕙，似乎一下子沒消化掉崔景蕙剛剛說的話。

他沒聽明白，但是不代表周氏沒聽明白。「妳這個小賤人！我已經沒有了兒子，我要孫子用來幹什麼？都是因為妳娘，因為她命硬，剋了自己爹娘還不算，現在又來剋我兒子，她還活著幹什麼？她就該去死，最好馬上就去死！」周氏扭著碩大的臀部衝到崔景蕙的面前，然後猛的抓住了崔景蕙的手臂，死魚一樣的目光充滿恨意地望著崔景蕙。

這一刻周氏已經忘記了，崔順安不僅僅是她的兒子，更是李氏的丈夫，崔景蕙的爹。

崔景蕙側頭看著周氏猙獰的表情，呆呆的。忽然，崔景蕙伸出手，沒有絲毫猶豫地推了周氏一把，將周氏推了一個踉蹌，然後坐倒在地上。

這一下子，直接把周氏給推愣了，她完全沒想到崔景蕙會有這麼大逆不道的動作，她笨拙的想要從地上爬起來，卻看到崔景蕙伏下腰，將臉湊到自己面前，那目光，猶如看待一個陌生人一樣。

「阿嬷，這是我爹的兒子，我要他活著，我娘也要他活著。要是我娘和我弟弟出了任何意外的話，用我的命，來抵您的命，您覺得這個主意好嗎？」

「妳、妳瘋了！妳這個瘋子！妳這是大逆不道，妳要是敢對我動手，妳會被砍頭的！」周氏被崔景蕙的話說得渾身一個激靈，等醒悟過來崔景蕙話中的意思後，看著崔景蕙的目光就好像是看一個殺人狂魔一樣。可是即便這樣，她還是硬著嘴皮子叫囂著，畢竟祁連國對於孝道看得極其重，若真有晚輩敢弒殺長輩，那肯定是會被砍頭的大罪。

「所以，用我這條命來抵您這條命，阿嬷您可是賺大了！」崔景蕙對著周氏冷笑了一下，幽幽地說了一句，然後直起身來，頭也不回地出了正屋。

身後，周氏瞬間就像是醃了的蘿蔔一樣，整個人愣愣地看著崔景蕙離開的背影，心裡卻是有些怯了，畢竟崔景蕙可是拿刀子威脅過人，這要真發起狠來，還有什麼做不出來的？

「老婆子，夠了！順子已經沒了，難道妳還想連孫子都沒了？不管怎樣，也得給順子留個後，給我們老崔家的二房留個後。」崔老漢顫抖著伸出手將煙槍撿起，哆嗦了幾下，終於將煙嘴塞進了嘴裡。他吧嗒了一口旱煙，看了一眼癱坐在地上的周氏，額頭上的皺紋又深了一些。崔老漢站起身來，腳步蹣跚地走出了正屋，就這麼一會兒工夫，崔老漢的背好像又駝了幾分。他抬起頭看了一眼蹲在堂屋外面的崔景蕙，遲疑了一下，還是走到了崔景蕙的面前。「大妮，別怪妳阿嬤，她也是一時間沒辦法接受這個事實罷了。」

「我知道，我們都需要時間來消化。阿爺，我不能讓我娘知道這事，我娘會撐不下去的。」崔景蕙苦笑了一下。何止是周氏，她自己現在整個人都渾渾噩噩的，要不是李氏在那裡，只怕她早就已經崩潰了。

「阿爺懂了，這件事便交給阿爺吧，妳好生守著妳娘。」崔老漢一路看過來，自然知道這二子和他媳婦的感情有多深，而且現在李氏還懷著孩子，這死了的人去了，活著的人，還是要活著，更何況李氏肚子裡懷的是二子的根，他自然分得清輕重。

「嗯，謝謝阿爺。」崔景蕙悶悶地說了一句。

崔老漢卻是嘆了口氣，伸手想要摸一下崔景蕙耳鬢的髮髻，可是手伸到一半，終究還是停了下來。他抬頭看了一下雨後碧空的天際，蹣跚著腳步緩緩離去，不多時便消失在山道上。

黃昏的時候，崔家大房也已經知道崔順安沒了的消息，自然又是一陣唏噓。

只是這會兒崔景蕙顧不得這麼多，李氏已經醒了，她必須在旁邊守著，而且還不能露了絲毫馬腳。可心中是這般想著，情緒終究難以自抑，晚食之時，當崔景蕙對著面前的吃食卻無心下嚥。

李氏還是察覺到了崔景蕙情緒的變化，只是未曾想到是什麼事困擾了崔景蕙。

「大妮，妳這是怎麼了？怎麼看起來不高興的樣子？」李氏將碗筷收拾至一旁的床邊櫃上，打了個哈欠，微合著雙目，有些睏頓地開了腔。

「沒什麼，只是一下子走愣了神。娘，我……」

「二嬸，我可以進來嗎？」

崔景蕙正想著如何搪塞過去，卻聽到門口輕叩的門聲，同時聲音響起，赫然是崔景蘭的聲音。先不管崔景蕙對崔家大房有什麼意見，這個時候，卻是讓她鬆了一大口氣。

「蘭姊，進來吧！」

「大妮、二嬸，我最近尋了個新的花樣子，但是有個地方怎麼也繡不好，不知道能不能讓二嬸幫我看看？」崔景蘭一向輕聲細語，她朝崔景蕙使了下眼色，便徑直走到床邊，手中還拿著一個繡綳子。

「好精緻的繡樣！蘭子，妳這是打哪兒得來的？」李氏是個擅繡的，見了好的樣子，自然是有些愛不釋手，一時間倒是忘了問崔景蕙為何事而不開心了。

「這是我從桂娥那裡要來的。前些日子桂娥的婚事定下來了，我去賀喜的時候，恰好看到桂娥正在挑選喜服上面的花樣子，一時間喜歡，便向桂娥討要了幾張；不過作為補償，我也答應給桂娥繡一套枕巾，可是卻難在這裡了，還請二嬸幫我看看。」崔景蘭說著，便走到了床邊，眼睛的餘光卻瞟向了崔景蕙，見崔景蕙並沒有表示出不喜，一顆忐忑的心這才安穩了下來。

「這樣啊！好些日子沒在村裡走動，倒是忘了桂娥已經可以許配人家了。」李氏倒是沒有注意這些細節，伸手接過崔景蘭手中的花樣子，隨口感嘆了幾句。

見二人交談著，崔景蕙趁著這空檔，悄然出了屋子，沒有絲毫停留的一路狂奔至石頭嶺，這才停了下來。她望著滿目禿禿的石頭嶺，再也忍不住心中的痛楚，聲嘶力竭的痛哭了起來。

爹……爹！爹啊！我該怎麼辦？怎麼辦……

聲嘶力竭的哭著，卻不敢嚎出聲音；無聲的吶喊，訴不盡心中的悲戚。崔順安死了，可是她卻連痛痛快快的哭上一場都不可以，因為她怕，怕被李氏聽到。

崔景蕙哭累了，也顧不得地上髒，直接就坐在地上。她仰頭望天，湛藍色的天際卻映不入崔景蕙眼裡，喃喃的低語只有自己聽得清楚。「我該怎麼辦呀？爹，您怎麼可以拋下我們就這樣走了？您怎麼捨得？怎麼捨得呀……您還沒看到您兒子出生，您怎麼就捨得呀……」

撕心裂肺的責問，只可惜再也得不到崔順安的回答。

等到崔景蕙再度回到崔家小院的時候，天色已經暗沈了下來，她回了自家屋子，看到崔景蘭正坐靠在側門處，就著微弱的光線，做著手上的刺繡活。

「妳回來了？二嬸已經睡下了。」崔景蘭看到崔景蕙回來，忙停了手中的活計，起身迎了上去，只是望著崔景蕙的目光始終怯怯的。

「今天的事，謝謝妳了。」

「都是一家子，這是我應該做的。大妮，妳也別太傷心了！」崔景蘭靦腆地笑了一下，但發現這時候笑似乎並不合時宜，只能垂下頭，忐忑地瞟了崔景蕙一眼。「那我就不打擾了，我回去了。」

「嗯，回吧。」崔景蕙淡淡地回了一句，然後從崔景蘭的身邊徑直走過，坐在床邊的凳子上，目光呆呆地望著李氏安靜的睡顏，再無多話。

崔景蘭看崔景蕙這樣子，張了張嘴，卻不知該從何勸說起。「晚飯的餅子，我給妳放在櫥櫃裡，妳自己記得拿了吃。」

崔景蘭的話，並沒得到崔景蕙的任何回應。崔景蘭在屋裡站了好一會兒，最終只能輕嘆一口氣，拿著自己的繡綳子，帶上房門，去了自己屋子。

一夜無事。柱子爹昨日提及的官家人，在快要晌午的時候，終於姍姍而來。或許是雨後初晴的山路並不好走，一行人的官靴上沾著厚厚的黃泥，由村長領著進了崔家院子，崔老漢誠惶誠恐的想要將人迎進正屋，卻被為首的文書拒絕。

「老伯，我看您這院子敞亮著，要不就在院子裡說吧，也不會耽誤很長時間。」

「這……」崔老漢有心不允，可是這百姓面對官家總有著一種天生的畏懼感，無法生出辯駁之意。

崔景蘭見此，臉上亦是露出一絲擔憂地望向五進屋內。要是就在院子裡說這敞亮話，那豈不是有被二嬸聽了去的可能？想到之前阿爺交代的話，崔景蘭咬了咬牙，後退兩步，打算去通知崔景蕙。

「可是有難處？」文書是個面相儒雅的中年文人，看到崔老漢一家皆是一臉為難模樣，稍帶疑惑地問向身邊的村長。他也不過是考慮到免得髒了老崔家的地兒，畢竟這腳下的泥有點重。

村長正要回答，一略顯嘶啞猶帶稚嫩的聲音，卻已經接過話來。

「自然是有所不便，還請官家進正屋說話。」

崔景蕙在屋內便已聽到院子裡的動靜，這會兒卻是有些慶幸了，畢竟此時李氏已經歇下了。她帶上門，正好看到崔景蘭往這邊走來，遲疑了一下，還是朝崔景蘭點了下頭，算是招呼了聲。

「其他的事，我也幫不了什麼，大妮妳要是不介意的話，我幫妳守著二嬸吧！」崔景蘭看到崔景蕙出來，自然是一喜，不知怎的，她對大妮有一股莫名的信服感，好像只要大妮出馬，就算天大的事也沒什麼難的。而她，卻什麼都做不了。

崔景蕙愣了一下，側頭再度看了崔景蘭一眼。「我把我娘就暫時交給妳了。」

「嗯，大妮妳放心，我絕對會守好二嬸，不讓她發現的！」崔景蘭重重地點了下頭，柔弱的臉上是極度認真的保證。

「嗯。」崔景蕙應了一下，便跨過崔景蘭身邊，走到院子裡一大幫子人前。

# 第二十一章　立衣冠塚

「幾位官家，屋裡請。」

文書見崔景蕙，先是一愣，顯然沒有想到在這山坳之內，還有顏色如此精絕的女子，待聽到崔景蕙說話不卑不亢，絲毫不畏，更是高看了幾眼。

跟在崔景蕙身後，一行人進了正屋，張氏忙去廚房準備茶水招待。

「實在是抱歉，我娘現在身懷有孕，受不得刺激，所以並不曾知曉爹爹已故之事。小女怕在院中聲響過大，驚擾娘親，還望官家不要見怪。」崔景蕙自是請了文書上坐，自己坐於下首，為之前的言語解釋了一番。

「不怪、不怪，是我考慮不周了。」文書頓時恍然，卻也是十分遺憾，幼子未生，卻已經失怙，自是人生一大痛。

「昨日鐵柱叔已經告知爹爹去世之事，還請官家告知具體事宜。」崔景蕙一臉誠懇地望著文書。她心中雖悲慟萬分，可是終究不願在外人面前洩漏了情緒，而且她爹為何會出事，她自然是要弄個清楚明白。

「我此次前來，為的就是這番！」

文書嘆了口氣，然後站起身來，朝崔老漢一家微微俯身，這才一臉抱歉地說道：「因近日連綿大雨，知縣大人擔心暴雨沖堤，所以安排了人輪流值守。前日黃昏，妳爹查看堤壩時，正巧看到一段還未修葺的堤壩斷裂處，不知為何一小孩被捲入其下，妳爹情急之下，跳入激流相救，將那孩童送上堤壩之後，卻因力竭，被一個湍流捲走。待知縣大人得知消息，已是午夜，隨即派出衙役沿河堤尋找，直至我等出發之前，雖未見到妳爹屍首，只怕已是凶多吉少。」文書一口氣將具體事宜說出。

崔家人聞言，原本心底最後的一點小小臆想，也被文書的言語徹底打破，屋內頓時陷入了一片死寂，悲從心起。

文書見此，也是理解崔家人此時的心情，所以並沒有再出言。

崔景蕙聽完，心中一顫，一股悲傷湧上心頭。她自然知曉前幾天的暴雨有多大，在那樣的情況之下，被捲入急流之中，哪有回天之力？只是……心傷的同時，卻又升起幾絲狐疑。

「敢問官家，我爹查看的時候可有人一併前往？」

「自然是有，只是那人不諳水性，且因為一時間情況緊急，被嚇呆了，所以……」

文書後面的話沒有出口，可是崔景蕙卻已經明白文書話中的意思。那人就這般眼睜睜地望著她爹被水捲走而未曾施救，甚至因為嚇呆的緣由，連求救都不曾有過？

雖文書這般解釋，可崔景蕙終究還是抓到了文書言語中的破綻。她抬起頭，一雙杏眼定定地看著文書，說道：「官家，還請將事實告知小女，不必搪塞！」

文書聽了崔景蕙的話，卻是一愣。

便是崔家人也是愣了。陷入悲慟之中的崔家人，自然是察覺不出文書話中的破綻，所以對於崔景蕙的質疑，皆感到驚恐萬分。

「大妮，妳說什麼呢！官家還會騙咱們不成？還不快跟官家道歉！」崔濟安一臉惶恐地拉了崔景蕙一把，然後一臉不安地朝文書解釋道：「官家，大妮只是一時間聽到她爹的死訊，心中無法接受，這才衝撞了官家，還請官家不要見怪。」

「沒事，姑娘的心情我可以理解。」文書點了點頭，卻是有些不敢去看崔景蕙的眼睛。這姑娘的目光太過灼灼，似要看穿他的心，讓他有些不安。

「謝謝官家體諒，謝謝……」崔濟安趕忙彎腰道謝，一臉的慶幸。

只可惜，崔景蕙沒有接受這番好意。

「還請官家告知事情真相。」崔景蕙像是完全沒有看到崔濟安的動作一樣，也沒有道歉，她望著文書，猛的從椅子上站了起來，然後雙膝一跪，跪在了文書的面前。

她崔景蕙活了三輩子，除了跪自己的親人之外，從沒有跪過其他的人，便是重生之前那一輩子，被那個人面獸心的大夫百般欺凌，也未曾彎過雙膝。可是現在，她卻沒有任何選擇的餘地，因為她必須要知道，她爹過世之前，文書所隱藏的那一部分真相。

文書看到崔景蕙的動作也是一愣，他在心中嘆了口氣，終究還是自己將老崔家的人看得太輕了，不然怎麼會如此大意，讓崔景蕙察覺到他言語中的破綻？

「罷了，既然姑娘妳堅持，那我就告訴妳吧！」文書伸手虛扶了崔景蕙一把。

崔景蕙自然是順勢站了起來。

「那被救的孩童是告老還鄉的通政史姜老的嫡孫，與妳爹一同巡邏之人想要貪墨此功勞，妳爹本有餘力可以上岸，可是卻被那賊人推進了堤壩之下，並抱著那孩童直接離開，前去姜府領賞。若非夜憩之時，鐵柱察覺妳爹未曾歸來，報上府衙，知縣大人查後，連夜下令將那賊人從一客棧中捉住，那賊人本是打算待天明之際離開此地，卻不想知縣大人如此英明，所以未能得逞。也是僥倖，那賊人因得了錢財，甚是得意，以至於醉酒昏沈中，將事情全盤托出，只可惜為時已晚，我等終究還是未能尋找到令尊蹤跡，實在是抱歉。」

臨行前知縣大人交代過，若是崔家人不曾追問，便只將之前的事由說出；若是再三追問的話，再告知崔家人真相。而文書現在說的，便是崔順安殞命的真正緣由。

「那個畜生現在在哪裡？」崔景蕙猛的站了起來，強忍住心中快要噴發的怒火。她不敢相信，爹爹在水中是如何的掙扎，如何的絕望；而那個畜生，又是如何的袖手旁觀，以至於爹爹在最後的掙扎中被急流帶走！

「那個賊人已經被知縣大人以蓄意殺人罪押進了天牢之中。妳放心，知縣大人絕對不會放過這種忘恩負義的小人。」崔景蕙眼中那股顯而易見的恨意讓文書瞬間一愣，這一刻他甚至有種若是那賊人在崔景蕙面前的話，崔景蕙立刻就會將那個人生吞活剝了的感覺。所以當下他便將那賊人已被知縣收押的事說了出來，以防崔景蕙想不開，做出後悔的事。

崔景蕙聽了之後，卻只是愣了一下，也沒有再問。

文書見此，倒是鬆了一口氣，從身後的衙役手中拿出一個小小的舊布包袱，接著又從袖中掏出兩錠碎銀子，一併放到了崔景蕙的面前。

「這包袱裡的是妳爹的物件，這五兩銀子是知縣大人撥給妳爹的撫恤銀。知縣大人的話我已帶到，就不打擾你們了。」話已了，事已畢，文書也是鬆了一大口氣，起身準備告辭了。

「官家，這麼快就要走了？要不留下吃個便飯吧？」崔老漢這時候似猛的驚醒了過來，忙走到文書面前，惴惴不安地問了一句。

「老人家客氣了，府衙事務繁忙，不便久留。」知縣早就下了命令，事畢之後無須久留，見崔老漢如此，文書客氣地推諉了幾句。

只是崔老漢本就是老實憨厚之輩，哪裡能聽得懂讀書人的推諉之詞？於是又邀請了幾次，最後還是在村長的解圍之下，文書這才順利脫身。

而崔景蕙完全沒有聽到崔老漢和文書的對話，這一刻，這個世界好像遠離了她一樣。她坐在那裡，呆呆地望著包袱，就像是一個失去了靈魂的空殼般，了無生氣。

在一眾崔家人的相送之下，文書終於離了老崔家的院子，打道回府了。

這一趟若不是牽連到通政史家的人，只怕也就是隨便差個衙役報個信的事，知縣大人又何必特意讓文書跑上這一趟呢？

只是，再重視又有什麼用？崔順安終究還是回不來了，崔家二房失去了她們的頂梁柱，只剩下孤兒寡母的存在。

正屋裡，留下的不僅僅只是崔景蕙一個。自文書將兩錠碎銀子放在桌子上的時候，周氏的目光便已經膠著住了，耳朵更是聽不見任何的聲音，她所有的心神都集中在崔景蕙面前的銀子上。所以文書告辭的話，周氏沒有聽到；就連崔濟安連連向她使眼色，她也沒看到。而等眾人都離開了正屋之後，周氏那顆早已掉進錢眼裡的心，更是再也按捺不住了，她腦子裡此刻已經容不下任何的東西，身體跟隨本能地朝崔景蕙面前的銀子撲了過去！

銀子啊！那可是貨真價實的銀子呀！而馬上，這銀子就要屬於自己了！

只是，就在周氏撲抓銀子的前一刻，崔景蕙動了。她伸出手，一把壓在銀子所在位置的桌面上，下一秒周氏的手便壓到崔景蕙的手上。

「銀子，把銀子給我！」

看著銀子被崔景蕙蓋住，周氏原本喜笑顏開的臉色瞬間一沈，一邊說，一邊伸出另一隻手想要去掰開崔景蕙壓在銀子上的手。

「阿嬤，抱歉，這銀子不能給您。」崔景蕙壓在桌子上的手收緊，將銀子收入手中，另一隻手往周氏那邊一擋，同時將崔順安的包袱一併攬入懷中，身體側移，躲開了周氏前來搶奪銀子的手。

「這是我兒子用命換來的銀子，憑什麼交給妳這個賤種？快點把銀子給我，不然我就去官府告妳不孝！」周氏如何肯放棄到手的銀子？就算心中有崔景蕙留給她的陰影，可是這一刻，在銀子面前，什麼都已經被她拋之腦後了！

所以在威脅崔景蕙的同時，周氏拿出了潑婦幹架的勢頭，伸手往崔景蕙頭上抓去。她已經打定了主意，不管用什麼法子，她一定要把銀子給搶過來！

這主意打得是好，可是周氏終究還是低看了大妮這個孫女。周氏不顧臉面要下黑手，崔景蕙自然也不會念著她們之間那點淡薄到了極點的親情。就在周氏伸手過來的同時，崔景蕙頭一偏，精準地躲開周氏的手，然後伸腿就往張牙舞爪撲過來的周氏胸部踹了一腳，直接踹得周氏往後踉蹌了幾步，一屁股跌坐在地上。

「阿嬤，這是最後一次，不要逼我！」崔景蕙目光冷冷地望著跌坐在地上的周氏，然後轉身直接從通向堂屋的門離開，連一句場面話都不願意留給周氏。

周氏坐在地上，只覺胸腹一陣翻江倒海，愣是半天沒回過氣來。她作夢都沒有想到，崔景蕙竟然真的敢對她動手，而且還絲毫不留半點情面！她周氏在大河村，從來只有欺負別人的分兒，哪裡被別人這樣欺辱過？這口氣周氏怎麼可能咽得下去?!所以周氏一回過神來，便掙扎著從地上爬了起來，稀眉倒豎，一副母夜叉模樣叫囂著，氣勢洶洶地就往崔景蕙離去的方向衝。她要讓崔景蕙知道，她周氏可不是一個隨便能讓別人欺負的人！

「崔景蕙，妳個小賤人！今天我老婆子定要撕爛妳那張臉，讓妳知道誰才是咱老崔家當家作主的……人……」

「砰！啪！」

周氏大叫著衝出了堂屋門，口中的話還沒有落音，便看見一物閃過，擦著自己的鬢角，然後扎入了身旁堂屋正門的門框之上。周氏下意識側頭望去，瞬間倒吸了一口涼氣，身形頓住，原本猶如夜叉的面容，此刻就像是青天白日裡見了鬼一樣，青白青白的。

就在周氏視線所及的範圍之內，一把磨得鋒利的柴刀直直地插在門框之上！

周氏僵直地扭過頭去，目光落在柴垛不遠處的崔景蕙身上，感覺此刻自己就像是被一隻無形的大手掐住了喉嚨，不僅發不出聲音，甚至都快要窒息了。

崔景蕙看著周氏狼狽的模樣，心中閃過一絲快意。她轉身，並沒有回到五進屋內，而是順著牆根方向，一路走到了屋後簷下方才停了下來。她蹲下身來，將手中的包袱擱在膝蓋上，深吸了一口氣，然後慢慢地打開包袱的結釦，露出裡面洗得乾乾淨淨、綴著補丁的一套青衫。

小心翼翼地將青衫取出，崔景蕙的手指輕輕地撫過衣服的稜角，慢慢地將衣物擁進懷中，似乎只有這樣，她才能感受到崔順安的氣息還存在著。

過了好一會兒，崔景蕙才將頭抬起，繼續清點包袱裡的其他東西。崔順安留下的東西並不多，除了一套換洗的衣物之外，似乎並沒有其他的東西……不對，這是？

崔景蕙看著包袱底下露出的一枝上面雕刻著幾朵寒梅的髮釵，髮釵雖然只是用普通的木料雕琢而成，卻勝在雕工精巧，想來這是崔順安買給媳婦的。只是可惜了，他卻是沒有機會親自送到媳婦手中了。

崔景蕙自然也不會傻到現在就送到李氏的手中，將髮釵貼身收好，等以後尋了個好時機再給李氏也不遲。心裡這般思量著，崔景蕙手中的動作也不慢，將包袱重新收拾好，站起身，然後走到雜物間拿了一把鋤頭，繞到崔家院子裡就準備出門去了。

「大妮，妳這是要去哪裡？」崔老漢送完了文書，被周氏拉扯著告了大妮好一通罪過，本想著尋崔景蕙問個究竟，正巧看到崔景蕙這一副扛著鋤頭要出門的模樣，倒是愣了一下。

崔景蕙扭頭看了一下五進屋虛掩的門，遲疑了一下，走到崔老漢的面前，這才低聲說道：「阿爺，我想去給我爹立個衣冠塚。」

崔老漢的目光落在崔景蕙單手抱在懷中的包袱，一時間嘆了口氣，臉上的皺紋不由得又深了幾分。「大妮，妳等會兒，我跟妳一起去。」說著，便越過崔景蕙身側，往雜物間去了。

崔景蕙站在原處等著崔老漢，並沒有多說什麼，畢竟崔順安不僅僅只是她的爹，也是崔老漢的兒子。

崔景蕙看著崔老漢扛了一把鋤頭出來，等崔老漢走到自己前面，這才跟上前，兩人一前一後的出了院子。

大河村的墳地是在靠近山下一段的山坳裡，倒是和崔三爺的家離得不是很遠，在經過崔三爺家緊閉的門戶，再往小路走上一刻鐘的時間，便能看見一處滿是大大小小墳包的地兒，這就是大河村祖祖輩輩埋葬先人的墳地。

崔老漢領著崔景蕙穿過一小片墳包，然後走到老崔家先人的埋骨之地，先是放下鋤頭，朝著先人的墳包鞠了個躬，然後繞著屬於自家的墳包地走了幾圈，待走到偏後處的一塊空地上時，這才停了下來。「大妮，就這兒吧！」

「嗯。」崔景蕙沒有多話，直接拿起崔老漢放下的鋤頭，走到崔老漢身邊。「阿爺，給！」

崔老漢接過鋤頭，張嘴往手心裡吐了一口唾液，然後搓了搓手心，這才開始挖了起來。

崔景蕙等崔老漢動了鋤頭之後，也絲毫不慢地跟在崔老漢後面挖了起來。

崔老漢是個挖地的好手，而崔景蕙雖然力氣不足，但是總能添上一點助力。而且因為只是衣冠，這墓穴不用大，也不用很深，所以不一會兒，一個半公尺寬的墓穴口便挖了出來。

「大妮，妳看這樣夠了嗎？」崔老漢將穴內鬆動的新泥挖了出來，將鋤頭杵在地上，問了崔景蕙一句。

崔景蕙點了點頭，用衣袖拭了拭鬢角的汗水。「阿爺，足夠了。爹爹的衣冠也只是暫時埋放在這裡而已，等能告訴娘了，到時候爹的喪事一定要重新辦一次。」

「嗯，是該這樣。」崔老漢應了一聲，沒有多說，自然也不會告訴崔景蕙，這塊地本來是給他自己身後事準備的。

崔景蕙將手中的包袱放進墓坑裡。雖然這裡面並不是崔順安的屍骨，崔景蕙還是一臉虔誠地繞著這小小的墓穴口走了十來圈，然後跪在墓穴邊上，恭恭敬敬地叩了九個頭，同時在心中暗暗說道：爹爹您放心，我一定會保護好娘和弟弟！

做完這一切之後，崔景蕙才站起身來，朝崔老漢說道：「阿爺，我們填土吧！」

崔老漢沒有答話，而是用實際行動開始填起土來。比起之前的挖地來說，是更加容易的，不多時，一個小小的土包便出現在了兩人的面前。

「大妮，妳回吧，別讓妳娘擔心。阿爺還想在這裡坐會兒。」崔老漢看著面前小小的墳包，又看了一眼崔景蕙，卻是沒有離開的打算。

「嗯，阿爺，那我先走了。」崔景蕙本來是想留下來陪陪崔順安的，可是一想到讓李氏一個人在家裡，家裡還有周氏那個不定時炸彈的存在，心裡自然是不放心得很，所以也就沒有拒絕崔老漢，扛著鋤頭先回去了。

# 第二十二章　李氏生產

回到老崔家的時候，崔景蕙先將身上收拾了一通，這才回到自己屋子。屋裡，李氏已經醒了過來，正靠在床頭和崔景蘭細聲細氣的說著什麼，看到崔景蕙進門，遂停了交談聲。「大妮，回來了啊！」

「嗯，娘。」崔景蕙應了一聲，自顧自地倒了一杯茶水灌下，這才走到床邊。看到李氏手中一個小小的肚兜上正繡著一隻未完工的蝙蝠，她笑著開了口。「好漂亮的蝙蝠！娘，您啥時候教教我成不？」

「只要大妮妳肯學，娘自然是願意教的。不過，大妮，妳不是一向不耐煩學這個，今天怎麼就轉性了？」李氏抬頭看了崔景蕙一眼，順嘴打趣了一句。

「我是不耐煩學這個，不是看娘您這繡得挺可愛的，一時間動了心思嘛！」崔景蕙本就只是順嘴說了一句而已，並不是真的想學，聽了李氏的打趣，也就隨意搪塞了過去，然後開始轉移話題。「娘，您餓了沒，要不要先吃點墊墊肚子？」

「大妮，不用麻煩了，剛大嫂送了幾個雞蛋過來，還在這兒放著呢！我這會兒沒啥胃口，總感覺肚子沈甸甸的，心裡慌得很。」李氏聽到崔景蕙的話，伸手摸了摸自己的肚子，細眉微攢。她也不知道這是怎麼了，從前天開始就感覺心裡悶得慌，整個人好像要喘不過氣來一樣，就連肚子也像是被一個無形的束縛箍住，勒得慌。

她怕大妮擔心，所以沒有和大妮說，本以為過兩天就沒事了，可是這都過了兩天，心裡的慌勁兒卻是半點都沒退，倒是讓她有點忐忑了。

崔景蕙聽了李氏的話，心中頓時一咯噔，目光瞟了坐在床邊的崔景蘭一眼，見崔景蘭微不可見地朝自己搖了搖頭，崔景蕙心中才稍安了些許。她上前伸手握住李氏的手腕，感受著李氏手腕處的脈搏，對著李氏笑一下。「娘，該是這日子快要到了！看來咱要將東西都準備妥當了，免得到時候慌手慌腳的。」

「這樣啊！」李氏想了一下，也是釋然了。「瞧我這記性，這日子竟然給過糊塗了！」

崔景蕙笑了一下，倒是沒有再接李氏的話。

「二嬸，時辰不早，我娘該喚我了，我先回去了。」崔景蘭見狀，倒是識趣地插上一嘴，又將李氏的注意力再引了過去。

「嗯，蘭姊，我送妳出去。」崔景蕙隨口說了一句。

崔景蘭卻是拒絕了崔景蕙的好意。「不用了，也就幾步路而已。」說完也不等崔景蕙再開口，便拿了自己的物件，匆匆出了五進屋子，就連崔景蕙在後面叫都沒叫住。

「大妮，今天咱家是不是來客人了？我怎麼聽得吵吵鬧鬧的。」李氏待崔景蘭離去之後，伸手拉住崔景蕙的手，將她拉到床邊坐下，這才開口問道。

「娘，是不是吵到您了呀？其實也沒什麼大事，前幾天不是下大雨嗎，村裡一些個年久失修的房子被暴雨壓垮了。這幾天終於天晴了，村長就上來看看，看咱們有啥需要幫忙的沒，畢竟鄉里鄉親的，互相照應一下也是好的。」

崔景蕙挨著床邊坐下，瞬間脫口而出，連腹稿都不用打。不過她說的也不算假話，剛剛一路上山回來，她確實是看見村裡的黃土屋傾塌了幾處，只不過都是久未有人居住的廢屋罷了。

李氏一臉恍然大悟，心中也不再生疑，轉而提到了崔順安。「大妮，妳說妳爹這次什麼時候才回來？我看雨下了十幾天，妳爹的活兒應該也就幹不成了。我這快要生了，心裡總是掛著妳爹，唉……」

「我爹這會兒肯定也是掛著娘呢！娘就放心好了，爹肯定記得您要生的日子，絕對會在這之前趕回來的。」崔景蕙忍著心中的傷痛，笑著對李氏說道，即便此刻她的心中猶如滴血一般，可是面上卻還是要裝作若無其事。

只有這樣，她才能讓李氏相信，崔順安現在還是好好的，好好的活著。

「大妮，娘好怕，娘……唉！」李氏本想說，這是她第一次生孩子，擔心會出現問題，可是話到嘴邊，卻忽然想起，崔景蕙雖然不是她親生的女兒，可是卻並不知道自己是被抱養來的，這話自然也就說不出口了。

「娘，不用怕，安大娘可是咱們村裡出了名的接生婆，我已經提前和春蓮說好了，到時候安大娘會來給娘接生的。要是娘還不放心的話，我到時把江大夫也給請來，娘您覺得行嗎？」

崔景蕙自然知道李氏怕的是什麼，畢竟沒有哪個女人不怕。而且這裡又不是現代，有各種完善的醫療設施，女人生產，就像是在鬼門關上走上一圈。不止李氏怕，崔景蕙心中更怕。

李氏的身子本來就不是很好，這好不容易有了孩子，之前又摔了一跤，怎麼想，都覺得李氏生產會不穩心，所以這也是為什麼崔景蕙執意要把撫恤銀子捏在手裡不給周氏的緣由了。

「這……不太好吧？安大娘能來，我就已經很放心了。」李氏想也沒想便拒絕了崔景蕙請江大夫的打算。男女有別，而且生產這種事，怎麼可以請男人呢？

「嗯！安大娘一定會來的。」崔景蕙重重地點了下頭，以無比的肯定來堅定李氏那顆軟弱而畏懼的心。

當星光籠罩這片土地的時候，璀璨的星子閃爍在夜空之中，整個大河村裡陷入了一片沈寂。

因為崔順安不在的緣故，這段時間崔景蕙一直和李氏睡在一張床上，所以當細細碎碎的呻吟聲從李氏的嘴裡響起時，本來就睡得不深的崔景蕙猛的從床上彈坐了起來。

「娘，您怎麼了？哪裡不舒服？」夜色中，崔景蕙毫無阻礙地看到此時李氏的臉色一片慘白，被褥之下，李氏整個人已經蜷縮成了蝦米狀。

「大妮，我肚子好像有點痛……」

「肚子痛？是怎麼樣的痛？」崔景蕙一邊問，一邊從床裡側爬了下來，然後將煤油燈點燃。她看得見，並不代表李氏也看得見。

「好像是一陣一陣的痛，大妮，我這是不是要生了？可是明明還不到生產的日子，怎麼會這樣呀？」李氏強撐著靠坐在床頭，一臉惶恐不安地摀著肚子，側頭望著崔景蕙。

這是李氏的第一胎，遇到這種情況，身邊又沒有個長輩教導什麼，不安也是很正常。

「娘，別怕，您和弟弟都會沒事的！我這就去叫人過來幫忙。」崔景蕙深吸了一口氣，安撫了一下李氏，然後打開門。這會兒自然也不會顧及和老崔家大房的隔閡了，直接對著大房的門敲了過去。

「誰呀？大半夜的嚷嚷著什麼呀？大妮？有……事嗎？」崔濟安迷迷糊糊地打開門，抱怨了一句，待看到是大妮之後，頓時一愣，下意識地問道。畢竟從上次的事之後，這還是她第一次敲他們大房家的門。

「我娘可能要生了！我要去請安大娘，麻煩大伯家幫我看一下我娘。」

「啊？」崔濟安愣了一下，然後立刻轉身回了屋子，嚷嚷上了。「媳婦！蘭子！快起來幫忙，弟妹要生了！」

崔景蕙已經等不及聽大房屋內的動靜了，她一路狂奔出了崔家院子，往山下跑去，要去請安大娘來幫李氏接生。雖然崔景蕙心裡知道生產不是一會兒的事，可是作為李氏的女兒，這是李氏第一次生孩子，而且崔順安根本就不可能陪在李氏的身邊，所以她只能退而求其次，讓安大娘守在李氏身邊。

「安大娘！安大娘您在家嗎？」

急促的話語打破了夜的平靜，崔景蕙的呼喚，也終於喚來了安家院子的回應。

「誰呀？大妮？別急，這是怎麼了？妳娘應該還沒到生的時候吧？」安大娘穿著中衣開了門，看到隨意裹著件外袍的崔景蕙一臉急切地站在外面，多嘴的提了一句。李氏生產的日子，安大娘可是一直記著的，還有大半個月呢！

崔景蕙一把抓住安大娘的手，一臉急切地說道：「安大娘，我娘開始一陣一陣的痛了，可能是要生了！大娘，您現在能幫我去看看嗎？」

「大妮，別急，妳等一下，我穿件衣服馬上就來。」安大娘一聽便明白怎麼回事了，心中頓時一沈，這可能是要早產了呀！安大娘拍了拍崔景蕙的肩膀，然後轉身回了屋子，只穿了件外套，便拿起自己常用的工具，也顧不得喚春蓮來幫忙了，直接跟著崔景蕙就出了家門。

安大娘的腿腳不好，所以即便崔景蕙心中急得像火燒一樣，也知道沒辦法快，只能強行按捺心中的急切，扶著安大娘往老崔家走去。好在安大娘這會兒也明白崔景蕙的不安，走得不算很慢。

回到老崔家時，灶房的門已經打開了，能看到張氏正在灶膛前燒著熱水。院子裡，崔濟安披著外衣，跟熱鍋上的螞蟻一樣，在院子裡急得團團轉，看到崔景蕙來了，面上一鬆，忙迎了上來。「大妮，我讓蘭子在裡面陪妳娘，妳快去看看妳娘，妳娘好像很痛苦的樣子。」

「大伯，謝謝您！我先進去看看我娘。」崔景蕙也來不及和崔濟安說場面話了，招呼了一聲，扶著安大娘就進了屋子。

屋內，崔景蘭正一臉無措地站在床邊，握著李氏的手，完全不知道該如何緩解李氏的疼痛，畢竟她還是個未出閣的閨女。看到崔景蕙進來，長長地鬆了一口氣。「大妮，妳回來了，太好了！」

「蘭姊，麻煩妳先出去，我讓安大娘幫我娘檢查一下。」

崔景蕙的話雖然說得直白，但是崔景蘭並沒有生氣，畢竟這生產的地方，未婚的女子待著本來就不吉利，崔景蕙讓她離開，也是為著她好，所以她沒有絲毫猶豫地點了點頭。

「嗯，我這就出去。」

「娘，別慌，我把安大娘給您請過來了，安大娘這就幫您看看。我先去灶房端盆熱水來。」崔景蕙走到床邊，看到李氏痛得煞白的小臉，心中雖然慌著，但還是勉強笑了下，然後向安大娘點了點頭，算是招呼過了，不等安大娘說話，便出了屋子。

雖然她不介意一直陪著李氏，可是想來安大娘肯定介意的，畢竟有些東西未出閣的女子還是不要看的好，所以還不如她主動出去。

而安大娘本來等的也是這個，等崔景蕙將門帶上，安大娘這才將手中的東西放在床邊，然後伸手摸了摸李氏的頭。「乖孩子，別怕！大娘這就給妳看看，一切都會沒事的。」

安大娘慈祥的話，就像是一劑定心丸一樣，落在李氏心裡，安撫住了李氏惶恐不安的心。李氏摸了摸自己的肚子，一臉堅定地望著安大娘，點了點頭。「嗯，我和孩子都會沒事的！」

安大娘見李氏平復了些許的心情，這才走到床尾，掀開被褥，將手伸了進去，一摸之下，立見分曉。

李氏忍著身體的不適，抬起頭，望著安大娘。「大娘，我這是要生了嗎？」

安大娘將手收了回來，和煦地朝李氏笑了一下。「順子媳婦，恭喜了，已經開了二指，看來真要生了。不過不要怕，妳這是第二胎，想來用不了多久就能生了。」

李氏聽了安大娘的話，咬了咬下嘴唇，一臉為難地看著安大娘。「這……大娘，有件事我覺得要告訴妳一聲，大妮是我領養的，這才是我的第一胎。」

「如果是第一胎的話，那就先不用急，應該不會這麼快生，畢竟這是第一次。不過妳也不用怕，大娘會一直守著妳的。」安大娘雖然對李氏出口的話吃了一驚，但還是很快就鎮定了下來。看來周氏那婆娘的懷疑還真是對了，雖然不清楚其中到底是怎麼一回事，但安大娘也不多問緣由，畢竟這是人家自己的家事。

李氏點了點頭，算是聽進去了安大娘的話，可還是忍不住擔心地說了句。「老話都說七活八不活，我的孩子才八個月，大娘，我心裡真的沒底啊……」

「傻孩子，瞎想什麼呢！沒事的，大娘不知道接生過多少個了，妳這胎位正著呢，所以一切都會安好的！」

「我相信大娘……」安大娘一臉肯定的語氣，終於讓李氏平復心中的諸多憂慮，李氏點了點頭，軟軟地說了一句。這會兒陣痛又上來了，再多的話，卻是沒力氣說了。

「娘，我給煮了麵疙瘩，您吃點，免得到時候沒力氣生。」崔景蕙端著一碗麵疙瘩湯，小心翼翼地走了進來。

麵疙瘩湯香著，只可惜這會兒李氏痛得根本就吃不下去，虛弱地搖了搖頭，示意不吃，手上就連推開碗的力氣都沒有。她現在感覺身體由內到外沒一處不痛，哪還有心思吃東西呢？

崔景蕙端著碗站在床邊，一臉為難地望向安大娘。這不吃怎麼行啊！

安大娘笑著接過崔景蕙手中的碗，坐在床邊對著李氏說道：「大妮說得對，妳要吃點，不然到時候可沒力氣生。」

安大娘當了一輩子穩婆，自然是見慣了生孩子的事，所以李氏陣痛過沒過，一眼就能分辨得清，也沒催著李氏這會兒就吃，直等到李氏這一波痛楚結束之後，才用勺子盛了一勺麵疙瘩送到李氏的嘴裡。

崔景蕙說的話，李氏可以不聽；但是對於安大娘說的話，事關腹中孩子的安全，李氏自然是不得不聽。面對送到嘴邊的麵疙瘩，李氏即便渾身像散了架一樣，還是張嘴接下了安大娘的餵食。

這番場面，倒是讓一直揪著心的崔景蕙鬆了一口氣。

「大妮，讓妳大伯一家歇著去吧！灶膛裡的柴火不要滅，妳娘這一胎怕是沒那麼快生。」安大娘一邊餵食李氏，一邊向崔景蕙吩咐了一句。

「嗯，我這就去和大伯說。」崔景蕙自然也知道李氏沒那麼快生產，所以確實沒必要讓大伯一家乾著急，等在外面。

見崔景蕙出了門，崔濟安便再度迎了上前。「安大娘她怎麼說？弟妹還好吧？」

「大娘說了，我娘應該沒這麼快就生，大伯要不就先去歇息吧。我娘這邊有安大娘和我守著，應該沒啥其他的問題。」崔景蕙朝崔濟安笑了笑，向他說明安大娘的意思。

「這……有安大娘在，我倒是放心了些。要不，我讓妳伯娘留下來陪弟妹成不？」饒是崔景蕙這麼說，崔濟安還是有些不放心地添了句嘴。

「多謝大伯，不用了，若真有事的話，我不會跟大伯客氣的。」

「嗯，有什麼要幫忙的直接跟大伯說，只要大伯能做到的，一定幫忙！」

崔濟安見崔景蕙堅持，也就不多說了，畢竟他也知道大妮心中對大房家的隔閡沒這麼快消除。待許下承諾之後，他雖惴惴不安，可還是聽了崔景蕙的話，回了自家屋子。

原本有些嘈雜的崔家院子，再度陷入了平靜之中，只留下五進屋內一盞昏黃的油燈映照著昏沈夜色。

「啊！好痛！我好痛……」李氏摀住肚子猛的驚叫出聲，惶然地伸出手。

崔景蕙一把上前，將李氏的手揣住，想要給李氏一點慰藉。

安大娘聽到李氏的驚呼，繞到床尾，掀開被子，伸手往被褥裡一抹，再伸出來時，手指上已經沾染了幾絲血色。

「大妮，準備好乾淨墊子，妳娘見紅了！」

「好，我這就去拿！」崔景蕙鬆開李氏的手，匆匆拿了墊子交給安大娘，然後將事先準備好的一盆熱水送到安大娘身邊。

「大妮，給妳娘腰部墊些東西，見紅了之後，陣痛會痛得更加厲害的。」安大娘一邊和崔景蕙吩咐著，一邊就著熱水洗了下手，然後再度將手伸進被褥之中。「順子媳婦，別怕！已經開了快四指了，先忍忍，別浪費力氣，免得到時候沒力氣生。」

「嗯，大娘，我記住了……」李氏點了點頭，在這之後，雖然痛得鬢角的髮絲都濕透了，卻真的沒有再叫過一次，可抓著身下被褥的手，早已是青筋暴起。

# 第二十三章 生不下來

這一夜，似乎格外長一些。崔景蕙一直在李氏身邊忙活著，等到安大娘再一次探查李氏的情況之後，同樣是徹夜未眠的安大娘，卻對崔景蕙下了逐客令。

「大妮，妳娘現在是真的要生了，妳先出去吧！這裡血汙重，妳待著不吉利。」

「安大娘，我不出去，我要在這裡守著我娘！」崔景蕙此時雖然疲憊，可是對於安大娘的提議，卻是想也不想就拒絕了。

「……大妮，聽大娘的話，這不是妳該看的，快出去。」李氏此時早已是仰躺在床上，胸口劇烈的起伏著，整個人就像是從水裡撈出來的一樣，她聽到崔景蕙不願出去，雖然力竭，但還是強撐著向崔景蕙開了口。

「娘……我不放心您，讓我留下來好不好？」崔景蕙拉長聲音喚了李氏一句，一臉哀求地望著李氏。

「大妮，聽娘的話，妳在這裡，娘也不能安心。」

崔景蕙定定地看著李氏，一向柔弱的李氏卻是一副沒有商量餘地的回望崔景蕙，崔景蕙只能沮喪地放棄自己的堅持。「……那好吧！娘，我就在外面，有什麼事，您就叫我！」

「不會有事的，有安大娘在。」李氏虛弱地笑了一下，有些無力地伸出手，摸了摸崔景蕙的臉蛋，只是沒兩下，臉便再度糾結在了一起。「啊！痛，好痛……」

安大娘見狀，直接伸手一把將崔景蕙往後撥開一點，然後手腳麻利的一骨碌上了床，跪坐在床尾，將李氏身上的被褥撐開了些，開始教李氏如何用力。「大妮，趕緊出去，妳娘這是要生了！順子媳婦，聽我的，用力嗯，然後吸氣，再用力。」

被安大娘這麼一撥，崔景蕙整個人都虛了，她一腳輕一腳重的，就好像走在棉花上一般地出了屋子。外面的日頭早已是透亮透亮的了，崔景蕙這才發現，這一晚上一忙活，竟也不知到了什麼時辰？還來不及心生感嘆，瞬間，一個身影擋在了崔景蕙的面前。

「大妮，妳怎麼出來了？妳娘生了沒？」

「大伯。」崔景蕙抬頭看了崔濟安一眼，側頭才發現崔家的人這會兒都等在院子裡，似乎還多了幾個其他的人。聽到崔濟安的問話，崔景蕙下意識裡回了一句。「我娘……這會兒已經開始生了。」然後便被一個衝過來的身影給抱著了。

「大妮，別怕，我這就進去幫姑婆搭把手。大妮妳放心吧，有我姑婆在，妳娘和妳弟弟一切都會沒事的！」

熟悉的味道和擔憂的語氣，崔景蕙愣了一下，這才回過神來。「春兒，妳也來了……」後知後覺的聲音茫然地脫了口，溫暖的懷抱卻瞬間一空。

春蓮抱了一下崔景蕙，然後便毫不遲疑地進了虛掩著、還未關嚴的門。

崔景蕙呆呆地站在門口，一顆心隨著春蓮關上的門，再度給揪上了。

「大妮，別擔心，安大娘可是十里八鄉出了名的穩婆，她經手的孕婦，定可以平平安安地誕下麒麟。」

溫和而稍顯陌生的聲音，讓崔景蕙有些愕然地望了過去，看著身邊的白鬍子老頭，崔景蕙這才發現，自己有多麼的緊張。因為明明熟悉的臉，這一刻，在她視線中卻是顯得無比陌生，以至於她認了好一會兒，才將說話的人給認出來。「江……大夫？您怎麼……也在這兒？」

對於這個問題，江大夫面上不由得閃過一絲尷尬，思量一下後，避重就輕地回答道：「還不是春蓮這妮子，她一早聽了妳娘可能要生了的事，不放心，就把我給拽來了。」至於春蓮一大清早跑到他家，劈爛了他家門戶，以及自個兒從床上給春蓮拽地上的事，他可沒臉往外說。

崔景蕙正要表示一下感激，卻聽到屋內李氏呼痛的聲音，瞬間將注意力凝在了屋內。

「好痛、好痛……啊……大娘救我，我好痛啊……」

「別慌，別怕。用力！我已經可以摸到孩子的頭了，再用力一會兒，就能生下來了。」

安大娘安撫的聲音同時響起，倒是讓崔景蕙在胸腔中狂跳的心有了一絲安慰。謝天謝地，還有一會兒就能生下來了，李氏就不用受這個苦了。

失去了思考能力的崔景蕙，自然想不到這只是安大娘安撫李氏的辭彙，而安大娘口中的一會兒，硬是讓崔景蕙等到日落黃昏，也沒見屋裡的門打開過。

李氏原本還能喊痛的聲音，這會兒卻是再也聽不見了。

正當崔景蕙急得打轉的時候，被春蓮關上的門終於開了一條小縫，露出了春蓮一雙染紅了的手，還有一臉急切的表情。

「大妮，妳家裡有吃的沒？李姨沒力氣生了。」

「有，有！我昨天燜了粥在灶房裡，這就去拿！」崔景蕙猛的點了下頭，然後轉身就準備往灶房走去，只可惜提步的時候，這才發現自己腳軟得直接就往地上癱了，根本就走不動步子！

「大妮！妳怎麼了？」春蓮看到崔景蕙才剛邁開步子，腿上就好像沒有了骨頭一樣，往地上坐去，忙急得想要伸手去扶，卻又顧忌手上的血跡，不敢伸手。

「我沒事，就是一下子腿有點軟。」崔景蕙扶住了身邊的牆壁，這才勉強穩住了身形，她深吸了一口氣，扶著牆壁就想往灶房走去。

「大妮，妳等著，我去幫妳拿。」一直守在院子裡的崔景蘭看到崔景蕙慢吞吞蹭步的模樣，當下自告奮勇地接過了任務，一路小跑著進了灶房。

崔景蕙這才鬆了一口氣，只是這口氣才剛到嗓子眼，就看見崔景蘭進了廚房的身影再度出現，只見崔景蘭兩手空空地跑到自己的面前，她下意識放開扶住牆壁的手，握住了崔景蘭的雙臂，焦急地問道：「蘭姊，粥呢？」

崔景蘭看見崔景蕙的動作，忙伸出手扶住崔景蕙的胳膊，這才露出一臉為難的表情，小聲說道：「大妮，灶房的鍋裡沒有粥，碗櫃也被鎖上了。我去敲阿嬤的門，門也是拴上的，正屋外面的門也落鎖了。」

崔景蕙聽了崔景蘭的話，只感覺一股涼水從頭澆到底，心中瞬間冰涼冰涼的。目光望向院子裡，崔景蕙這才發現，不知什麼時候，原本還坐在院子裡的周氏早已不見了蹤跡，就連崔老漢也沒見到影子。

她伸手將崔景蘭推開，沈著一張臉，直接往灶房走去。這個時候，她必須堅強起來，因為李氏還指望著她，她就是李氏的天！

正如崔景蘭所說，正屋外明晃晃地掛著一把大鎖，灶房的門雖然開著，可是碗櫃也是鎖住的，大鍋裡更是乾淨得連一粒米都沒看見。崔景蕙環顧四周，連菜刀的影子都沒有看見，想來是周氏怕自己用菜刀將鎖給劈了吧！

崔景蕙冷笑一聲，同時心中升起一股淒涼感。這就是親人呀！這就是她爹的親娘呀！崔順安屍骨未寒，周氏便已經開始這樣肆無忌憚地搓磨他們二房了。她娘拚死拚活地想要為崔順安留下一絲血脈，周氏卻只為心裡的快意，在這裡使絆子！好，很好！

崔景蕙強咽下心中沖天的恨意，出了灶房，去到柴垛處，發現就連柴刀都不見了，看來周氏這次是絲毫不給自己留任何餘地了。

「大妮，我爹已經上崔獵戶家去借菜刀了，馬上就能回來，妳別擔心。」崔景蘭不知何時走到了崔景蕙的身後，一臉擔憂地看著崔景蕙。剛剛她爹已經看過了，家裡的鐵具都不見了，不用想也知道，肯定是被阿嬤偷偷摸摸給藏起來了！雖然她不明白為什麼阿嬤會在這個節骨眼上做出這樣寒人心的事，但是她卻能體諒崔景蕙這一刻的心情。

「嗯，謝謝！」崔景蕙看了崔景蘭一眼，這聲謝是發自內心的感激。

「大妮！妳別急，大伯這就去把鎖砸開！」

喘著粗氣的喊叫聲隔著老遠就傳來，崔景蕙扭頭望去，便看見崔濟安從小道上一路衝了上來，一隻手提著一把斧子，一隻手提著一把菜刀，幾乎沒有半點猶豫地推開柵欄就衝進了灶房裡。

崔景蕙見狀，也是想也不想地直接衝了過去。一進灶房，便看見崔濟安拿起斧子，三兩下就將碗櫃上的鎖頭給劈爛了，然後讓開道兒，將手中的斧頭和菜刀直接擱在碗櫃櫃面上，去了灶膛處。

「大妮，妳來給妳娘弄點吃的，我來燒火！」

「好！」這會兒重新做粥已經來不及了，崔景蕙直接掏了六個雞蛋，就著崔濟安燒火的那個灶口上的大鍋，淋了點油，倒了些熱水進去，等鍋子水翻滾的時候，一股腦兒地將六個雞蛋全部敲了進去，用大勺將蛋黃攪散，以便讓蛋熟得更快一些。

等崔景蕙端了蛋湯碗送到春蓮手中的時候，最多也不過經過一盞茶的工夫罷了。

春蓮捧著蛋湯碗直接送到了床邊，此時五進屋內，瀰漫著一股厚重的血腥味。

因為崔景蕙不在這兒，李氏身上蓋著的被褥已經捲放在李氏大腿之上，安大娘一臉凝重地望著李氏微合雙目下微微起伏的胸膛。她一直守在這兒，自然知道李氏這是力竭的表現，可是孩子已經掉下來了，要是一直耽擱下去的話，只怕會有窒息的危險。

「春蓮，我來餵順子媳婦吃東西，妳去換盆熱水來。」

「好！」春蓮這個時候也不多話，端起擱在床尾邊上的木盆便直接出了門。「大妮，還有熱水嗎？」

「有，我這就去打！」崔景蕙一把接過春蓮手中的木盆，待看到木盆中鮮紅鮮紅、宛若鮮血的血水，剎那間只覺心神失守，手中的木盆都差點端不住了。

「大妮，李姨現在沒事，只是有點脫力了，不用擔心。」一直注意著崔景蕙的春蓮見狀，雖然臉上的擔憂隱藏不住，但還是勉強笑著想要安慰一下大妮。

「春兒，我沒事。」崔景蕙謹守住心神，將木盆中的血水傾倒進排水溝中，然後匆匆去灶房重新換了一盆熱水，讓春蓮送了進去。

門再度被關上。等門重新打開的時候，已是黃昏日落了，而崔景蕙的心亦隨著太陽落下，慢慢地沈落谷底。

「大妮，江伯還在這兒嗎？」春蓮此時的臉色糟糕到了極點。院中昏沈，春蓮還來不及看便已經脫口向崔景蕙問了起來。

崔景蕙猛的從地上彈了起來，衝上前，不顧春蓮滿手的血汙，一把抓住春蓮的手，一臉的惶然無措。「春兒，我娘怎麼還沒生？是不是出什麼事了？」

「對了，大妮，我姑婆問妳，妳上次給李姨用的藥丸子還有嗎？」春蓮先是問了崔景蕙一句，這才向江大夫開了口。「李姨生不下來，現在整個人感覺都要昏厥過去了，而且出血量好像有點大，姑婆有點擔心，想讓江伯也進去看看。」

「還有一顆，這是鑰匙，藥丸子放在一個小箱子裡的小瓶子，箱子就塞在床下面，安大娘應該知道是哪一個。」崔景蕙想也不想就從脖子上扯下鑰匙，塞進春蓮的手裡，接著便對著江大夫跪了下來。「江伯，我知道產房之地，大夫一般都不進，可我娘要是再出點什麼事，我們崔家二房就真完了，所以我求您，求求您幫我看看我娘。」

「傻孩子，說什麼呢？治病救人本來就是我們大夫應該做的事，老夫生為醫者，自然是義不容辭。」江大夫一把將崔景蕙扶了起來，算是應下了此事。

「江伯，謝謝您、謝謝您！」崔景蕙一臉感激。

江大夫也不敢再耽擱，跟著春蓮一道進了屋子。

估摸著小半炷香的時間過去後，一直守在門口的崔景蕙看到門再度打開，出來的是江大夫。「江伯，我娘還好吧？」崔景蕙趕緊問道。

「有凝血丸，倒不必擔心妳娘大出血的事了，只是妳娘現在已經沒氣力生了。人參提氣，大妮，妳應該明白老夫的意思。」江大夫也知道這會兒不是追問凝血丸來處的時機，好在他在李氏服下藥丸前刮下了一點藥沫，只是這李氏的身子實在是虧得太厲害了，便是有凝血丸，他也不能保證李氏能平安產子。

「我懂了，我這就去！」崔景蕙這還有什麼不明白的？她猛的朝江大夫點了點頭，回頭依戀地望了一眼屋內，而後一咬牙，提著裙子就往外衝。

不管付出任何的代價，她一定要拿到齊大山家的那根人參，哪怕只是一些根鬚也好！

# 第二十四章 以婚換命

崔景蕙趕到齊家的時候，齊家的人這會兒正坐在院子裡吃著晚飯，看到崔景蕙上氣不接下氣地跑了過來，倒是有些奇了怪了。

「大妮，妳是來尋妳家阿嬤的吧？她一刻鐘前才剛剛離開，想是回家去了。」齊嬸端著一個豁了口的菜碗站在柵欄旁，一臉好心地給崔景蕙指了周氏的去處。

「齊嬸，我不是來找阿嬤的，我就是來找您和齊叔的，可以讓我進去說話嗎？」崔景蕙根本就不想知道周氏的消息，她扶著柵欄，一臉急切地望著齊嬸。

「這樣啊，那妳就進來吧！」齊嬸聽到崔景蕙的話，倒是有些狐疑地打量了她一眼。雖然住在一個村子裡，但是崔景蕙和他們家沒什麼交集，這會兒急匆匆地跑過來尋他們，莫不是……齊嬸心裡多了個心眼，打開柵欄門，將崔景蕙讓了進來，正想要問崔景蕙為的是什麼事，還沒開口，便看到崔景蕙快步走到她面前，然後雙膝一彎，跪了下來。

「大妮，這是怎麼了？快起來，有話好好說，咱們鄉里鄉親的，不興這一套！」這一跪，瞬間讓院子裡齊大山的視線落在了崔景蕙身上，原本在一旁扒飯的齊大山猛的將飯碗往凳子上一擱，三步併作兩步跨到了崔景蕙的面前，邊說著邊伸手就要將她扶起來。

「齊叔，我知道這事我本來不該求上你們家，可是我實在是沒有其他辦法了。我娘昨天晚上發動了，到現在還生不下來，安大娘說我娘已經沒力氣了，怕是再耽擱下去，我娘和她肚子裡的孩子都會有危險。江大夫說人參提氣，我只能求到你們這兒了。我只要人參上面的根鬚就可以了，我這裡有五兩銀子，求求你們賣點根鬚給我好嗎？」

崔景蕙避開齊大山伸過來的手，對著齊大山和齊嬸磕了下頭，然後從懷中掏出崔順安用命換來的五兩碎銀子，一臉希冀地仰頭望著他們。

「這……這……大妮，妳等著，不就是些根鬚嘛，我這就去拿給妳！」齊大山看著崔景蕙那張染了灰的小臉，心中糾結了一下，雖然只是一些根鬚，但是破壞了品相的人參，價值可就是大打折扣了。可……都是一個村子的人，抬頭不見低頭見，有這個能力卻又見死不救，自然是說不過去。更何況大妮這孩子還拿了五兩銀子出來，齊大山想了一下，還是鬆了口，能幫就幫一下吧！

齊大山打定了主意，就要往屋裡走去，只是，他如此想，卻不代表齊嬸的心中也是這意思。所以，崔景蕙還沒來得及向齊大山道謝，才邁開步子的齊大山便已經被齊嬸給拉了回來。

「當家的，這可是大事，總要考慮一下吧？」齊嬸不好意思地看了崔景蕙一眼，然後朝齊大山瞪了一眼，連拉帶拽地將齊大山扯到了一旁。「當家的，咱先前可是說好了的，這人參是用來給齊麟換媳婦用的！我可是都跟下河村的禾田家說好了，只要二十兩銀子，他就把禾苗配給齊麟當媳婦，那禾苗屁股可圓溜了，一看就是個能生的，你要是剪了根鬚，咱家這人參可就賣不上價了！」

「這……大妮不是也拿了銀子來了？也就幾根根鬚的事，咱少賣幾兩銀子不就成了？而且我剛都答應大妮了，這說出去的話怎麼好食言啊！」齊大山一臉為難地看著齊嬸。他也知道自家婆娘為了齊麟的事操碎了心，可大妮都求上門了，他能怎麼辦？要是不幫，他話都已經說出了啊！一時間，齊大山倒是有些為難了起來。

齊嬸聽到齊大山的含糊之詞，不禁橫了齊大山一眼，然後伸手往齊大山的胳膊上捏了一把。他這說辭騙其餘人可以，可騙不了她！

「到這個時候了，你還誆我？我可是問過江大夫了，這要是品相不完整的話，可不是五兩銀子能堵得住的窟窿！大妮家的事，我這心裡聽了也不好受，可是再不好受，那也是別人家的事。齊麟現在這個樣子，誰會嫁到咱們家來？若不是咱們家走了狗屎運，你們老齊家這根獨苗苗可就要斷了，到時候我看你哪有臉去見齊家的老祖宗！」

「是是是，都是媳婦妳說得對！那現在該怎麼辦？都一個村的，咱們不能見死不救啊！」齊大山看著齊嬸訕訕地笑了一下，將問題完全拋給了齊嬸。

「叫你嘴快！讓我先想想。」說到這兒，齊嬸更是氣不打一處來。要是就這麼放大妮回去，那李氏若真跟大妮說的那樣，到時候弄得一屍兩命，今天的事往外一傳，他們老齊家可就裡子、面子都沒了。

這邊在百般糾結著，而另一邊卻是別樣場面。

「姊姊，妳的眼睛怎麼下雨了？」一隻沾著灰土的手湊到崔景蕙的面前，似乎想要抹去她臉上不知何時滑落的淚珠。

崔景蕙驚得側過臉去，伸手往臉上一摸，這才發現，自己臉上早已是一片濡濕，原來是眼淚在自己還未察覺的時候已經決堤。崔景蕙扯過衣袖在臉上胡亂擦了一把，才抬頭望向說話之人。

聲音雖然清朗，只是說出的話卻是無比的稚嫩，不同於山裡漢子一貫黝黑的膚色，倒像是養在深閨未見日頭的女子，皮膚白皙得很，濃眉大眼的面上，一派天真無邪，想來便是齊家那個據說被燒傻了的兒子——齊麟。

「姊姊，妳是不是把妳的糖掉了呀？」齊麟蹲在崔景蕙旁邊，歪著頭望著崔景蕙，忽然露出一副恍然大悟的表情，然後想了想，從懷裡掏出一個皺巴巴的油紙團，打開，一臉糾結地送到了崔景蕙的面前。「姊姊，這是我阿娘給齊齊買的，可甜了，給妳吃。」

崔景蕙倒是沒想到齊麟會有這麼樣的動作，她愣了一下，然後伸手輕輕將齊麟的手往外推。「我不喜歡吃糖，齊麟，謝謝你，你自己吃吧！」崔景蕙勉強對著齊麟笑了一下，雖然齊大山和齊嬸說話的聲音並不是很大，可她終究還是聽進了耳裡，所以她知道，再待下去也是無濟於事，還不如去想別的辦法，畢竟李氏還在家裡等著她。「齊叔、齊嬸，是我為難你們了，實在是抱歉。」心裡即便是失望，崔景蕙還是向齊大山和齊嬸招呼了一聲，然後扶著腿站了起來，轉身準備離去。

齊大山和齊嬸看著崔景蕙那蕭索的背影，心中也是過意不去，齊大山張嘴想要將崔景蕙給喚回來，卻被齊嬸踩了一腳，只能訕訕地看了自家婆娘一眼，然後嘆了口氣，躲到角落裡生悶氣去了。

「姊姊，妳不跟齊齊玩了嗎？」院子裡，誰也沒有想到，率先出聲的是心智停留在三歲的齊麟。他扒在柵欄邊上，望著崔景蕙離去的背影，眼巴巴地喊著。

「對不起，姊姊現在還有重要的事要去做，等以後有機會我再來找你玩。」對於一個心思純淨的人，崔景蕙自然不會將自己心中的不滿發洩在他身上，所以面對齊麟的喊話，崔景蕙還是勉強回應了一聲，然後邁開步子。她現在只想回去，回去守在李氏的身邊。

齊麟聽不懂，也聽不明白崔景蕙前面的話，可是後面的話，他卻聽明白了——姊姊要走了，姊姊不跟他玩了！

想到這兒，齊麟伸手一把將手中原本握得死死的麥芽糖給扔在地上，一個已經十六歲的男人，下一秒竟然就這樣「哇哇哇」的大哭了起來。「嗚嗚……我要和姊姊玩！娘，我要姊姊和我玩！」

宛若孩童般的哭泣，讓原本袖手旁觀的齊嬸瞬間揪了心，她快走幾步，一把將比自己還高了一個頭的齊麟抱進了懷中，猶如哄三歲小孩一樣哄道：「齊齊乖，姊姊這是有事，等姊姊的活兒幹完了，就會來和齊齊玩了，齊齊不哭！」

「不，我現在就要和姊姊玩，我現在就要……」可是這會兒齊麟的小脾氣上來了，對於齊嬸的話是半點兒也聽不進去，反而一把推開了齊嬸的懷抱，就要往崔景蕙的方向追過去。

「你這孩子，這真是……」齊嬸伸手一把抓住齊麟的手臂，想要將齊麟拽回去，可是卻忽略了，齊麟雖然心智猶如稚子，身體卻已經成年，她一個婦道人家怎麼可能拽得回來？反倒是被齊麟帶著往院子外踉蹌了幾步。

「我不管、我不管……嗚嗚……」

齊嬸被齊麟鬧得心煩得很，可也知道這個時候不可能順著齊麟的意思。大妮她娘還在生死邊緣上掙扎，她沒幫忙就已經說不過去了，哪還有那麼大的臉將大妮喊回來，就為著讓大妮和自家兒子玩耍？這耽擱的可是人命的大事呀！齊嬸望著大妮離去的背影，這會兒是無比的糾結。忽然，她猛的一拍大腿，心中頓時閃過一個念頭，還來不及抓住，便已經迫不及待地開了口。「大妮，妳等等！」

崔景蕙這會兒還未走遠，自然也聽到了齊嬸的喊話，她頓時心中一喜，難道是齊嬸改變主意了？先不去理會齊嬸為何突然轉變主意，只要有一絲機會能夠得到人參，崔景蕙自然是不會放棄的！當下她毫不猶豫的選擇轉身，然後一路狂奔回了柵欄處。「齊嬸！」

「大妮，妳別怪嬸兒不講情面，實在是這人參對嬸兒家太重要了，嬸兒也實在是沒有別的法子了。」齊嬸目光閃爍地望著崔景蕙，就在剛剛，她心中突然有了一個更好的主意——比起下河村的禾苗，大妮就是大河村的人，更加知根知底，倒是更適合當他們齊家的媳婦！

而且，圍著大別山周遭的幾個村落中，依她看來，快要及笄的女子中，還沒有幾個比大妮還要出挑的。雖然還要等上一、兩年的時候，但若是讓大妮當她齊家兒媳婦的話，她倒是等得起。

「……我知道，我並沒有怪齊嬸。」崔景蕙勉強笑了一下，抓住柵欄的手卻是無意識的抖了幾下，同時心中湧上了一絲恨意。既然不給，又何必給自己希望？何必將自己叫回來呢？

「大妮，妳也知道，這人參是嬸兒給齊麟娶媳婦的，所以嬸兒有個想法——只要妳願意給咱家齊麟當媳婦，嬸兒不但不要妳的銀子，還可以給妳半枝人參。妳也別怪嬸兒這事做得不地道。」齊嬸說完之後，倒是覺得有些後悔自己的想法太草率了，畢竟這等著大妮及笄之後想要提親的人可是排著隊呢！齊嬸有些忐忑地望著崔景蕙，沒說時不覺得什麼，說完之後倒是覺得臉上有些臊得慌。

而崔景蕙這會兒心頭湧上的卻是一陣狂喜，只要能得到人參，便是讓她嫁給齊麟那又如何？要是李氏真出了什麼意外，她才是什麼都沒了。所以，當下崔景蕙沒有半絲猶豫地點了點頭。「好，我答應您，但是我要現在就拿人參。訂親的事，齊嬸可以明天上我崔家來，不知可不可以？」

「可以、可以，當然可以！咱們都一個村的，哪還有什麼信不過的？」見崔景蕙一口答應下來，齊嬸心中頓時一陣狂喜，哪裡還會在意崔景蕙說的需要明天提親這些個小事情？當下，她扭頭朝站在院子角落裡生悶氣的齊大山喊了一句。「當家的，快去將人參切一半來，大妮趕著帶回去呢！」

「媳婦，妳這是……」齊大山看自家媳婦瞬間改了主意，倒是有些搞不懂媳婦的想法了。切一半？這真切一半了，那可就真的是半錢銀子都拿不到手了呀！

「傻愣著磨蹭什麼呢？還不快點去，順子媳婦等著人參救命呢！」齊嬸看齊大山不動，一跺腳，頓時又朝齊大山喊了一句，這才扭頭朝崔景蕙說道：「大妮，妳等一下，我這就讓妳齊叔給妳切人參去！」

「嗯，謝謝齊嬸。」

齊嬸看齊大山還傻愣在原地，更是氣不打一處來，瞪了齊大山一眼，朝崔景蕙笑了一下，然後轉身就進了屋內。「算了，大妮在這兒等著，嬸子給妳切去！」

「姊姊，陪我玩！」

崔景蕙一雙眼睛直望著齊家的門戶，倒是沒有注意到齊麟什麼時候出了院子，這會兒正站在自己的身邊，拉著自己的衣袖晃動著。

「齊麟，等姊姊一會兒好嗎？」崔景蕙將自己的衣袖從齊麟的手中抽了出來，仰頭看著比自己還高了小半個頭、比自己大了幾歲卻喊著自己姊姊、眼眶中還掛著淚珠的齊麟，踮腳伸手摸了摸齊麟的腦袋，細聲承諾。

「就一會兒？」齊麟歪著腦袋在崔景蕙的手中蹭了蹭，一雙純淨的眼睛眼巴巴地望著崔景蕙。

「嗯，就一會兒。等齊麟一覺睡醒來的時候，就能看到姊姊了，好不好？」崔景蕙點了點頭，和齊麟正說著，便聽到齊嬸的聲音由屋內傳來，崔景蕙頓時心中一緊，抬頭望去，就看見齊嬸手裡捏著個手絹，從屋內一路小跑了出來。

「大妮，這是人參，妳拿著，快給妳娘送過去。」

崔景蕙趕忙繞過柵欄，伸手接過齊嬸用手絹包著的半支人參。人參到手，這會兒，她更是不敢耽擱了，握著人參一邊往外跑，一邊向齊嬸回喊道：「謝謝齊嬸，那我先回去了！」

# 第二十五章　母子俱安

崔景蕙手裡揣著手絹兒，就像是揣著自己的命一樣，即便是她上輩子弒殺後母時，都沒有像現在這樣緊張過。她一路狂奔進了崔家院子，然後衝到自家門戶前。

「江大夫，怎麼用？」崔景蕙將手絹包著的半截人參遞到江大夫的面前時，早已經面色潮紅、鬢髮盡濕、喘著粗氣，這一路狂奔，未曾減速過。

「好好好！」江大夫看到崔景蕙手中的人參，頓時一陣狂喜，有凝血丸和人參在，這要是還救不回李氏一條命，那他這個大夫也別當了！

江大夫伸手拿過崔景蕙手絹中的人參，從懷裡掏出一把匕首，就著手心裡的人參切了兩片，遞到了崔景蕙的手裡，然後轉頭向崔景蘭招了招手。「這兩片妳送進去讓妳娘含在嘴裡，剩下的我讓蘭子去幫妳煮了。」

「好！有勞蘭姊和江大夫了。」崔景蕙捏著手中的兩片人參，也來不及去管接下來的事，只朝江大夫點了點頭，然後便跨進門檻，衝進了屋子裡。

「大妮?!妳快出去，這裡妳不能進來！」一邊正在給安大娘打下手的春蓮看到崔景蕙衝了進來，頓時一驚，忙伸手擋住了她的去路。

「春兒，我不在乎這個！」崔景蕙看到春蓮一臉擔憂的表情，雖心中感激萬分，但是即便如此，也不足以改變她的決定。

「這……」春蓮看到崔景蕙一臉認真的模樣，倒是躊躇了一下，不過也是這一躊躇，便已讓崔景蕙將春蓮的手撥開，直奔到了床頭。

「娘、娘！我是大妮！您張開眼睛看看我！」崔景蕙嘴裡喊著話，手上的動作卻是絲毫不慢地將江大夫切下的一塊參片塞進了李氏的嘴裡。崔景蕙喊了一會兒，沒有得到李氏的半點回應，頓時有些慌了，伸手往李氏的鼻息下面探去——幸好，幸好，呼吸猶在！崔景蕙鬆了一口氣的同時，卻又焦急地再度問道：「安大娘，我娘這是怎麼了？」

「沒力氣，暫時暈過去了。」安大娘嘆了口氣，看了崔景蕙一眼。李氏這身子骨兒實在是不行，雖然用了凝血丸暫時將血崩之象給止住了，可是李氏終究還是力竭得暈了過去，她這正沒法子的時候，沒想到崔景蕙竟然衝進來了。

看到崔景蕙剛剛餵給李氏的人參，安大娘這會兒也是鬆了一口氣。「大妮，妳先讓一下，我讓順子媳婦先醒來。」

「好、好！」大妮聽了安大娘的話，忙讓開地兒，讓安大娘來到李氏床頭。

只見安大娘從一旁的生產工具中拿出了一枝銀針，伸手探抹了一下李氏頭上的穴位，然後將銀針扎進了李氏腦後。「這是我師父傳給我的獨門絕技，這一針下去，最多不過十個呼吸間，妳娘就會醒來。」安大娘這話落音還沒多久，果不其然，便見李氏幽幽地醒來，還沒來得及說話，一張煞白的小臉便再度皺在一起。

「大妮，再送一片人參到妳娘嘴裡。」安大娘扭頭朝崔景蕙招呼了一聲，然後再度爬上了床，望著李氏。「順子媳婦，這會兒全看妳的了，跟著我的口令來——吸氣，用力……嗯！」

李氏在人參的滋養之下，這會兒也有了一絲力氣。

而崔景蕙將手中剩下的參片塞進李氏嘴裡後，便將李氏抓著被褥、青筋直露的手握在了自己的手心。李氏指尖上未曾修剪乾淨的指甲深深地嵌進崔景蕙手心的嫩肉裡，刺得崔景蕙生疼，可她卻好像完全沒有感覺一樣，一雙眼睛死死地瞪著李氏，不敢移動半分。

「啊……」李氏跟著安大娘的口令用力了幾下，忽然仰起身子，淒厲的大叫了一聲，然後雙目翻白，手一鬆，身體便軟軟落入了床上，已然是閉過氣去。

「娘！安大娘，我娘暈了！」感覺嵌入自己手心裡的力道瞬間鬆開，崔景蕙看了李氏一眼，頓時心中一慌，伸手探了探，李氏鼻息猶在，心中稍安。扭頭望向安大娘喊了一句，卻看到安大娘沈著臉色，從被褥之下抱出一個滿身血汙、皺巴巴如猴一般的小小身體，驚得她瞬間鬆開了李氏的手，從床沿邊上跳了起來。「這是……弟弟？安大娘，為什麼他不哭呀？」

安大娘一向慈祥的臉，這會兒也是一臉的凝重，根本就來不及回答崔景蕙的問題，雙手托著血汙的幼子，從床上爬了下來。將李氏剛生下來的孩子倒提了起來，然後往屁股上拍了幾下，可便是這樣，那已經憋得紫紅紫紅的小臉，卻依舊沒有發出任何的哭聲。

「安大娘，您說弟弟是不是……是不是已經……」崔景蕙這會兒已是渾身微顫，心神俱焚，一時間竟不能自持。

安大娘沒有理會崔景蕙的問話，她將幼子安放在床尾，一手固定幼子的下顎，將幼子的嘴巴打開，然後俯下身去，對嘴幼子，將幼子嘴裡的汙穢吸出。

「噗！」安大娘單腳勾出床下痰盂，側頭將嘴裡的汙穢吐了進去。然後將幼子翻背，以拇指順背，待拇指下幼子的肌膚微熱，方才停了下來，再度將幼子倒提起來，伸手拍向幼子的屁股。

「哇……哇哇哇！」

忽然，一聲清脆的嬰兒哭泣聲自幼子嘴裡響起，接著便是連綿的「哇啊、哇啊」聲自屋內響起。

安大娘原本攢著的那口氣、揪著的那顆心，這才鬆懈了下來，也有了心思和崔景蕙搭話。

「沒事了，一口氣緩過來了！恭喜了，妳娘生了個小子，聽聽這哭聲，可響亮著，該是個皮厚的！」

聽著幼弟那清亮的哭泣聲，崔景蕙不但沒有覺得煩惱，反而感到欣喜若狂，甚至是喜極而泣，只是待目光落在李氏身上，心又緊了一下。「那我娘？」

「沒事，就是有些脫力，等睡上一覺就好了。」安大娘將崔景蕙事先備好的衣物給幼子包嚴實了，一手抱著猶在嚶嚶哭泣的幼子，走到床邊，另一手查看了一下李氏的情況，這心啊，終於徹底放下了。

「姑婆，參湯已經熬好了，您看這是……」春蓮從屋外接過崔景蘭熬好的參湯送到床邊，見李氏昏沈睡下，倒是有些左右為難了。

「參湯給我，妳和大妮將孩子抱出去報聲平安吧！」安大娘順著春蓮的視線望向李氏，倒是了然，伸手將手中的幼子送至崔景蕙的手中，然後將春蓮手中的參湯接了過去，坐至床邊。「春兒，出去之後，給江伯帶句話，讓他再稍等片刻，等我將順子媳婦這裡整治一下，便讓江伯進來給順子媳婦把把脈，畢竟這孩子生得可不容易。」

「嗯，知道了！」

「謝謝安大娘。」崔景蕙望著懷中襁褓紅瘦的幼弟，由衷地向安大娘躬身道謝之後，這才轉身和春蓮一道出了屋門。一踏出屋外，和屋內的厚重血腥不同，蕭瑟的秋風拂面，倒是讓崔景蕙感知到了一絲涼意。

一直守在屋外的崔濟安和崔景蘭這會兒看到崔景蕙抱了個襁褓出來，頓時心中一喜，忙圍了上來。

崔濟安更是一臉焦急地搓著手，望著崔景蕙，若不是崔景蕙是女孩兒，只怕他這會兒就已經衝上去了。「大妮，是兒子還是閨女？」

「大伯，我娘給我生了個弟弟。」就憑崔濟安這守了一天的情分，崔景蕙這會兒也難得地露出了一絲笑容。

崔濟安聽了崔景蕙的話，臉上頓時露出一絲狂喜的表情，眼眶更是紅了。他往堂屋裡走了幾步，就在堂屋門口處，對著神龕，雙膝一屈，跪了下來，五體投拜。「謝天謝地，祖宗保佑！順子泉下有知，也該安心了。」

而聽到崔濟安言語的崔景蕙，心頭的喜悅卻是一淡，目光望向崔濟安時，意外看到昏暗的夜色中，正屋處，周氏正躡手躡腳地開著正屋門的鎖。

這邊這麼大的動靜，不過是三間屋的距離，周氏卻是連過來問候一聲的打算都沒有，這讓崔景蕙原本就微涼的心更增上了幾許的恨意。

「大妮，妳沒事吧？」剛剛向江大夫轉達了姑婆意思的春蓮看到崔景蕙這番模樣，又聽到崔濟安跪拜時的言語，不曾知曉崔順安已經故去的她不免有些擔心地走到了崔景蕙的面前。

「春兒，我沒事。」崔景蕙對著周氏貓進屋子的身影涼涼地笑了一下，然後扭頭對身側的春蓮露出一個安撫性的微笑。「春兒，幫我個忙，我想抱著弟弟出去一趟，在我回來之前，麻煩妳幫我看顧一下我娘。」

「這個時候出去？」春蓮愣了一下，下意識的問了一句，可是待看到崔景蕙面上稍顯悲戚的表情，卻下意識裡止住了詰問的話，點了點頭，向崔景蕙說道：「大妮，有我在，妳放心吧。」

「嗯，我走了。」再多的感謝，對於崔景蕙和春蓮之間也是多餘的，所以崔景蕙只是感激地望了春蓮一眼，然後抱著已經酣睡下的幼弟，就著昏沈的夜色出了崔家的院子。

秋夜漫漫，蛙聲長鳴，崔景蕙抱著幼弟穿過崔三爺家的院子，由著小路走到了陰森晦暗的墳山，穿過墳包，未及走近，卻見渺渺白煙在黑夜中瀰漫，細看時還能見火光隱現。這個時候居然還有人焚紙祭先靈，倒是讓崔景蕙心中不免生出幾絲忐忑不安。

只是這並不能止住她的腳步，再走近些，便看見一人影窩在崔家的墳地之中，身形不動，看衣裳，崔景蕙卻是認識的——那便是在院裡消失不見的崔老漢。只是未曾想到，他不在崔家，卻在這兒。

崔景蕙走到崔老漢身邊，這才發現，崔老漢窩著的地兒正是前幾日埋葬崔順安的衣冠塚所在，而那隱現的火光和白煙，便是崔順安墳包之前快要燒盡的一堆紙錢。崔老漢蜷坐在旁，身體靠著一石墩兒，手心散落處，一粗陶酒瓶橫倒在一側，也不知崔老漢已經在這兒待了多長時間了。

崔景蕙沒有叫醒崔老漢，而是抱著幼弟，在崔順安的墳包之前跪了下來，抱著幼弟連磕了九次頭，方才停下。

「爹，娘生了，是個弟弟！您放心，雖然弟弟早了些日子出生，但母子俱安，您泉下有知，便不要擔心香火不續，被先祖責罵了。爹爹也請您放心，只要有我在的一日，娘和弟弟必不會擔受委屈，煩勞爹爹九泉之下，多多庇護一二。」

輕聲的話語，在夜的嘆息中消弭，而原本在崔景蕙懷中酣睡的幼子，像是冥冥中有了感應一般，忽然張開嘴大哭了起來。幼子清脆而稚嫩的哭泣聲，瞬間打破了夜的沈寂，也將醉臥一側的崔老漢猛然驚醒。

「妳……大妮，這、這孩兒是男是女？」崔老漢猛的從地上彈起，卻被身側的人影嚇了一大跳，他瞇著一雙老眼，待看清楚是崔景蕙時，瞬間被她懷中哭泣的幼子吸引。

夜色雖濃，星光隱隱之下，崔景蕙絲毫無礙地看到崔老漢伸出的手微微顫抖，而滿是褶皺的臉上，一雙眼睛死死地望著她懷中長泣不止的幼子。

「是個兒子，阿爺！我爹有後了。」

「好，好，好！順子你聽到了沒？你媳婦給你生了小子！小子呀！」崔老漢聽到了崔景蕙的話，一雙昏黃的眼猛的瞪圓，連聲叫好，扭頭望向那小小的、孤寂的墳包，聲線哽咽，說到最後更是老淚縱橫。「順子媳婦，她……還好吧？」良久，崔老漢拽著衣袖，抹去了臉上的淚水，抬起頭就著昏沈的夜色向崔景蕙開了口。

「我娘沒事，就是累了，睡過去了。」

「那就好、那就好！」崔老漢點了點頭，露出一絲欣慰的表情望向崔順安的墳包，望了好一會兒，方才轉頭接著對崔景蕙說道：「夜深了，露水重，還是早些回去吧，免得讓孩子沾了寒氣。」

「嗯，這就回吧！我也只是想讓爹看看弟弟，既然看過了，是該走了。」崔景蕙點了點頭，將懷中的襁褓緊了緊，率先走在了前面。

爺孫兩個就著月色的微光，慢慢地往老崔家的方向走去。

「對了，阿爺，明天齊大山家會來提親，我已經答應了。」走著走著，崔景蕙忽然想起了一事，遂慢下腳步來，等崔老漢走到她身側，這才開了口，將之前答應齊家的事說了。

「提親？這是怎麼回事？」本就是一個村裡的人，崔老漢自然知道齊大山家有個傻兒子，所以聽到崔景蕙的話，腳下的步子一頓，便急聲詢問了起來。這婚姻可不是兒戲，自是要理個清楚明白才行。

「我娘生不下來，江大夫說要人參，我去求了齊家。齊家答應了，但是讓我及笄之後嫁給齊麟，我也答應了，這才救回了我娘一條命。」崔景蕙簡明易瞭地將事情經過說與了崔老漢聽。

崔老漢聽著崔景蕙語氣毫無波動的陳述話語，整個人卻是呆了，待回過神後，痛心疾首地望著崔景蕙。他這個孫女顏色好，又極聰慧、果敢，以後定能嫁個好人家，可現在卻要嫁給一個傻子？這一輩子不就毀了嗎?!他雖對這個孫女不太親近，可是要眼睜睜地看著崔景蕙自毀前程，卻是做不到的。「妳知不知道，那可是個傻子！妳怎麼能這樣輕易就答應了？」

「我知道，但是我沒有其他的辦法。只要我娘和弟弟可以平安，就是嫁個傻子又如何？阿爺，我跟您說這些，也只是讓您提前有個底兒，免得到時候齊家上門生出爭執，驚擾了我娘罷了。」崔景蕙一臉平靜地直視崔老漢，說完之後，也不等崔老漢再開口，她目光憐愛地望了一眼懷中酣睡的幼弟，然後抬腳越過崔老漢，繼續往山上走去。

崔老漢看著崔景蕙的背影良久，直至崔景蕙的身影融入了夜色之中，這才從腰間抽出一桿煙槍，就著星火兒點燃，吧嗒了一口，呼出一口嗆人的煙霧，而後駝著背，晃悠悠的往山上走去。

大妮說得對，這事兒，她其實也就是通知自己一聲罷了，畢竟這命啊，不由人哪！

# 第二十六章　交換庚帖

崔景蕙抱著弟弟回到崔家院子的時候，正房的房門緊閉，裡面黑燈瞎火的，想來周氏是歇下了。四進屋內，隱隱還有聲響傳來，怕是大伯一家也準備安歇了，畢竟這神經繃了一整天，也是累了。

安大娘和江大夫自然都已經不在了，想來周氏也不會有那份心思招待他們，這倒是自己欠考慮了。抱著弟弟回了自家屋子，昏黃的燈光下，春蓮正守在床頭，用手倚著耳鬢，頭一下一下的往下栽，想來也是累了。

「春兒。」

「啊！大妮，妳回來了！」聽到崔景蕙的聲音，春蓮猛的從椅子上彈跳了起來，待看到是崔景蕙時，這才不好意思地朝她笑了一下，然後伸出手心抹掉嘴角的口水。

「嗯。我娘醒過沒？江大夫把脈說了什麼嗎？」崔景蕙倒是不在意春蓮的窘迫，朝春蓮笑了一下，一邊問著，一邊將懷中的襁褓挨著李氏的身側放下。

「李姨一直睡著呢！江大夫說了，李姨原本底子就不好，這次更是傷了根本，所以這次坐月子可得好生照看著，可不能讓李姨受累，以免落下病症來。」春蓮說完之後，倒是有些擔憂地望向崔景蕙。在崔景蕙離開之後，她已從崔景蘭那裡知道了順子叔故去的消息，這會兒見了崔景蕙，更是為她難過不已。春兒咬了咬下唇，扭頭看了一下床上的李姨，一跺腳，拉著崔景蕙出了側門，往屋後走了一段，方才停了下來。

「大妮，妳還好吧？」

「春兒，別擔心我，我沒事。逝者已矣，生者猶在，這日子總要繼續，而且我這會兒只怕也是沒力氣、沒精力來傷悲了。」

崔景蕙自然知道春蓮說的是什麼事，她苦笑了一下，仰頭望著漫天的星光。或許是因為沒有看到崔順安屍體的緣故吧，即便悲傷，心中卻仍藏著小小的渴望，以致沒有讓她在悲傷中沈淪下去。而且，所有的事發生得太快了，一切都變得有些不那麼真實，倒是讓她有種恍然若夢的感覺。

「那就好！妳要想開一點，畢竟妳還有妳娘、妳弟。」雖然平時春蓮是個話多的，可是遇到這種事，而且還是發生在崔景蕙身上，這倒是讓春蓮不知道該怎麼對崔景蕙說了。

「我知道，妳放心好了，我不會倒下的。」

崔景蕙將頭偏靠在春蓮的肩頭，幽幽的話讓春蓮一時間悲從心起，眼淚也簌簌地往下落，可是為了不讓崔景蕙擔心，春蓮硬是強撐著沒有發出任何聲音。

二人之間的談話也就此歇了下來。過了好一會兒，待春蓮平復好悲傷的心情，這才又開了口，語氣中還夾雜著一些不好意思。「大妮，對不起，我看了妳床底下的那個小箱子了。」

「嗯，沒事，我不在意。」崔景蕙並沒有在意，畢竟那鑰匙還是自己拿出來給春蓮的。看了就看了，裡面除了裝藥的那個琉璃瓶子以外，也就只有一塊血玉和兩張庚帖罷了，倒也沒什麼見不得人的東西。

春蓮遲疑了一下，崔景蕙有那個小箱子的鑰匙，所以她也摸不準崔景蕙到底知不知道這件事。「我看到裡面有兩張庚帖……大妮，妳知道妳早已定下了婚約的事嗎？」

原來是這個呀！崔景蕙倒是有些理解為什麼春蓮要在這個時候和自己說這事的緣由了。

「嗯，我知道，可是這已經不重要了。」

「怎麼會不重要？大妮妳知不知道，這可是一輩子的大事！」春蓮聽到崔景蕙絲毫不在意的語氣，頓時急了，伸手將崔景蕙的頭扶正，抓著崔景蕙的胳膊，臉上是從未有過的嚴肅。

「春兒，我已經答應及笄之後便會和齊麟成婚，這庚帖之事，妳就當沒看過吧！」崔景蕙沒有去看春蓮，目光依舊仰望著那一輪孤月。

如嘆息般的聲音落入春蓮的耳裡，是那麼的讓人不敢置信。「怎麼可能？大妮，怎麼會這樣？」

「不然妳以為齊家為什麼會願意將人參給我？這人參本來就是齊家用來給齊麟換媳婦的。」

春蓮愣了，她倒是沒想過崔景蕙能拿到人參竟會有這番波折，呆愣了好一會兒，這才醒過神來，下意識裡聲音也提高了。「難道沒有其他辦法了嗎？大妮，那可是個傻子！妳要是真嫁給他，妳這一輩子就毀了，妳知不知道……」

春蓮的話還沒有說完，崔景蕙便閃電般地伸手捣住了春蓮的嘴巴，同時眼帶警告地看了春蓮一眼，卻想起夜色昏沈，可能春蓮根本就看不清自己的表情，只得開口。「春兒，這些事我娘都不知道，妳懂嗎？」

待春蓮點了點頭之後，伸手去掰崔景蕙的手，崔景蕙這才鬆開了春蓮的嘴。

「可是，大妮，妳不能為自己想一下嗎？李姨總會知道的啊！」刻意壓低的聲音中，濃濃的擔憂完全遮掩不住。

「以後的事，以後再說。現在的話，只看當下吧，畢竟活著才是最重要的。」崔景蕙伸出雙手揉了揉春蓮的雙頰，刻意輕鬆地笑了一下。

春蓮還想說些什麼，卻聽到屋內一陣清脆響亮的哭泣聲，二人頓時止了話題，轉身朝屋內跑去，春蓮也緊隨其後跟了進去。

跑到床邊，崔景蕙將哭泣的幼弟抱入懷中，輕輕地拍打了起來，可是不知為何，幼弟的哭泣依然沒有停止。「春兒，這是怎麼了？」

「給我看看，興許是拉了！」

雖然都是未出嫁的閨女，可畢竟春蓮跟著安大娘學了快兩個月了，總是比崔景蕙懂得多一些。接過嚎啕哭泣不止的幼子，春蓮解開襁褓，再將尿片解開，便看見尿片上面沾染著一些青黑色的排泄物。

「大妮，水缸子旁邊的小灶上溫著一鍋熱水，妳去裝點來，給寶兒清洗一下。」

崔景蕙來不及問為什麼弟弟的大便是青黑色，便應了春蓮的吩咐，急急從屋外端了一盆熱水進來。

二人就著熱水，將幼子清洗了一下，換上了乾淨的尿片，春蓮又讓崔景蕙端來放涼的白開水，餵了幼子一點，二人折騰了近兩刻鐘的時間，終於讓哭鬧不止的幼子安靜了下來。自始至終，床上的李氏絲毫沒有半點要醒來的意思，看來這次生產，李氏算得上是大傷元氣了。

待崔景蕙將弟弟重新挨著李氏放下之後，崔景蕙和春蓮同時鬆了一口氣，相視一笑，臉上皆有一絲狼狽。

而這會兒也不到歇著的時候，就著盆裡的溫熱水，崔景蕙將弄髒的尿片清洗乾淨，晾在了院子裡。

春蓮看著崔景蕙忙活著，忽然開口問道：「這孩子取名了嗎？」

崔景蕙愣了一下，想起李氏還未生產前，崔順安猶在時曾提過的話——這個孩子定是上天垂憐送來的禮物。

「就叫承佑吧！崔承佑。」崔景蕙一句話敲定了弟弟的名字。看著外面越加寂寥的夜色，她倒是有些擔心春蓮了起來。「對了，春兒，都這般時候了，妳還未回去，嬸子怕是該擔心了。」

「沒事，我已經和姑婆說了，今天晚上不回去了。大妮，今晚我可就賴在妳家不走了，妳可不能趕我。」春蓮一臉可憐兮兮地湊到崔景蕙的面前，那模樣完全就像是個無家可歸的可憐人。

崔景蕙哪還有什麼不明白的？定是春蓮不放心這個當口留自己一個人在，這才留下來陪自己的，這讓崔景蕙如何不感動？伸手一把攬住春蓮，將其抱住，滿是感激。「春兒，謝謝妳陪著我。」

「謝什麼？咱們可是好姊妹！」春蓮沒好氣地翻了翻白眼，一點都不理會崔景蕙的感動，倒是有些睏頓地打了個哈欠，挽著崔景蕙一併回了屋子。「好了，別閒話了，今天晚上妳弟弟還有得折騰了，咱們先回去睡會兒吧！」

# 第二十七章　齊家上門

漫漫長夜，倒也是如春蓮所料，每過一個時辰，承佑便會哭鬧一番，不是餓了，便是尿了，折騰得崔景蕙睏頓不已。清晨時分，好不容易昏沈睡下，還沒一會兒便聽到叩門聲響起。

迷迷糊糊地去開了門，門才開了一條縫，門外焦急無比的崔景蘭便已推門而入，她探頭看了一眼床的方向，這才放低了聲音對崔景蕙說道：「大妮，齊家來人了，阿爺讓我來喚妳。」

崔景蕙愣了一會兒，迷迷糊糊的腦袋這才將崔景蘭說的話消化清楚。「來了呀？倒是挺快的。蘭姊，妳等會兒，我梳洗一下。」

「嗯，我來照看堂弟。」崔景蘭點了點頭，也不等崔景蕙答話，便越過崔景蕙走到床邊，順手拿起擱在一旁的針線筐裡一件還未完工的小衣裳開始縫了起來。

崔景蕙見此，也不好再多說什麼，畢竟現在不僅僅只有她娘要照看著了。尋了衣裳正準備換上時，昨夜歇在崔景蕙屋裡的春蓮也是迷迷糊糊地抬起了頭。

「大妮，不多睡一會兒了嗎？」

「不睡了。齊家來人，我過去看看。」

「啊?!」原本還是滿臉睏倦之色的春蓮瞬間清醒了過來，掀開被子，一骨碌從箱子上跳了下來，然後拿起外裳，邊穿邊朝崔景蕙說道：「大妮，我陪妳去！」

「不用了，也沒什麼大事。昨晚妳也累了，再歇一會兒吧！」崔景蕙穿好衣服，卻是拒絕了春蓮的請求。

只是，春蓮早已打定了主意，又怎麼可能會因為崔景蕙的拒絕而退縮呢?當下她快走幾步，趕上崔景蕙的腳步，然後伸手挽住崔景蕙的胳膊。「大妮，我要去，我要陪妳去！」

「真拿妳沒辦法，要去就去吧！」崔景蕙一臉無奈地伸手捏了捏春蓮的臉，還是選擇了妥協，只是這樣一來，倒是不得不拜託崔景蘭了。

「蘭姊，麻煩妳照看一下我娘和弟弟了。」

「說什麼麻煩不麻煩的，咱們是姊妹，妳放心好了。」崔景蘭抬起頭望了一眼崔景蕙，笑得溫婉，對於崔景蕙和春蓮之間親密無間的友情，心中倒是羨慕得緊，只是她同樣也明白，即便她再怎麼彌補，只怕也無法消弭之前留在崔景蕙心中的隔閡。

「嗯，我知道了。」崔景蕙看了一眼崔景蘭，點了點頭，倒也沒再說什麼道謝的話，和春蓮挽著手出了屋子，往正屋方向走去。

還未進屋，便聽到正屋裡崔濟安激動的聲音響起。

「齊大山，想讓大妮嫁給你家那個傻兒子，那是絕對不可能的事，你就死了這條心吧！」

「濟安，這事可不是你說了算，而且昨天可是大妮自個兒親口答應婚事的！你們老崔家用了我們家的人參，現在是不是打算不承認這個約定了？」齊嬸絲毫不讓的聲音接著響起。

崔景蕙推開正屋的門，一邊說著，一邊走了進去。「齊嬸多心了，既然我已經答應了的事，自然是不會反悔，只是我大伯不知其中緣由，這才有些激動，還望齊嬸不要放在心上。」

原本正想反駁齊嬸話的崔濟安，聽到崔景蕙的言語時，更加怒不可遏，他一下衝到了崔景蕙的面前，伸手抓住崔景蕙的胳膊，一臉正色道：「大妮，兒女婚嫁從來都是父母之命，媒妁之言，妳爹現在不在了，妳的婚事現在便只能由我和妳阿爺作主，不管妳說什麼，我都不會答應的！」

對於崔濟安的維護，崔景蕙自然是心生感激，只是這事已成定局，即便再掙扎，又能怎樣？「阿爺已經答應了，大伯多說無益。」崔景蕙止住崔濟安還要爭辯的話語，扭頭望向一直坐在凳子上抽著旱煙的崔老漢。「阿爺，麻煩您把我的庚帖給齊家吧。畢竟我還未及笄，這件事只能暗中定下來，聲張出去不管對誰都不好。」

崔老漢抬起頭看了一眼崔景蕙認真的表情，將煙嘴從嘴裡抽了出來，然後朝著後面臥房裡喊了一句。「老婆子，把大妮的庚帖拿出來！」

興許是對於崔景蕙的遭遇樂見其成，一直躲在裡面臥房的周氏在聽了崔老漢的招呼之後，幾個呼吸間便拿著一張薄薄的紙走了出來，臉上是藏也藏不住的得瑟。

崔老漢起身從周氏手裡拿過那一張紙，然後遞到了齊大山的面前。「大山，這是大妮的庚帖，這便算是兩家孩子定下了。我也不瞞你，順子前些日子沒了，所以大妮必須替順子守完孝，才能再議婚嫁。」

齊大山聽到這個消息，倒是驚訝地豎了濃眉，連崔老漢遞過來的庚帖都忘了接。「順子沒了？這是出了什麼事嗎？」

齊大山沒接，可是齊嬸在呀！她昨晚上越想越不安穩，本來這種私下裡定下的婚約，只需要交換信物，口頭約定俗成便是了，但是一想到自家兒子和崔景蕙之間的差距，所以來之前她就打定了主意，要把大妮的庚帖拿到手。這一路她還在琢磨著怎麼才能將庚帖順理成章地騙過來，卻沒想到崔景蕙竟然自己先提了出來，果然是個心思透亮的孩子，這下齊嬸看崔景蕙自然也是越看越滿意了！

齊嬸伸手一把將崔老漢手中的庚帖拿到了手裡，打開看了一眼，雖然她大字不識一個，可是這子丑寅卯還是知道的，所以當下便心滿意足地將庚帖塞進了懷裡。「守孝自然是應該的，幸好大妮現在年歲也小，等守完孝，也不過才十六，咱們家齊齊等得起。」

這婚事，崔家人只怕除了周氏以外，沒人是開心的，所以這會兒自然是連客套的心情都沒有。看著齊嬸將大妮的庚帖收了，崔老漢嘆了口氣，背過身去，也懶得和齊家客套了，朝齊大山夫婦擺了擺手。「既然這事定下來了，你們也如意了，我崔家這會兒畢竟白事沾身，就不久留你們了，免得沾了晦氣。」

「這人死了啊，就不能復生，崔大叔，還請節哀。那我們就不打擾了，若是有什麼要幫忙的，儘管招呼一聲，畢竟咱們以後可是親家了。」齊嬸自然也是知道崔家人的不甘心，她這事雖然做得不地道了一點，可是識人眼色還是看得清的，所以當下，她朝崔家人客套了一句，拉著還在愣神中的齊大山，便出了崔家院子，回家去了。

齊家夫妻離開之後，崔家正屋裡頓時陷入了一片死寂。

「大妮配了姻緣，這可是好事呀！怎麼一個個就跟死了爹一樣的？」周氏咧著嘴乾笑兩聲，試圖打破屋內的沈悶，只是她那話出口，卻是完全沒過腦子的，光顧著高興崔景蕙倒大楣了。

周氏話一落音，屋裡所有人的目光瞬間集中在她身上。

「老婆子，妳閉嘴！」

「娘，您說什麼話呢！」

崔老漢和崔濟安同時開口，那指責的目光，倒是讓周氏渾身哆嗦了一下，這才意識到自己剛剛說錯話了，目光怯怯地瞟了崔景蕙一眼，卻是不敢再開口了。

「阿嬤說得不錯，我確實是死了爹了。不過，阿嬤莫不是忘了，我爹也是您兒子？」崔景蕙涼涼地望了周氏一眼。有時候，她真懷疑自己的爹到底是不是周氏的親生兒子?!可若不是親生的，為何當年明明已經過繼給了三爺，卻要拚死的搶回來？

崔景蕙的話，倒是提醒了周氏，周氏頓時張開嘴，開始捶胸頓足地乾嚎了起來。

「哇……我的兒啊，我怎麼就這麼苦命啊！你還沒抱上兒子呢，怎麼就——」

崔景蕙一把堵住了周氏的話，言語中輕蔑的語氣不言而喻。「阿嬤，要不要我給您拿點大蔥，免得您哭不出來比較難看？」

周氏被崔景蕙堵得張大著嘴，卻是再也嚎不下去了，這會兒倒是哭也不是，不哭也不是了。

崔景蕙懶得再去看周氏醜惡的嘴臉，她伸手拉住身側的春蓮，直接出了屋子，看都沒看屋裡桌子上擺著的幾樣禮品。

「大妮、大妮！」蹲在屋裡捧著腦袋一臉頹喪的崔濟安，聽到崔景蕙離開的聲音，忙站起身追了上去。「大妮，妳不跟大伯說說，這究竟是怎麼回事嗎？」崔濟安快走幾步，擋在了崔景蕙的面前。

「大伯，沒什麼事，我拿了人家換媳婦的人參，自然得賠人家一個媳婦。這就是世道，這就是命！大伯，我知道您關心我，但是，拿不出二十兩銀子之前，大伯還是不要再說這件事了。我娘才剛剛生產完，我不想讓她擔心。」崔景蕙朝崔濟安點了點頭，勉強露出了一絲笑容。

「這、這……怎麼可以這樣啊！」崔濟安猛的一拍大腿，饒是他想破腦袋也想不明白，就生個孩子的事，怎麼就變成一場交易了?!

「能救回我娘和弟弟兩條命，怎麼說也算我賺了才是。」崔景蕙倒是想得開，反而勸慰起了崔濟安。「大伯，不說了，出來這麼久，承佑怕是快要醒來了，我得先回去了。」崔景蕙繞過崔濟安，拉著春蓮直往五進屋走去。

身後的崔濟安呆愣愣地站在原地，久久沒有回過神來。

# 第二十八章　另有庚帖

「大妮，妳回來了！二嬸和堂弟還沒有醒來，妳和春兒都餓了吧？我去給妳們拿點吃的！」崔景蘭聽到推門聲，看見崔景蕙進來，忙將手中的小衣服放回針線筐裡，然後站起身來，朝崔景蕙靦腆地笑了一下，擦著崔景蕙的身子走過，匆匆出去了。

春蓮扭頭看著崔景蘭匆匆而去的背影，忽然開口對崔景蕙說道：「大妮，過去的都過去那麼久了，李姨也平安地生了，我看妳大伯一家對妳也算是真心實意，之前的事，妳就放下吧？」

便是春蓮不說，就看在崔濟安和崔景蘭真心實意為自己好的分上，崔景蕙便已打算不再追究崔元生之前的過錯了。所以當下，她朝春蓮笑了一下，輕嘆一聲。「是該放下了。」

春蓮聽了崔景蕙的話，倒是心裡鬆了鬆，畢竟她看著大妮和蘭子之間的相處方式也是累得很，既然大妮能夠放下，那自然是最好不過的了。

忽然，春蓮看了一眼床上還未醒來的李氏，拉著崔景蕙到一邊，壓低聲音問出了心中的疑惑。「對了，大妮，妳阿嬤拿出來的那張庚帖是怎麼回事？妳的庚帖不是在床底下的小箱子裡收著，怎麼妳阿嬤手裡也有一張？」鬼知道她在正屋裡看到周氏拿出那張庚帖時是如何的驚訝，只是因為不敢壞了崔景蕙的打算，這才一直忍著未曾開口。這會兒屋裡沒有其他人了，依著春蓮的性子，自然是忍不下去了。

「我這裡這張是真的，阿嬷那張也是真的，這其中的緣由比較複雜，在這裡不方便說，等以後尋了機會，我再慢慢告訴妳。」崔景蕙早知道春蓮定然是忍不住會問的，只是在這裡，娘雖然睡著，但保不准什麼時候會醒來，所以崔景蕙只得允諾另尋時間告知，以滿足春蓮的八卦之心。

「好！這事咱可說准了，妳一定要和我說說，不然這尋不到答案，撓得我心裡癢癢的。」幸好春蓮也不是那種胡攪蠻纏的人，聽了崔景蕙的話，雖然有些不甘心，但還是忍了下來，畢竟李姨的身體為重。

「我還不知道妳的性子？定不會讓妳寢食難安的。」

二人正說著，崔景蘭細聲細氣、帶著些許抱歉的聲音從屋外傳來了。「大妮，我娘做了點餅子，妳和春兒先湊合著吃些吧？灶房裡煮了粥，怕是要等會兒才會熟了。」

「有吃的就成了，不拘著什麼。」崔景蕙倒是不在意，走到門口，接了崔景蘭手中的菜碗。「蘭姊，妳吃了沒？要不進來一起吃點？」

崔景蘭聽到崔景蕙的話，一臉驚喜地抬頭望了崔景蕙一眼，但卻咬了咬下唇，面上閃過一絲猶豫掙扎，最後還是搖了搖頭，拒絕了崔景蕙的提議。「不了，我娘給我留了吃的。」說完之後，崔景蘭抱歉地對著崔景蕙和春蓮笑了一下，然後轉身匆匆而去。

春蓮看著崔景蘭離去的背影，一臉疑惑地扭頭向崔景蕙問道：「蘭子這是怎麼了？」

「沒什麼，應該是被伯娘說了。」崔景蕙隨意說了一句，倒也是能理解，畢竟這坐月子的地兒，有些人還是避諱著的。拉著春蓮回了桌子邊，塞了一個餅子進春蓮的手裡。「快吃吧！涼了可就不好吃了。」

「嗯！」春蓮這會兒早就餓了，自然也不跟崔景蕙客氣了。

待吃過早食之後，春蓮便起身準備家去，畢竟待了這麼長時間了，得先回去看看再說。

「春兒，妳先等等！」崔景蕙囫圇地將嘴裡的餅子嚥下後，站起身來，一把將想要走的春蓮拉了回來。

「怎麼了，還有什麼要我幫忙的嗎？」春蓮一臉詫異，倒是停了腳步。

崔景蕙搖了搖頭，鬆開春蓮的手，從懷裡掏出一個碎銀子，順手拿了剪子，從碎銀子上剪了兩個黃豆大小的銀豆子。「昨天實在是失禮了，想來安大娘和江大夫的禮錢都沒有付，而我也來不及去把這銀子換了。到時候還要麻煩妳給安大娘和江大夫帶句話，幫了我娘這麼大的忙，卻是招待不周了，實在是抱歉得很。」

「這個姑婆和江伯不會在意的！大妮，妳這銀子哪來的呀？」春蓮看到崔景蕙拿銀子出來，本來是想拒絕的，可是聽到崔景蕙說是帶給姑婆和江伯的，這是禮數，春蓮自然是無法幫他們作主的。只是銀子這東西在大河村可是稀罕物，而且她知道崔家的錢財都在周氏手裡握著呢！

崔景蕙聽了春蓮的話，手上一頓，沈默了一會兒才開口。「這是我爹用命換來的。」

春蓮一聽便知道自己問錯話了，不好意思地看了崔景蕙一眼，然後扭捏地說道：「這個……那個……那我先回去了！」

「嗯，回吧，不然嬸子真要擔心了。」崔景蕙微微扯了下唇角，算是笑過了，然後將兩顆銀豆子塞進了春蓮的手心裡，推著她的雙肩，將她推到了門口，順勢摸了摸春蓮的腦袋。

「不准摸！到底是我小還是妳小呀?!」春蓮伸手一把打掉崔景蕙的手，扭頭對崔景蕙白了一眼，然後便朝院子外走去了。

崔景蕙看著春蓮的背影在自己的視線中消失之後，這才轉身回到屋子，坐在床邊，看著昏沈未醒的李氏，還有懵懂無知地酣睡著的承佑，一時間竟呆呆的出了神。

夜色漸漸臨近，睡了快要一天一夜的李氏這會兒終於幽幽地醒了過來，她感覺自己的整個身體像是陷入泥潭之中一樣，掙扎不得，就連視線也是影影綽綽的看不清楚。

「娘，您醒了！」

焦急的聲音自耳邊響起，李氏凝了好一會兒神，這才看清楚俯身在自己眼前的是崔景蕙。「大妮，是妳啊……」

「嗯，是我！娘，有沒有覺得哪裡不舒服？」崔景蕙點了點頭，伸手握住李氏的手，然後在自己的臉側蹭了蹭，杏眼中已然有淚光閃爍。

「就是感覺有點渾身沒力氣。大妮，我這是怎麼了？啊！我的肚子！我的孩子怎麼不見了？」李氏軟軟地回了崔景蕙一句，一時還沒有緩過神來，直到另一手下意識地撫過肚子時，突然驚得心神俱裂。

「娘，沒事，弟弟在呢！我這就抱給您看，您不要動。」李氏現在這身子哪裡是能折騰的？當下，崔景蕙便鬆開了李氏的手，按住了她想要起來的身子，轉身奔到床尾，將酣睡著的承佑抱了起來，送到了李氏身側。

「這、這是……我的孩子嗎？」李氏望著身側襁褓之中的孩子，第一個反應竟然是摀住了自己的嘴，一副不敢置信地望著崔景蕙。

「嗯，這就是弟弟。阿爺已經給取了名字，叫承佑，崔承佑！」崔景蕙點了點頭，笑著站在床頭。若告訴李氏是自己取的名字，李氏自然不會答應；若說是崔老漢取的，娘定然不會忤逆長輩。

「承佑，我的承佑！」李氏口中喃喃地唸著這個名字，一臉愛憐地望著承佑那張小小的、皺巴巴如老頭一般的小臉，只覺心中母愛氾濫，掙扎著就要起身將承佑抱進懷中。只是，身子還未動，便已經被崔景蕙伸手攬住。

「娘，您剛剛生產完，身子虛得很，還是先不要抱了。伯娘給煮了粥，還煲了雞湯，娘您都睡了快一天一夜，就先吃點東西吧！」

「都這麼久了呀？妳要不提，我還真沒發現肚子餓了。」李氏有些不好意思地朝崔景蕙笑了一下，倒是沒再堅持要起身了。

崔景蕙見此，倒是鬆了一大口氣，轉身拿碗裝了大半碗粥，又盛了一碗雞湯，端著拿到了床邊櫃上。

「娘，我扶您坐起來。」

「嗯。」

李氏就著崔景蕙相扶的手，慢慢地靠著床褥半躺在床邊，朝著崔景蕙柔柔地笑了一下，同時伸手撫了撫身側承佑的小臉。

「娘，雞湯油膩，所以我們先喝點粥墊墊肚子。」

「好，都聽大妮的。」

李氏朝崔景蕙點了點頭，倒是沒有拒絕崔景蕙的餵食，畢竟她也知道自己這會兒根本就沒有任何的力氣。

崔景蕙餵了大半碗米粥之後，又給李氏餵了大半碗雞湯，直至李氏拒絕進食，方才停了下來。

「娘，要不要再歇會兒？」崔景蕙將碗筷收拾了，坐在床邊，看著李氏一直目光柔柔地望著承佑，那眸光裡的溫柔，要說不嫉妒自然是假的，不過，也只是稍微有些嫉妒而已，畢竟她也曾獨享著溫柔近十年。

「不了，讓我再看看承佑。」李氏抬頭朝崔景蕙笑了一下，目光再度落在了承佑身上。

崔景蕙看李氏那樣子，倒也不再堅持，正好她可以趁這時間去拿點熱水來。「那好吧！

娘，注意別傷了神。對了，娘，阿爺說承佑的小名就讓您給取個吧！」

李氏聽了崔景蕙的話，頓時眼前一亮，愛憐地望了崔承佑一眼，抬頭向崔景蕙說道：

「這樣啊！讓娘先好好想想。」

「嗯，娘慢慢想，我先去把碗筷撿了。」崔景蕙倒也不介意這個，抬頭對李氏笑了一下，轉到桌子前將碗筷一併收拾進了籃子，提著出了屋子。經過正屋時，聽到屋內斷斷續續的話語傳來，是大伯的聲音。

「爹，我想好了，我要去縣裡，那裡肯定能找到活計。」

「再過一個月就要封山了，你知不知道你這一去，今年過年可就回不來了。」這是崔老漢的聲音。

「我知道！爹，今年過年我不回來了。還有兩年半的時間，只有掙到二十兩銀子，才能退掉齊家的親事。現在順子不在了，我是大妮的大伯，我不能讓大妮這一輩子就毀在了齊家！」

「既然你想好了，那就去吧！打算什麼時候出發？」

「謝謝爹、謝謝爹！我回去和張氏囑咐一聲，打算明天一早便出發。」

「這次出去，路上小心點，不要只顧著賺錢，平安才是最重要的。」

「嗯，爹您放心好了！」

屋外，將崔老漢和崔濟安的談話聽在耳裡的崔景蕙，見正屋的門打開，忙小跑了幾步，提著籃子鑽進了灶房裡。她倚靠在門板上，心中五味翻騰，她沒有想到，崔濟安竟然下了這樣的決心。心中的感動盈滿眼眶，眼淚竟就這樣簌簌地直往下掉。

崔景蕙伸出一隻手，捣住眼眸，眸光閃動。或許，終究還是她心防太重了……

# 第二十九章　周氏壞事

崔濟安果然在第二天便離開了村子，而李氏也開始下奶，這倒是讓崔景蕙省了很多事。畢竟剛出生的奶娃娃，能吃的食物還是有限得很，再加上她離不了李氏的身，就算手裡有銀子，也不能去置辦什麼，所以這讓崔景蕙鬆了一大口氣。

至於吃食這一塊，雖然周氏摳得很，但是有崔老漢在家壓制著，倒是不敢做得太過。即便自從第一天的雞湯之後，再也看不到雞的影子，可是給李氏單獨備下的粥裡還是能聞到肉香的。

而崔承佑也由一個皺巴巴老頭的模樣，慢慢長成了幼兒該有的樣子，雖然五官不是很精緻，但畢竟隨了李氏的長相，看著亦是雋秀得很。

李氏自從醒來之後，精神是越來越好，臉上的笑容也是越來越多。雖然還念叨著崔順安何時會回來，但至少有了崔承佑這個寄託，倒是讓崔景蕙囫圇起來容易得多了。

只是讓李氏給承佑取的小名一直都沒有取好，要麼就是嫌不好聽，要麼就是嫌太貴氣了，怕礙著承佑，反正就是這也不好，那也不好。

一晃眼，離李氏生產已經過了五天，也到了崔順安的頭七。崔景蕙早在之前便央了伯娘去鎮上購置了一些白事用的紙錢、白燭，一直等到李氏和承佑都歇下了，她才向大房招呼了一聲，若是她娘醒來，讓張氏稍稍看顧一下，接著便和崔老漢一道提著白燭、紙錢，到墳上給崔順安過頭七去了。沒能給崔順安辦白事，她心裡已過意不去得很，若是頭七也不能去給他燒點紙的話，她還能算是人子嗎？

張氏站在院子裡，直等到崔景蕙和崔老漢的人影消失，這才努了努嘴，看都沒看二房屋裡一眼，轉身就往自己屋裡走去。

「娘，您不去二嬸家看著嗎？」崔景蘭這會兒正在屋裡繡著枕套，聽到開門聲，倒是奇怪地問了句。

「都睡著呢，有什麼好看的？」張氏一臉無所謂地回了一句。崔景蕙跟防賊一樣的防著周氏，在她看來，完全就是多此一舉。周氏畢竟是婆婆，還能吃了自己媳婦不成？

崔景蘭本想多說幾句，可是看張氏那樣子，卻是什麼都不想說了，將手中的枕套擱在一旁的針線筐裡，端了起身就往外走。

「蘭子，妳這是做什麼？」

「我守著二嬸去。」崔景蘭回頭看了張氏一眼，然後悶聲回了句。「我就在門口守著。」說完，也不等張氏再開口，便出了屋子。

張氏氣得伸手指著崔景蘭的背影直跳腳。「妳、妳……真是氣死我了！我怎麼就生了妳這樣的一個女兒！」自從出了元元的事之後，她這女兒就越來越摸不清了，真是兒大不由娘！

張氏在這邊感嘆著，門外崔景蘭已經拿了把椅子坐在了五進門口處。桂娥的婚期要近了，她答應桂娥的枕套可得加緊了做。

崔景蘭低頭繡著手上的鴛鴦，倒是沒有注意到正房挨著堂屋的那扇門被輕輕推開，自李氏生產之後便一直窩在屋內沒有出過門的周氏，這會兒正探頭探腦地從門裡出來，出了堂屋便徑直往五進屋的方向走去。

「蘭子，怎麼是妳守在這兒？大妮呢？大妮呢？」周氏一臉假惺惺地左顧右盼了一下，做足了姿態，不知道的人還以為她真是在關心大妮呢！

「大妮上墳去了。阿爺不也跟著去了，阿嬤您不知道嗎？」蘭子看到周氏，下意識裡心中一抖，繡花針便扎進了手指，一顆血珠頓時冒出，崔景蘭將手指含入嘴裡，吮吸掉血珠，這才有些惴惴不安的問道。她雖然沒有崔景蕙聰明，可是也知道阿爺出去，阿嬤是不可能不曉得的。再想想，阿嬤一直看不慣二嬸，這會兒大妮不在，阿嬤就這麼巧的問上了門，不管怎麼想，這都有點不太對勁。

「我剛剛才睡醒，倒是沒有注意這個。蘭子，妳在這兒守著，我進去看看我孫子。」周氏皮笑肉不笑地扯了謊。她等的可就是這會兒，大妮那個騷蹄子守得緊，她根本就不敢進二房的門，好不容易逮到這個機會，她可不會傻得放過。畢竟那可是五兩銀子，她兒子用命換來的，憑什麼揣在大妮那賤貨手裡！周氏這般想著，心裡更是像鑽了隻蟲一樣，癢得慌，當下便去推五進屋的門。

「阿嬤，堂弟還歇著，要不您等堂弟醒了再來看吧？」崔景蘭雖然心中懼怕周氏，但想著大妮對周氏的嫌棄，定然是不願意周氏進屋的，遂壯了壯膽子，咬咬牙，從椅子上站了起來，然後擋在了周氏的面前。

「睡著看就成，阿嬤最不喜歡小娃兒的哭鬧聲了，聽了心裡就難受得很。蘭子，妳放心好了，阿嬤絕對不會吵醒他們母子的。」周氏嘴裡說著商量的話，可是手上的動作卻是一點都不給崔景蘭商量的餘地。

崔景蘭本就是被張氏嬌養在屋裡的，雖說算不上是十指不沾陽春水，可是這稍重點的活計，卻是半點都沒沾手過，哪裡拚得上周氏的力氣？

周氏拉扯著將崔景蘭往邊上一撥、一推，便將崔景蘭給推搡到了地上。周氏根本就沒有去看崔景蘭有沒有傷著、傷得重不重，她滿心滿眼的就是大妮不知道藏哪裡去的銀子，所以推開崔景蘭之後，周氏便毫不猶豫地推開了門，反手將門帶上，然後將門從裡面給拴上了。

銀子！銀子！大妮那騷蹄子會把銀子藏哪兒呢？周氏一邊想著，手上便開始翻箱倒櫃地找尋了起來。她就不信，她將這屋子翻了個底朝天，還能找不出銀子！

周氏在屋內忙活著，屋外的崔景蘭臉上卻是變了顏色。她不顧擦傷的手臂，從地上爬了起來，然後帶著惶惶之色便去推五進屋的門，但是門已經拴住，自然是推不開的。

「阿嬤，您開門好不好？阿嬤，您這樣大妮會生氣的！」崔景蘭不敢叫太大聲，以免將二嬸和堂弟給吵醒了，可是不管她怎麼叫，屋內的周氏全當沒聽見般，絲毫沒有半點要開門的打算。崔景蘭自然是急了，匆匆回了自家房門，看到張氏還在屋裡，就像是看見了救星一樣，上前一把抓住張氏的胳膊就往外走。「娘，快點！阿嬤進二嬸的屋裡去了！」

張氏被崔景蘭惶然的模樣嚇了一大跳，等聽到崔景蘭的話時，倒是沒覺得有什麼不對。「別拉，進了就進了唄！婆婆進媳婦屋門是天經地義的事，有什麼好大驚小怪的？」

「不是，娘，阿嬤把門也給拴上了，不讓我進去！娘您快跟我去喊阿嬤出來！」崔景蘭倒是沒有張氏那麼心大，她可不信阿嬤真的是為了看堂弟才進去的。

「把門拴上了？這是怎麼回事？」張氏這會兒倒是不掙扎了，跟著崔景蘭一併來到二房屋門口，趴在窗框，自然是看到了周氏在裡面翻箱倒櫃地忙活著，便是一向心大的張氏這會兒也感覺到不妙了。娘這哪裡是在看孫子呀？分明就是想看弟妹家藏了什麼好東西……好東西？張氏想到好東西時，頓時眼前一亮，二房能有啥好東西？最值錢的也就是前幾天官家送過來的五兩銀子！對了，這銀子大妮可是揣得死死的，沒有給阿娘，難怪阿娘會有此舉，怕是早就等著這會兒大妮不在家了！「沒事，等妳阿嬤找到大妮藏著的銀子，自然就會出來了，蘭子妳別擔心。」張氏想明白了，倒是寬慰起了崔景蘭。

銀子?!聽了張氏的話，崔景蘭的那顆心卻是揪得更緊了。原來阿嬤想要的是二叔的撫恤銀子，這要真讓阿嬤給找了去，那……那大妮不得翻了天去？不行，絕對不可以讓阿嬤找到銀子！「阿嬤，您出來吧！我求求您，您出來吧！那是大妮的銀子，您不能拿！」

在屋裡翻箱倒櫃一直未曾搭理崔景蘭的周氏，一聽到崔景蘭說那是大妮的銀子，頓時衝到窗子處，一雙掃帚眉豎起，倒八字眼死死瞪著崔景蘭。「誰說是大妮的？是我的，都是我的！」

崔景蘭被周氏的樣子嚇得退後幾步，一副驚魂未定地看著周氏猙獰的模樣，一時間竟然說不出話來了。

「不在，不在，都不在！會藏在哪兒呢？」屋內的周氏哪裡顧得上驚嚇不驚嚇的，沒一會兒就將二房翻了個遍，瓦瓦罐罐都翻了，可是連銀子的鬼影子都沒看到。

大妮那個小騷蹄子到底給藏哪裡去了？周氏心裡火急火燎的，她環顧屋內，最後將視線落在李氏睡著的那張床上。屋裡她可都翻過一遍了，也就床上沒找過，難道是藏在了床上？腦袋裡這個念頭一閃而過，腿已經往床邊走去了。

翻了翻墊子，沒有！

看了看床尾，還是沒有！

到底藏哪兒了呢?!

周氏這會兒腦袋裡只有銀子，自然是沒注意到自己探查的時候，腿腳不小心碰到了承佑小小的身子。

原本酣睡著的承佑，瞬間被痛楚驚醒。「哇啊、哇啊……」

周氏被承佑的哭聲嚇了一跳，瞪著一雙眼，望著嚎啕大哭的承佑，一臉的不耐煩，嘴裡嚷嚷著，手卻不自覺地伸向了承佑的臉，這一刻，她只想讓承佑的哭泣停止。「你這個喪門星，哭哭哭，就知道哭！」

就在周氏的手摀在承佑臉上的瞬間，和承佑挨著睡下的李氏猛的驚醒了過來，她本來迷迷糊糊的想要將承佑摟進懷中哄上一番，可是睜開眼卻看到了周氏那張老臉，還有摀住了承佑的那隻手！「娘，您在做什麼?!」李氏驚叫出聲，出於母親的本能，她一把將周氏的手推開，不顧自己體虛，趕緊爬坐了起來，然後將承佑抱進懷中，一臉心有餘悸。

原本跪在床邊的周氏被李氏這無意間的一推，身形驀地一晃，直接往地上摔了個跟頭。

「哇啊、哇啊……」

「哎喲、哎喲……」

承佑的哭泣聲和周氏的唉叫聲頓時交疊在一起。

只是這會兒李氏哪裡還顧得上自家婆婆？她一臉心疼地將承佑抱進懷裡，要是她剛剛沒有醒來的話，那她的承佑是不是……就要離開她了？周氏怎麼可以這麼狠心，這可是她的親孫子呀！李氏心裡原本就因為她生產之後周氏連看都不曾看過他們娘倆一眼而隔閡著，如今周氏好不容易來了，卻不是來賀喜的，反而趁著她睡著了，想要置承佑於死地！一時間，李氏不由得心戚戚然。

「真是一屋子的掃把星！我就知道老婆子一碰到你們就沒好事！」周氏罵罵咧咧地從地上爬了起來，還沒等李氏責問，便先指責了起來。

李氏抬起頭望著周氏一臉晦氣的表情，未語已是凝噎。「娘，就算您再怎麼不喜歡我，我也認了！可是承佑是順哥的孩子，您怎麼……怎麼可以這麼狠心？」

「哼！我才不會認這個喪門星！早不生晚不生，偏偏在順子出了事的時候就生了，我看這小子就和妳一樣，命硬得很！妳剋死了妳的爹娘，現在妳的兒子又剋死了我的順子！我們老崔家怎麼就這麼倒楣，攤上了你們兩個喪門星！」

周氏心裡對李氏這個媳婦本來就是怨氣橫生，這下竟然還被李氏給指責了，哪裡受得了？頓時腦門一熱，該說的、不該說的，一股腦兒竟然全都給捅出來了！

李氏聽在耳裡，只覺耳中一陣嗡鳴，一瞬間竟聽不清，也看不真切了。「……娘，您說什麼呢？順子他怎麼了？」

周氏看到李氏一臉茫然無措的模樣，猛的意識到自己捅了大婁子，竟然把大妮一再交代不能跟李氏說的話全說了！一想到大妮那個狠勁兒，周氏下意識裡不由得哆嗦了一下，但再一想，她既然都已經說了，那就乾脆一不做，二不休，全說個徹底吧！

# 第三十章　捅破了天

「我說什麼？還不就是因為你們這兩個命硬的，聯合起來剋死了我的順子！不然好端端的，為何別人都沒出事，偏偏是我的順子在堤壩上出了事，還落得個死無全屍的下場？這一切都是因為妳這個喪門星害的，害得我兒子死了也不能聲張！我可憐的兒子啊，不要說連具棺木都沒有，就連一個白事也沒有！我的順子啊，你怎麼就這麼可憐啊！我的兒啊，你死得好慘呀！」周氏說著說著，這會兒倒是真切的感覺到崔順安真的沒了，一時間不由得開始捶胸頓足，乾嚎了起來，聲音之大，將原本哭聲漸漸轉小的承佑驚嚇得又嚎啕大哭了起來。

稚嫩的哭泣和蒼老的嚎叫交會在李氏耳邊，李氏卻是半點都聽不見了，她這會兒整個人都已經呆愣住了，腦子裡唯有一句話不斷的顯現——

順子沒了，順子死了！

不過周氏並沒有嚎多久，她嚎了幾聲之後，忽然想起了自己到這兒來的目的，身手麻利的一下衝到了李氏的面前，惡狠狠的說道：「我兒子用命換來的銀子在哪裡？是不是被妳們給藏起來了？肯定是妳和大妮那賤蹄子串通好的！給我，那是我的銀子，快拿出來給我！」

只可惜這會兒，李氏整個人都是懵的，任憑周氏如何嘶吼、如何言語，都未曾給予周氏半個眼神。

周氏沒得別的法子，直接爬上了床，將整個床翻了個徹底，卻依然未曾看到銀子的蹤跡，直急得她火燒眉毛，也不顧及李氏才剛剛生育的身子，直接伸手便往李氏的胳膊上掐了一把。

「銀子，快告訴我銀子到底在哪裡？」

手臂上的劇痛，到底還是讓李氏回了神，她呆呆的望著周氏，語氣是無比的疑惑。「什麼銀子？我不知道。」

「妳不知道？官家給的撫恤銀子被大妮給拿了，妳是她娘，妳怎麼可能會不知道！」對於李氏的話，周氏是一點兒都不信！大妮一個黃毛丫頭，錢能放哪裡？還不是讓李氏給收著的！李氏一定是在騙她，一定是不想將銀子給她。

只是她那腦袋，怎麼可能會想得到，大妮芯子裡是個活了三輩子的靈魂，她那麼想要保護李氏，又怎麼可能將銀子交給李氏保管，而讓李氏擔驚受怕呢?!

「我不知道，娘！您告訴我，您說的都是假的對不對！等幹完這個月的活兒，順哥就會回來對不對？」李氏淚眼朦朧的搖了搖頭，不顧手臂被掐得生疼，不顧懷中的承佑哭得撕心裂肺，她伸手一把抓住周氏胳膊上的衣服，祈求的語氣中卻夾雜著無比的絕望。

「順子已經死了，就是被你們這兩個掃把星給剋死的！還有妳，要不是妳家那個騷蹄子求了根人參，你們這兩個掃把星早就下去見我兒子了！不過能夠看到大妮那個騷蹄子遭報應，我可就開心了！」周氏一想到那天齊家上門提親的事，她這心裡就痛快極了。

「報應?什麼報應?大妮怎麼了?娘,告訴我,大妮怎麼了?」雖然周氏罵的話讓李氏心裡不舒服,可是聽到周氏嘴裡說的報應,李氏終於從呆愣的狀態中醒過神來,她死死地拽著周氏的衣裳,眼中滿是悲傷急切。

周氏心裡極痛快!那大妮可是越大越不像話了,不但粗魯野蠻,而且一點都不孝順,這樣的人就算長得好看又有什麼用?到頭來還不是只能嫁給一個傻子!

「托妳的福,大妮可是要嫁給齊家那個傻子了!不知道妳還記不記得,那個三歲就燒傻了的齊麟?為了你們這兩個掃把星,大妮的庚帖現在可是已經在齊家了!」

周氏越說越得意,絲毫沒有注意到,李氏的臉這會兒已經是一片煞白。崔順安死了,大妮為了她要嫁給一個傻子,這兩個消息不斷地在腦海裡重複、震盪。一下下的,撞擊到了李氏的心靈深處,震得李氏神魂俱散,最後周氏嘴裡喋喋不休的話離她越來越遠,視線也是越來越模糊,就連懷中承佑的聲音也聽不見了,整個人就這樣軟塌塌地往後一倒,徹底昏了過去。

周氏嘴裡說得再痛快,終究也發現了李氏原本拽著她衣袖的手已經無力的鬆開,而李氏更是倒在了床褥之上,就連抱著的承佑也慢慢地從李氏的膝頭往下滑。周氏看到這模樣,頓時心中一咯噔,滿心滿眼的得意瞬間消弭,只剩下惶恐不安,之前嘴癮過得有多暢快,這會兒她心裡就有多後悔!周氏頰面上的肉一陣顫抖,她一臉惶恐,顫抖著想要伸手去查探一下李氏的鼻息,可是手伸到一半,卻是再也沒有勇氣探到李氏的鼻子下。

周氏哆嗦了下，完全不顧已經掉落在床褥上、成趴狀嘶聲哭泣的承佑，沒有絲毫猶豫地選擇轉身而逃。這不是她的錯，這不是她造成的！周氏這會兒腦中已經是空白一片，饒是她平常何等的尖酸刻薄，可是事到臨頭，她終究還是怕了，她要離開這兒，離得遠遠的！

周氏衝到門口，拔掉門栓，一把推開擋在門外的崔景蘭，然後想也不想，蹣跚著腿跑了，將身後張氏和崔景蘭的呼喊聲完全拋於腦後。

「娘，您慢些！這是要去哪兒呀？」張氏一把伸手扶住往地上摔去的崔景蘭，看周氏火急火燎的樣子，不由得揚聲喊了一句。話才落音，便看見周氏一股腦兒地衝出了院子，然後往山下跑去。

張氏和崔景蘭面面相覷，摸不清頭腦。

門開了，原本被關在屋內的哭泣聲也傳了出來。

「不好！承佑醒了！」崔景蘭驚叫了一句，然後掙開張氏的攙扶，匆匆進了屋子。來到床邊，便看到堂弟承佑面朝下陷入被褥之中，哭泣沈悶、無力掙扎，而二嬸卻癱躺床上，面色慘敗，不知是個什麼情況。「娘！不好了，二嬸暈過去了！」崔景蘭惶然地朝屋外的張氏叫了一聲，雖嚇得手腳疲軟，卻還是不敢有絲毫耽擱地將承佑抱了起來。

「哇啊、哇啊……」那被悶在被褥之下，憋得小臉透紅的承佑，這會兒得了解脫，自然是暢聲大哭了起來。

而門外原本無所謂的張氏，聽到了崔景蘭驚慌的聲音後，心中終於生出了一絲不妙。她跨進屋子，走到床邊，看到崔景蘭抱著承佑、李氏癱在床上，下意識問了句。「這是怎麼回事？」

「我不……不知道！娘，您快去看看二嬸，我……我怕！」崔景蘭不過是比張氏早到了幾個呼吸間的工夫而已，對於屋內二嬸和阿嬤到底發生了什麼事，她自然也是一無所知。只是看到二嬸這個樣子，她心中懼怕不已，往後退了幾步到張氏的身後，然後推了推張氏的胳膊。

「別怕，娘去看看。」李氏這樣子，莫名的讓張氏想起了元元將李氏推倒的那一日，那一天李氏也是這般躺著，身下血色蔓延。心中這般想著，不知是她的錯覺還是怎的，張氏似乎感覺鼻息間好像有股揮之不散的血腥之氣，讓她心中不由得響如雷鼓。

強忍著心中的心悸，張氏爬上了床鋪，先是伸手探了下李氏的鼻息，呼吸猶在，這讓張氏的心稍稍安定了，她扭頭回望了正在哄著承佑的崔景蘭。「蘭子，活著，還活著，別怕！」

「謝天謝地，皇天保佑！」崔景蘭見張氏這般說，臉上的急色消退了幾分，她將懷中的襁褓緊抱了幾下，口中喃喃，一臉慶幸。

張氏雙手托著李氏歪斜躺著的肩膀，然後將李氏輕輕地移放在枕頭上，這才從床上爬了下來，然後伸出大拇指壓在李氏人中的位置。她也拿不準這樣李氏會不會醒來，但總得試試不是？估摸著快要半刻鐘的時候，張氏的手都要痠掉了，正要放棄去喚大夫時，看見李氏的眼皮子動了動，可眼皮似有千斤重一般，卻是睜不開來。

「弟妹？弟妹！妳能聽見我說話嗎？」張氏看李氏那樣子，忙喚了幾句。

李氏聽了聲音，又掙扎了幾下，方才張開眼睛，一臉茫然地望向張氏。「大嫂，妳怎麼在這兒？娘呢？」

「娘剛剛出去了。弟妹，妳這是怎麼了？好端端的怎麼就暈了？」張氏看李氏那茫然模樣，有些多嘴地問了一句，可她萬萬沒想到，就是這無心的一句，卻捅了大婁子。

「我這是怎麼了？」李氏茫然地重複了一句，想到之前周氏對她說的話，頓時眼睛瞪圓，倏地伸出手，一把抓住了張氏的胳膊。「大嫂，快告訴我，順子是不是沒了？大妮是不是配給齊家那傻子了？」

張氏被李氏突如其來的動作嚇了一大跳，再聽到李氏的問話，下意識地變了臉色。

壞了、壞了！弟妹怎麼知道這些事了？是阿娘？難怪阿娘剛剛匆匆跑了出去，這下可真是闖了大禍了！

張氏扯出一個比哭還要難看的笑容，伸手將李氏抓住自己衣袖的手握在了手心裡，輕輕地拍了兩下，語氣故作輕鬆地說道：「弟妹，沒有的事，順子這會兒還在河堤上幹著活呢！大妮還未及笄，咱們祁連可是有規矩的，這離談婚論嫁還早得很呢！」

「娘不會騙我的！大嫂，娘一向不喜歡我，所以她不可能騙我的！告訴我，告訴我這一切是不是真的？」李氏將手從張氏的手裡抽了出來，然後反手一把握住了張氏手腕，苦苦地哀求了起來。

「這、這……弟妹，妳現在還在坐月子，其他的事都不要想了，懂嗎？這傷了神，以後苦的可是自己。」張氏一臉為難地看著李氏，便是娘說開了這個口，她也不能告訴李氏。這不僅僅是因為大妮的威脅，也是她當大嫂的一點情分。

「都是真的……天啊，怎麼會這樣？」李氏雖然一向軟弱，可畢竟也不是個傻的，從大嫂那一臉為難的表情，還有蘭子不敢直視她的目光中，她就什麼都懂了，什麼都明白了。

娘說的都是真的！都是真的！

都是她害的，都是因為她，順哥才沒了，大妮這輩子也給毀了，都是她的錯！為什麼她還活著？最該去死的人明明是她呀！

李氏的手緩緩地從張氏的手腕鬆開，原本仰起的頭也再度落在了枕頭上，她目光呆滯地望著黑洞洞的屋頂，眼淚從眼角滑落至耳鬢髮絲裡，這一刻，李氏心若死灰。

「弟妹？弟妹？」張氏見李氏這模樣，心中不由得升起了一絲不祥的預感，她俯下身輕喚了李氏幾句，只可惜，李氏連眼睛都不曾眨兩下，就好像此時躺著的只是一具空殼而已。

崔景蘭抱著在抽泣打嗝聲中再度睡下的承佑，走到張氏的身側，看著李氏那一副生無可戀的模樣，頓時急了。「娘，這……這可怎麼辦呀？要是大妮知道了……」

張氏不過是個婦道人家，這會兒哪還有什麼主意？她一臉無奈地望著崔景蘭。「我、我也不知道該怎麼辦？當家的又不在，爹也出去了……」說到崔老漢，張氏倒是有了主意，她伸出手去接崔景蘭懷中的承佑，一邊朝崔景蘭吩咐道：「對了！蘭子，把承佑給我，妳現在就去找妳阿爺回來！」

「喔，對！我這就找大妮去！」崔景蘭這會兒倒是醒過神來了，她將承佑小心送入了張氏的懷裡，然後轉身就往外跑去。只要找到大妮，大妮一定會有辦法的！

# 第三十一章　圓了過去

崔景蘭才剛要衝出屋外，屋外一個身影便已衝了過來，正好與之對上，崔景蘭嚇得倒退了數步，待看到是崔景蕙，心中頓時升起一股狂喜，猛的衝上前，一把抓住崔景蕙的胳膊，帶著哭腔的聲音無比急切。

「大妮，妳回來了！太好了！二嬸她、她都知道了！這……這可怎麼辦呀？」

崔景蕙在墳山的時候，心中便不踏實，所以這才匆匆往回趕，卻不想還沒進門，聽到的便是這麼一個消息，頓時只覺腦中轟鳴，似要炸開一般，讓她身形一晃，腳下一軟，若不是崔景蘭死死地抓住她的胳膊，只怕險些要軟倒在地上。

「這、這是怎麼回事？我娘怎麼會知道？誰告訴我娘的？我不是說了誰都不准告訴我娘！」崔景蕙這會兒眼睛一片赤紅，死死地瞪著崔景蘭。她只離開不過兩刻鐘而已，就這麼一點時間裡，竟給鬧出了這麼大的事，這讓她心裡如何能安？

「我、我守在外面，阿嬤衝了進屋，我攔不住，被阿嬤把門從裡面拴了。我也不知道阿嬤到底和二嬸說了什麼，等阿嬤出來的時候，二嬸已經暈了，然後她就知道了！」在崔景蕙的目光中，崔景蘭哪裡還敢有半點的隱瞞？自然是一股腦兒地全給說了出來。

崔景蕙將崔景蘭抓著她手臂的手掰開，然後衝到了床邊，顧不得去看承佑的情況，直接撲到床頭，看著李氏那形如木偶一般的模樣，心中的恨意瀰漫。只是她這會兒只能先將恨意壓下，因為眼前還有更重要的事要做。「娘，看看我，我是大妮呀！娘！」崔景蕙一隻手將李氏的手握住，挨著自己的臉頰蹭了蹭，同時另一隻手將李氏的頭往這邊挪了挪，讓李氏的視線能夠落到自己身上。

李氏目光空洞地望著崔景蕙，看了好大一會兒，這才看清楚挨坐在自己面前的人是誰。她伸出另一隻手在崔景蕙的另一邊臉頰上摸了摸。「大……妮，大妮，我苦命的兒啊！是娘對不住妳，都是娘的錯呀！要不是因為娘，順哥也不會遭遇不測，妳也不會毀了姻緣。妳阿嬤說得沒錯，娘就是個掃把星呀！」苦澀的語氣中，已經完全將所有的過錯攬在了自己的身上。

一聽李氏的話，崔景蕙就知道壞了。要是此刻周氏還在的話，她簡直恨不得將周氏大卸八塊，以解心頭之恨！可是面對李氏，她卻只能強忍著，露出一絲微笑，輕聲的安撫。

「娘，這一切都不是您的錯，您不要這樣好嗎？這一切都是意外！爹爹不在了，但是您還有我，還有承佑啊！而且爹爹的事，還是未定之數呢！」既然李氏已經知道了，讓她這樣自怨自艾下去，還不如將事實的真相告知李氏。當下，崔景蕙便將那日文書上門的情況一五一十地說與李氏聽，只是說完之後，又添了一句。「這日子可是天晴好幾日了，若是尋到爹爹的屍體，官家自該會派人來通知，如今想來應是一直沒有找尋到爹爹的屍體。娘，爹爹的水性那麼好，定然不會那麼簡單就被水浪捲走的，也有可能已被人救起，只是因為某些原因而未曾趕回。我們再等等，再等等或許就能等到爹爹回來了。」

「大妮，真的嗎？妳說的是真的嗎？順哥沒死？他會回來？」早已失去思考能力的李氏，聽到崔景蕙這般說，就像是溺水的人抓住了一根稻草一般，空洞的眼神終於有了一絲神采，一臉祈盼地望著大妮，只希望能夠得到崔景蕙的肯定。

而崔景蕙亦是如李氏所願，她一臉篤定地點了點頭。「娘，只要一天沒有接到官家的消息，爹就有可能活著。只要爹還活著，他就一定會想辦法回來的。」

「是了，只要順哥還活著，他就一定會回來的。」崔景蕙的篤定在這一刻似乎給李氏注入了新的生機，原本面色慘敗、了無生氣的李氏，終於有了一絲活著該有的模樣。

不管大妮說的是不是真的，這一刻，便是自欺欺人，李氏也願意相信。

只是……在崔順安的事情上矇騙過去了，李氏又想起大妮要配給齊家傻子的事。

「大妮，那妳怎麼辦？要是真嫁給齊家那個傻子，妳這一輩子可就毀掉了！而且妳知不知道，妳已有——」李氏這會兒腦子裡就跟一團漿糊一樣，說話自然也是沒過腦子，差點就要脫口將崔景蕙本來有未婚夫的事說了。

說時遲，那時快，崔景蕙一把伸手摀住了李氏的嘴，將李氏還未出口的話盡數堵了回去，同時一臉輕鬆地將齊家的事說了一下。「娘，您別說了。這個您也放心，不就是用了齊家一根人參嘛，我之前已經和齊家約好了，只要能在我及笄之前還給齊家一根人參，這門婚事便不算數了。那庚帖也是阿嬤給的，畢竟這人參不比尋常之物，留下庚帖，也不過是質押物而已。」崔景蕙在說到庚帖時，特意在「阿嬤給的」那幾個字上咬重了字音，只要李氏不是個傻的，自然應該明白崔景蕙的意思。

這麼說，她藏起來的那張庚帖還好好的？李氏愣了一下，眼中頓時閃過一抹喜悅。她倒是沒有考慮崔景蕙這般指引的用意，放在周氏那裡的那張庚帖雖然也是真的，但那只不過是李氏當年想要崔景蕙順理成章成為自己的女兒而托人辦的。

崔景蕙真正的庚帖還在，李氏那顆不安的心總算是有了些許的安慰。

「大妮，這都是真的嗎？」

聽到李氏的疑問，崔景蕙反倒是鬆了一口氣，她笑著一臉認真地保證。「娘，您可是我娘，我怎麼會騙您呢？所以娘您就放心好了！您現在還在月子裡，什麼都別想，只要想著如何養好身體便是了！而且，這不僅有關我爹，還關乎我自己的終身大事，要是我說的是假的，您覺得我還能這樣輕鬆地和娘說笑嗎？」

崔景蕙說完，不僅對李氏露出一個大大的笑容，更是一反常態地朝李氏眨了眨眼睛，露出一副嬌俏可人的模樣。

李氏心中的疑惑瞬間減去了不少。順哥一向最疼大妮的，若順哥真的出了事，大妮怎麼可能還笑得出來？對，對！一定是娘看自己早產不順眼，故意這樣說惹自己傷心的！

這樣想著，李氏心裡便好過了不少。

一直在一旁看著的張氏，聽到崔景蕙三言兩語便將李氏糊弄了過去，而李氏更是從原本的心若死灰中緩過神來，這讓張氏不免暗暗吃驚，心中更是打定了主意，一定要離崔景蕙遠遠的。

「大妮，那人參可是個稀罕玩意兒，這萬一要是找不到怎麼辦？」神思歸位的李氏，這會兒終於有辦法去考慮能不能補償上齊家人參的事了。

「那怎麼可能？咱這大別山可是一座寶山，既然人家尋得到，自然我們也是有機會的，而且這時間還長著呢，娘您就放寬心好了！」崔景蕙一臉笑意，說得倒好像尋根人參就跟上山砍根柴一樣，簡單得很。

張氏在一旁聽了，不由自主地撇了撇嘴。要真是這麼容易，他們村裡多少漢子進了大別山，尋了這麼久，怎會也就只尋了一根人參、一顆靈芝罷了？

她不信這個，偏偏李氏卻信了崔景蕙的話。

「娘信妳，娘都聽妳的！」

看到李氏信了自己的模樣，崔景蕙心中更是捏了一把冷汗，雖外衣不顯，但她知道，這會兒自己的裡衣早已濕得徹底。她笑著將李氏的手放下，轉身從張氏手中接過襁褓，看著酣睡天真的承佑，眼中升起一絲暖意，將承佑挨著李氏放下。「娘，您看承佑多可愛，多乖啊！」

崔景蕙看著李氏將注意力轉到承佑身上，那癡癡的目光，讓崔景蕙既是心疼，又是心酸。雖然她也清楚，謊言終究只是謊言，總有被戳破的一天，只是她也沒有其他的法子了，能騙一時便是一時吧，至少讓娘平平安安的先將這個月子度過去。

至於之後的事，那就以後再說吧！這也是沒法子的事。

「哇啊、哇啊……」

承佑突如其來的哭泣聲，將屋內突然靜下來的氣氛打破。

崔景蕙忙上前，打開了襁褓查看一番，沒尿沒拉，想是餓了吧！

崔景蕙將襁褓再度裹好，送到李氏身側。「娘，承佑怕是餓了！」

李氏被崔景蕙的聲音一驚，虛弱地笑了下，然後將襁褓環進懷裡，準備餵奶。

崔景蕙見狀，轉身望向一直站在身後的張氏。「伯娘，剛剛謝謝您照看承佑了。」

「都是一家子，何必說這種見外的話。」張氏忙擺了擺手，一臉的局促。雖然不是她捅的妻子，可是畢竟忧著崔景蕙，而且她剛剛已經定了主意，這會兒更是巴不得離崔景蕙遠遠的。「對了，缸裡好像沒水了，我要先去忙了！」張氏忽然恍然大悟地拍了一下自己的腦袋，然後不好意思地朝崔景蕙笑了笑，便急急地往門外走去，好像後面有人趕著似的。走到門口崔景蘭身側，她還不忘伸手一把拉住呆愣在原地的崔景蘭。

崔景蘭掙扎了一下，卻是沒有掙脫，只能一臉複雜地頻頻回望崔景蕙，跟著張氏出了門。

崔景蕙沒有看崔景蘭，也沒有待在床邊，這會兒放鬆心神，崔景蕙才注意到，屋內已經被翻得不成樣子了——抽屜未關，櫥櫃敞開，瓦瓦罐罐倒在地上，就連她睡覺的那兩個大箱子，這會兒被褥也全扔在了地上，箱子大敞開著，顯然這一切都是周氏的傑作。

崔景蕙環顧了一圈，心裡透亮透亮的，看來周氏心心念念的就是被她揣著不放的五兩銀子，這次自己去給爹爹燒紙，倒是不承想竟然讓周氏給鑽了空子。

只是她萬萬沒有想到，周氏竟然那麼大的膽子，居然把她爹的事和她的婚事全盤托出，而周氏也沒有想到她遍尋不到的銀子就在崔景蕙身上揣著。

不過這會兒也不是思考這個的時候，崔景蕙擼起袖子，將屋裡都整治了一番。

而那邊李氏給承佑餵了奶，倒也是緩過勁兒來了，只是之前情緒波動太大，這會兒臉上依舊慘白慘白，她支撐著身子，團了一團被褥在身後，雙手環抱著承佑，眼睛卻直直地瞅著崔景蕙。忽然，李氏感覺下身處就好像打了飽嗝一樣，接著一大股熱潮浸透了裡褲，熱乎熱乎的。李氏心中頓時一咯噔，伸手往被窩裡摸了一把，便看見手指上沾染著刺眼的鮮血。

「娘，怎麼了？」崔景蕙一邊將袖子放下，瞟了李氏一眼，倒是沒察覺出什麼來。

「大妮，我弄髒褲子了……」李氏有些不好意思地開了口。雖然這每日更換月事帶都是大妮操辦的，但是把褲子弄髒了，還是讓李氏有些過意不去。

「我看看！」崔景蕙頓時目光一凝，忙走到床邊，伸手接過承佑，順手將承佑安置在床尾，雙手從李氏腋下穿過，將李氏的身體抬起，離開了坐著的地方，驀地，一塊面盆大小的血色汙漬出現在崔景蕙的面前。

崔景蕙心中猛的一緊。李氏生產時便有血崩之象，全靠那凝血丸這才穩住，便是如此，李氏生產之後的惡露也是較常人多些，雖借春蓮之口問了安大娘，並無大礙，可這還是讓崔景蕙有些耿耿於懷。如今這麼大的血量，實在是讓她無法穩心。

「娘，您還覺得有哪裡不適嗎？」

李氏看著崔景蕙一臉凝重的表情，心中倒也有些惴惴不安了。

「大妮，我頭有些暈，腦袋有些晃，還感覺心口有些發冷。這是怎麼了？」

「娘，沒什麼，該是您剛剛情緒波動太大了，我這就讓江大夫過來看看。」崔景蕙放開李氏的手，勉強朝著李氏笑了一下，然後轉身直接衝出了門外，舉目四望，見崔景蘭正扒著堂屋的門，伸長腦袋往這邊瞅，一臉忐忑不安的模樣。崔景蕙就像是看到了救星一樣，幾步奔至崔景蘭的面前。「蘭姊，我現在脫不開身，求妳去幫我請一下江大夫，就說我娘血又多了！」

「啊？我這就去！」崔景蘭還來不及慶幸崔景蕙願意繼續搭理自己，便鬆開了扒著門板的手，然後匆匆往院子外跑了出去。

崔景蕙這心懸著，但也有了一絲希望，她深吸了一口氣，將快要崩潰的情緒穩住，去灶房端了一盆熱水，這才匆匆回了屋子。

「娘，我幫您擦擦，然後再換條乾淨的褲子。」

李氏白著臉點了頭，她雖然有些害臊，但是全身上下沒有半絲力氣，抬不動手腳，只能任由崔景蕙動作著。

崔景蕙幫著李氏綁好月事帶，換上乾淨的褲子，又將弄髒的褥子換了。
李氏靠在床邊上，靜靜地看著崔景蕙忙活，神色恍惚，不知心裡到底在想著什麼。
「娘，您感覺怎麼樣？」
崔景蕙在屋裡來來回回的走了好幾趟，看著李氏虛弱的樣子，眼中的擔心完全遮掩不住。
李氏靠在床邊，對著崔景蕙虛弱地笑了一下。「大妮，別怕，娘沒什麼事，真的。」
只是，即便她這麼說，卻根本安撫不住崔景蕙，畢竟她可是清楚看見李氏的臉慢慢沾染上了死灰的顏色。

——未完，待續，請看文創風724《硬頸姑娘》2

只願君心似我心　定不負相思意／鹿鳴

2019年3月出版

# 我的老婆是仙姑

美女小仙姑×硬漢帥大叔
道高一尺，魔高一丈，誰怕誰？
驅邪鎮煞的修練旅程，原來愛情也將修成正果?!

## 狗屋小編特別推薦——驚心．動情．好看

### 文創風 727 1

重生第一天就見鬼，姜雅再淡定也不淡定了，
先是有願未了的女鬼，接著是心懷不軌的厲鬼，這世界會不會太熱鬧 ?!
還因此救下玄學大師，包袱款款下山纏著收她做入門弟子。
嗚……她不要，就算天賦異稟，也不想天天跟鬼打交道啊……
「師父……我怕鬼……」
「……入我玄門還怕什麼鬼 ?! 」
聽說仙姑體質是福報加身，神選中了她，她只好硬著頭皮展開捉鬼人生——
但修練沒有最難只有更難，初學藝的她不是差點被鬼抓走，就是被鬼威脅，
幸好有驚無險，心臟越練越大顆，還協助軍方辦案，立下大功。
可是考驗未完待續，自家的買地計畫，竟又讓她捲入另一場靈界風波……

### 文創風 728 2

她，姜雅，大學一年級生，仙姑資歷八年，強項是——通靈、驅邪、看風水！
修練至今已小有所成，要算命、捉鬼、打小人、當學霸，她都沒在怕的啦～～
孰料新生軍訓第一天，就有份大禮等著她——
把大家操得不要不要的型男教官，居然是童年有過幾面之緣的大兵傅深，
這還不算，他身邊的女軍官蘇倩似乎把她當成頭號敵人，恨不得一舉殲滅！
唉，她忙著鎮魂抓鬼，還要幫師父揪出害他家破人亡的凶手，根本沒空管閒事，
可人家魔高一尺，她只好道高一丈，有什麼暗步儘管使出來，她奉陪！
而且她發現，蘇倩攻擊她似乎另有圖謀，不只是大吃飛醋這麼簡單，
加上傅深對她的保護與曖昧，種種線索指向師父一家當年遇害的真相，
嗯，不入虎穴焉得虎子，反正天塌下來有傅深擋著，先動手查清楚再說吧！

### 文創風 729 3 完

仙姑心懷善念是必須，但若對手作惡多端，就別怪她痛下殺手，替天行道！
姜雅原以為收拾完師門叛徒與助紂為虐的蘇倩，天下就此太平，
孰料事情還沒結束，教授的女兒陷入冥婚危機，命在旦夕，需要她作法解圍，
唉，都說「寧毀十座廟，不拆一門婚」，情之一字，她該如何解套才好？
接著，她捲進蘇倩橫死的人命官司，光天化日下被警察抓走，簡直流年不利……
但看見盛怒而來、踹開警局大門救她回家的傅深，她才明白心動是什麼感覺，
分明是鐵錚錚的硬漢一枚，卻願意為她煉出繞指柔情，將她護在他的羽翼下……
可年齡變成兩人跨不過的關卡，見家長根本是災難一場，連師父都加入戰局，
原來當仙姑最難喬的，不是神鬼之事，居然是婚姻大事 ?!
自己的幸福自己爭取，自己的男人自己護好，這次……換她來幫他過關啦！

文創風
723

# 硬頸姑娘 1

國家圖書館出版品預行編目資料

硬頸姑娘 / 鹿鳴著. --
初版. -- 臺北市 : 狗屋, 2019.03
冊 ; 公分. --（文創風）
ISBN 978-986-328-972-2（第1冊：平裝）. --

857.7　　108000571

| | |
|---|---|
| 著作者 | 鹿鳴 |
| 編輯 | 黃淑珍 |
| 校對 | 林慧琪　周貝桂 |
| 發行所 | 狗屋出版社有限公司 |
| 地址 | 台北市104中山區龍江路71巷15號1樓 |
| 電話 | 02-2776-5889～0 |
| 發行字號 | 局版台業字845號 |
| 法律顧問 | 蕭雄淋律師 |
| 總經銷 | 知遠文化事業有限公司 |
| 電話 | 02-2664-8800 |
| 初版 | 2019年3月 |
| 國際書碼 | ISBN-13　978-986-328-972-2 |

本著作物由廣州阿里巴巴文學信息技術有限公司授權出版

定價250元

狗屋劃撥帳號：19001626

網址：love.doghouse.com.tw　E-mail：love@doghouse.com.tw